NO FILTER

JEN KLEIN

NO FILTER

L'AMORE NON SEGUE UN COPIONE

Traduzione di Marilisa Pollastro

DeA

Titolo originale: *Summer Unscripted*
Traduzione dall'inglese: Marilisa Pollastro

This translation published by arrangement with Random House Children's Books, a division of Penguin Random House LLC

Redazione: via Inverigo, 2 – 20151, Milano

www.deagostinilibri.it

Stampa: PuntoWeb s.r.l., Ariccia 2018

Per tutti voi.
Sapete di chi parlo.

CAPITOLO 1

Quando il colpo di fulmine mi colpisce, io mi trovo mezza addormentata tra le mie due amiche, mezze addormentate anche loro. Le mie migliori amiche, Marin e Sarah, se ne stanno di fianco a me, tutte abbattute. Il fulmine è Tuck Brady *#perfetto-no filter*, che cammina sul palco dell'auditorium della nostra scuola con andatura rilassata. Io, Rainie Langdon, la rosa annoiata, sono inchiodata nella fila J. Non certo il posto in cui di solito si viene colti da un colpo di fulmine.

Ma è l'ultima settimana dell'anno scolastico, che alla scuola superiore Dobbs significa circa un trilione di assemblee obbligatorie ideate per mettere in luce i talenti di ciascuno in ogni disciplina. Lunedì, Sarah ha tenuto un discorso sulle scienze. Martedì, Marin ha partecipato allo spettacolo di arte. Ora siamo a giovedì e io non ho ancora messo piede sul palco.

Oggi il festival della vergogna ha come tema il teatro, il che vuol dire che tutti quelli del penultimo anno si sono guadagnati la gioia infinita di stravaccarsi in un auditorium surriscaldato, mentre, uno dopo l'altro, i ragazzi del club di teatro trottano sul palco per pronunciare i loro monologhi da principianti con l'intento di alimentare il nostro male di vivere.

Il peggio.

Finché non arriva Tuck.

Si schiarisce la voce, si ravvia i capelli dorati e si rivolge al pubblico. In particolare, si rivolge a me. Tra le file di compagni totalmente disinteressati, nella luce fosca dell'auditorium, gli occhi di Tuck Brady, limpidi come il cielo di un'assolata giornata di primavera, incontrano i miei.

Ma non è possibile che stia succedendo davvero, sarebbe folle. Se io e Tuck ci incrociamo nel mondo reale, diciamo pure a una stazione di servizio o a un chioschetto di hot dog, ci salutiamo, certo, ma niente di più. Alla mensa della scuola, di solito non ci guardiamo neanche, perché lui è troppo impegnato a chiacchierare con i suoi amici del club di teatro o con quelli della squadra di calcio o con quelli del club di musica, e io sono troppo impegnata a chiacchierare con Marin e Sarah. Insomma, quello che voglio dire è che non frequentiamo gli stessi giri, perciò è impossibile che adesso lui stia guardando proprio me.

Eppure… è così.

Ho ignorato gli ultimi seicento monologhi, quindi non so se questo è diverso dagli altri, ma deve esserlo perché…

Perché Tuck sta parlando con me.

Sta parlando di me.

«Sei una canoa» mi dice (e forse lo dice anche al resto dell'auditorium). «E galleggi. Senza una meta. Alla deriva. Sballottata dalle onde dei motoscafi che ti superano. Loro sanno dove sono diretti. Hanno tutti un programma. Ma tu… tu no.»

Guardo Sarah. Lei è un motoscafo con un programma. Un programma di neurochirurgia. Ha già pianificato ogni minuto dei prossimi quindici anni. Poi c'è Marin. Fin dalla terza media, ha frequentato ogni estate un corso di arte diverso, e sa già che andrà al Pratt Institute per la laurea di primo livello e a Glasgow per la specialistica. Io, invece…

Tuck ha ragione. Sono una canoa. Non ho la più pallida idea di dove sono diretta. E non c'è neanche l'ombra di un remo nei paraggi.

«Galleggiare è più facile.» Lo sguardo di Tuck si sposta verso la balconata e io pian piano mi rilasso. Avevo ragione all'inizio. Tuck è solo un attore e io sono sempre la stessa: la ragazza senza scopo nella vita. «Non devi avere coraggio, se non sei tu quella che sceglie la direzione. È la corrente che ti guida.»

Tutt'a un tratto, Tuck torna a guardarmi. Poi mi scocca un sorriso che divampa tra i sedili fino a raggiungermi. E io, che non credo ai miei occhi, do una gomitata alle mie amiche. Marin mi scaccia con una mano e sbuffa a malapena, poi si gira dall'altra parte e si rimette a dormire. Ma Sarah si sveglia di soprassalto. «Che c'è?» chiede a voce troppo alta.

Varie persone la zittiscono. Una di queste sono io. Indico il palco e Sarah si volta a guardare Tuck. Che sta guardando me. Che ricambio il suo sguardo.

Non sono abituata a tutto questo guardarsi.

«Non avresti tanta paura, se avessi una mappa, se vedessi le indicazioni.» Tuck cambia posizione e prosegue con il suo monologo. «In quel caso sapresti che strada prendere. Non dovresti tirare a indovinare. Non saresti terrorizzata all'idea di scegliere la direzione sbagliata. Ti capisco.»

Per estensione, ne deduco che Tuck *mi* capisce.

Nella mia mente scatta qualcosa. È una porta che si apre, una porta che è sempre stata chiusa. Nasconde qualcosa di feroce, selvaggio e libero, una parte sepolta di me che vuole uscire, che vuole sperimentare, rischiare...

E, siamo onesti, non le dispiacerebbe affatto baciare Tuck Brady.

Oddio, quant'è fico!

«Ma a volte non riesci a vedere il sentiero finché non lo imbocchi. I segnali ci sono, ma non sai ancora dove guardare.» Tuck mi osserva dal palco. «Allora corri il rischio.»

Sarah mi dà un colpetto di gomito. «Credo che...»

«Lo so» le rispondo. «Shh.»

«Corri il rischio.» A questo punto, Tuck fa un passo avanti. Verso di me. Verso il futuro. Verso... oserei dire... il nostro futuro? «Se non fossimo soli, forse non avremmo tanta paura.» Tende la mano. Piano piano, come se potesse davvero arrivare fino alla mia fila e toccarmi. Mi raddrizzo sul sedile, mi sporgo in avanti e faccio per alzarmi...

«Rainie.» Sarah mi afferra per un polso, tenendomi ferma su questo sedile scomodo, nell'auditorium, sul pianeta Terra. «Non metterti a fare cose strane.»

Non capisco come potrei essere io a fare cose strane, quando è Tuck che sta facendo la cosa più strana del mondo, ma mi rimetto a sedere. Forse ho fatto bene, perché Tuck mi scocca un sorriso abbagliante e mozzafiato, prima di scendere dal palco, seguito dagli applausi mezzo rimbecilliti del novantanove per cento del pubblico e da quelli tuonanti e potenti del restante un per cento. Ovvero, io.

Crraaack.

Fulmine.

* * *

Mentre seguo Sarah passando davanti a una fila di armadietti, a un gruppo di matricole che gioca a carte in un angolo e a una coppietta in calore a un passo dall'andare al sodo, mi sento confusa. In pratica, l'intera scuola cerca di restare a galla fino alla fine della settimana. Arriviamo nell'aula di arte, dove siamo chiaramente fuori posto, e molliamo i nostri pranzi su un tavolo. Marin alza lo sguardo dall'album su cui sta facendo qualche schizzo – chiara indicazione del fatto che lei qui non è per niente fuori posto. «Promemoria sulle salse.» Marin ci guarda con aria severa. «Vanno sulle patatine, non sull'attrezzatura.»

Sarah fa gocciolare il ketchup sull'incarto delle patatine. «Rompipalle.»

Do un buffetto sul braccio di Marin. «Già, basta un'impronta di senape su un dipinto e qui vanno tutti nel panico.»

Marin mi restituisce il colpo. «Comportatevi bene» dice, mentre io pesco dal sacchetto di Sarah. Sarah prova a scacciare via la mia mano, ma poi mi lascia prendere una patatina.

Mangiamo in silenzio per qualche istante: Marin sta ancora disegnando, Sarah cerca di ingurgitare tutte le patatine possibili prima che io gliele rubi, e io provo a capire se il destino ha appena deciso di intromettersi nella mia vita o se ho solo le allucinazioni. Possibile che Tuck mi stesse parlando dal palcoscenico? Non può essere.

E se invece fosse successo?

«E dai, smettila.» Il mondo torna a fuoco e io mi rendo conto che sto fissando Marin con la bocca aperta e una patatina mezzo masticata tra i denti. Marin guarda Sarah. «Perché Rainie fa… così?»

Sarah fa spallucce. «È successo un fatto strano durante l'assemblea, e ora si sta facendo un trip su questa storia.»

«Non mi sto facendo nessun trip» le informo. Invece mi sto facendo un trip allucinante.

«Non ho notato niente di strano.» Marin cancella qualcosa sul suo album.

«Certo, dormivi» le rispondiamo in coro io e Sarah.

Sarah mi dà una gomitata. «Diglielo.»

«No.»

«Allora glielo dico io.» Si china verso Marin. «Tuck Brady non riusciva a toglierle gli occhi di dosso. Era come alla fine del *Libro della giungla*, quando Mowgli segue la ragazza fino al villaggio.»

«Non è andata così» faccio io, anche se è andata esattamente così. «E Tuck ha già la ragazza.»

«Non più.» Marin si scosta la treccia rossa e spessa dal viso. «Si è mollato con Olivia.»

«Perché? Quando?» Sarah sembra sorpresa quanto me.

Tuck e Olivia sono una delle classiche coppie perfette del liceo: ragazzo bello e dal talento artistico con ragazza bella e dal talento artistico. Questo vuol dire che Tuck è effettivamente sulla piazza?

«Non lo so. Forse un paio di settimane fa?» Marin fa spallucce. «Olivia crede che ci sia un'altra, ma Tuck dice di no. Chissà.»

«Te lo ripeto, è come Mowgli.» Sarah mi rivolge un'occhiata intensa. «E tu sei la ragazza con il secchio d'acqua sulla testa.»

Alzo gli occhi al cielo. Marin cerca una pagina bianca sul suo album e lo fa scivolare verso di me. «Tieni, vuoi disegnare quello che provi?» Sta facendo l'imitazione del tutor motivazionale che quest'anno ha tenuto lezioni a scuola per una settimana, per aiutarci a individuare i nostri sogni e i nostri obiettivi.

«Non so disegnare» le dico. «Specialmente sogni e obiettivi.»

Perché non sono capace di riconoscere i miei. Non l'ho mai saputo fare.

Marin mi lancia un'occhiata che vorrebbe essere di sostegno, immagino. «Hai seguito quel corso d'arte, ricordi?» Ci ripensa. «Be', tecnicamente, penso che tu abbia seguito solo metà del corso. Ma non eri male.»

«Facevo pena» le rispondo.

«Eri meglio di Sarah, e lei l'ha seguito fino alla fine.

Tieni.» Marin passa l'album a Sarah. «Fa' vedere a Rainie che pessima artista sei.»

Sarah disegna un omino scheletrico che mostra il dito medio e lo passa a Marin.

«Visto?» dice Marin. «Fa pena.»

Sarah le fa la linguaccia. Io, invece, resto immobile e in silenzio. Sono troppo confusa.

* * *

Sono appena arrivata davanti al mio armadietto dopo algebra (in particolare, dopo un compito di algebra in cui sono sicura di aver ottenuto il mio solito e affidabile voto: una C). Sto inserendo la combinazione del lucchetto, quando Sarah sbatte una mano contro l'armadietto accanto al mio. «Vuoi rompere qualcosa?» le dico.

«Quanto mi vorrai bene!» ribatte lei.

«Ti voglio già bene.»

«Me ne vorrai ancora di più.» Mi si avvicina, parlando a bassa voce. «I ragazzi del club di teatro danno una festa stasera.»

«I ragazzi del club di teatro danno una festa.» Faccio la spiritosa, ma l'idea sta già mettendo radici nella mia testa. Ragazzo da poco tornato single, più musica, più alcol. Questi sono gli ingredienti di un trilione di grandi storie d'amore liceali. «Dove?»

«A casa di Wendell. I suoi sono a Poconos per il loro anniversario.» Sarah mi dà un buffetto sul braccio. «Non ho mai rimorchiato uno del club di teatro.»

Osservo la pelle perfetta di Sarah e i suoi bellissimi lineamenti indiani, totalmente diversi dai miei colori così banali: capelli biondo cenere, occhi azzurri, pelle chiara con una spolverata di lentiggini. Non avrà problemi a rimorchiare un ragazzo del club di teatro… o un qualunque altro ragazzo, in effetti.

«Ci sto.»

* * *

Alla fine scopriamo che neanche Marin ha programmi per il venerdì sera, però mette subito in chiaro che non ha intenzione di rimorchiare nessuno del club di teatro. «Mi piacciono solo i poeti slam e quelli che giocano a tennis» ci ricorda. «O anche le ragazze rockabilly, ogni tanto.»

Marin ha gusti molto specifici.

Quando arriviamo tutte e tre alla festa, Wendell sta sull'enorme portico che gira tutt'intorno alla casa, insieme ad altri ragazzi. Non sembra sorpreso di vederci arrivare, circondato da una nuvola di fumo che sa di chiodi di garofano. Fa il segno della pace a Sarah. «Una capatina nei bassifondi?»

«Tanto per cambiare aria» risponde lei.

Lui indica la casa con il pollice. «C'è un fusto di birra nel bagno al piano terra.»

Noi lo ringraziamo e ci avviamo dentro. Nel frattempo, do un colpetto di gomito a Sarah. «Wendell è carino, se non ti danno fastidio le sigarette.»

«Mi danno fastidio.»

Dentro, la festa non è scatenata, ma nemmeno morta. Un paio di dozzine di persone gironzolano per la casa tra chiacchiere e drink. A quanto pare, i genitori di Wendell hanno almeno una chance di rivedere la loro casa in condizioni decenti, al ritorno dai festeggiamenti per l'anniversario. A differenza dei genitori della cheerleader che ha dato una festa un po' di settimane fa, invece.

Dalle casse risuona musica reggae e uno del primo anno se ne sta seduto a terra a gambe incrociate a strimpellare la chitarra. Ella Reynolds, in ginocchio accanto a lui, tamburella le dita su un paio di bonghi, senza suonarli veramente. Io ed Ella eravamo migliori amiche, ma abbiamo smesso di frequentarci quando io ho "perso di vista i miei obiettivi" (parole del consulente scolastico, non mie) ed Ella è diventata il tipo di ragazza che si siede a terra con i bonghi in braccio.

Quando ci vede, mette i bonghi da parte e viene a salutarci. «Che fai, una capatina nei bassifondi?» mi chiede con un sorrisetto.

Sarah alza gli occhi al cielo. «E io che pensavo che voi

artisti foste dei tipi originali.» Marin le dà una gomitata nelle costole e Sarah alza le mani. «Che c'è?»

«Scusa» dico a Ella. «Non escono molto.»

Sarah mi lancia una finta occhiataccia. «Andiamo a prendere da bere.» Trascina Marin verso il retro della casa, presumibilmente in direzione del famoso bagno al piano terra.

Ella mi squadra da capo a piedi – vestito corto, stivali con i tacchi alti, mascara: forse sono troppo in tiro per l'occasione. Le cheerleader saranno anche selvagge per i miei gusti, ma almeno le loro feste le capisco. Vuoi sedurre un ragazzo, metti in mostra un po' di pelle.

«Dico sul serio.» Ella mi osserva incuriosita. «Che ci fai qui?»

Io scrollo le spalle (che altro potrei fare?). «È il primo fine settimana estivo. Mi sembrava un'idea carina...»

Mi interrompo perché lei si è messa a guardare qualcosa alle mie spalle con aria seccata. Mi giro e seguo il suo sguardo fino alla porta d'ingresso, dove sta entrando James Dean. Insomma, se James Dean fosse giovane, di origini sudamericane e con l'aria da artista.

E vivo.

Il ragazzo è alto – perfino più alto di me con otto centimetri di tacco – con la carnagione color bronzo e gli occhi castano scuro. Nonostante l'aria calda di giugno, indossa i jeans e un giubbotto nero di pelle sopra a una maglietta bianca. Mentre lo osservo, si sistema una ciocca di capelli mossi e scuri dietro l'orecchio.

Senza dare nell'occhio, mi tiro giù l'orlo della gonna. A ripensarci, forse ho messo un po' troppa pelle in mostra.

Accanto a me, Ella sbuffa infastidita. «Lo conosci?» le chiedo.

«Sfortunatamente sì.» Gli rivolge un sorriso falso. «È il mio ex. Milo Cabrera. Va alla North. Non so che ci faccia qui.»

Mi ricordo il primo ragazzo di Ella: un tipo timido di prima media, che poi si è trasferito in un altro stato. Carino, ma niente di particolare.

Questo Milo, invece… be', diciamo che Ella ha fatto un bel salto di qualità dai tempi della prima media. Insomma, un salto enorme.

Avrei voglia di continuare a fissarlo, ma tutt'a un tratto entra Tuck Brady con la sua andatura rilassata. Anche lui porta i jeans e una maglietta bianca. Forse è lo stile tipico di chi fa teatro e io non me ne sono mai accorta. Si avvicina a Milo e i due si salutano con una stretta di mano e un abbraccio.

Ella fa un altro dei suoi sbuffi. «Ma certo. Tuck. Oddio, fatti dei nuovi amici.» Poi torna a rivolgersi a me. «Cavolo, ha incrociato il mio sguardo. Ora devo andare a salutarlo, altrimenti faccio la parte della stronza. Vieni.»

Si avvia rapida verso l'altra parte della stanza e io la seguo. Raggiungiamo i ragazzi proprio mentre Milo sta chiedendo a Tuck: «Com'è andata la performance oggi?»

«Alla grande» risponde lui, e i due battono il pugno. «Ero concentratissimo sul palco.» Si volta verso di me e ho tutta l'impressione che il colore dei suoi occhi diventi più scuro, come quello dell'oceano. «Tu c'eri. Come ti è sembrato?»

Ma certo che c'ero. C'ero eccome.

Gli dico la verità: «È stato fantastico!» e lui mi ricompensa con un sorriso perfetto. Mi viene voglia di dirlo di nuovo solo per vederlo sorridere ancora, ma i suoi occhi d'oceano si stanno già spostando su Ella.

«Ella-Bella?»

Lei atteggia le labbra in un'espressione riflessiva. «Il monologo era bello. Davvero molto bello, non fraintendermi... ma mi è piaciuto di più come lo hai recitato durante le prove. Mi è sembrato più autentico.»

Io vorrei essere "più autentica", perché non so bene come contribuire a questa conversazione. Invece, mi tiro l'orlo del vestito ancora più giù. Il gesto attira l'attenzione di Tuck, e i suoi occhi tornano a guardarmi. «Scusa, lei è Rainie» dice a Milo. «Frequenta la nostra scuola.»

Io e Milo ci salutiamo con un "ciao" e un cenno della testa, poi io torno a concentrarmi su Tuck. «I monologhi li avete scritti voi, giusto?»

«Be'... sì.» Tuck sembra in imbarazzo. «Era un po' troppo? Ho esagerato?»

Prima che io possa rispondere, Milo si schiarisce la voce. «Vado a prendere da bere. Volete qualcosa?»

«Sono a posto» diciamo insieme io e Tuck. Lo prendo come una segno del destino che ci ha fatto incontrare. Invece, a quanto pare, per Ella è solo segno che nessun altro vuole una birra.

«A me ci penso io» dice e si allontana insieme a Milo. Lei non lo sa, ma in questo momento è la mia spalla.

Io e Tuck rimaniamo soli nel bel mezzo della festa, mentre una canzone R&B che non conosco risuona dalle casse. Vicino a noi, dei ragazzi cominciano a ballare. Grazie a Dio, Tuck non è uno di questi. Mi guarda. «È difficile, sai?» Ci metto un secondo a ricordarmi che sta ancora parlando del monologo. «Esporsi così.»

Lo capisco. Lo capisco talmente bene che vorrei baciarlo o piangere o urlare contro un cuscino. Io non mi espongo mai. Mai veramente. Non voglio essere vista. Non per come sono realmente. È molto più facile glissare sulla superficie delle cose come un ciottolo piatto e leggero sull'acqua. Non andare mai a fondo, non fare mai niente che conti davvero. «Non riesco a immaginare niente di più difficile.»

«Ehi, Rain.» Mi guarda come se stesse cercando di decifrare qualcosa. Come se stesse cercando di decifrare me. «Come mai non ci siamo mai frequentati?»

«Perché tu fai tutto e io… no.» Meglio optare per l'onestà impacciata.

«Però tu ci sei sempre. Ti ho vista in giro, ma non ti ho mai vista… veramente.» China la testa da un lato, come se stesse cercando di capire chi sono. «Non so perché non ti ho mai vista.»

«Oggi mi hai vista.» A meno che io non abbia avuto un'allucinazione, è così.

«Sì.» Tuck si avvicina. «Sono salito sul palco, ho guardato la platea ed era tutto sfocato, tranne te. Tu eri a fuoco e… non so. Sei stata come un'ancora.»

Lo guardo accigliata. Le ancore sono grosse, pesanti e, immagino, arrugginite dall'acqua salata. Non sono sexy.

«L'anno prossimo» dice Tuck. «Ci frequenteremo.»

Ma manca ancora un sacco di tempo.

Lui mi sfiora un braccio con un dito, con una leggerezza tale da farmi il solletico. Io continuo a guardarlo, mentre la gente balla intorno a noi al ritmo di una canzone pop degli anni Ottanta e l'odore di chiodi di garofano arriva a folate dal portico.

«Che fai quest'estate?» La frase mi sfugge in un sussurro.

«Olympus.»

Provo un tuffo al cuore. È una città universitaria sugli Appalachi, a un paio d'ore a nord di Dobbs. Una volta i miei nonni mi ci hanno portato a vedere le foglie autunnali (sì, guardare le foglie è molto bello in Carolina del

Nord), e la sorella maggiore di Ella, Annette, frequenta l'università lì. Questo è tutto quello che so di Olympus. «Perché?»

«Reciterò nel ruolo di Paride.»

«È un filosofo?» La domanda mi sfugge prima che io possa rifletterci, e Tuck scoppia a ridere.

«È il principe troiano che rapì Elena e diede inizio alla guerra di Troia.»

Ora ricordo: a Olympus c'è un teatro che si chiama come la città. Lì, ogni estate, mettono in scena un musical sulla mitologia greca. «Tu sei il protagonista?»

«Sì, e non è un ruolo semplice. La cosa mi spaventa da morire.» Vorrei tanto ricordare di più sui miti greci che leggevo da bambina. «È un rischio, sai?» Io annuisco di nuovo. Fingo di nuovo. «Tutta l'estate lo sarà.»

«Lo capisco.» Non è proprio una bugia, ma non è neanche la verità. Mi torna in mente il suo monologo e ripeto le sue stesse parole. «Devi correre il rischio.»

«Esatto.» Tuck mi posa le mani sulle spalle. Ne sento il calore attraverso la stoffa leggera del vestito. «Grazie per esserci stata oggi. Per aver ascoltato.» Mi rivolge uno sguardo implorante, ma non capisco cosa mi sta chiedendo. «L'hai ascoltato tutto, vero?»

«Sì» gli assicuro. «L'ho ascoltato tutto.»

«Ci credo davvero» mi dice. «Ci credo davvero in quello che ho detto.»

Torno con la mente all'assemblea, allo sguardo che aveva Tuck Brady mentre mi guardava negli occhi. E all'ultima frase che ha detto. «Se non fossimo soli, forse non avremmo tanta paura.» Nonostante le abbia solo sussurrate, le parole mi risuonano nelle orecchie. Tuck mi sorride grato, forse sollevato.

«Bene.» Mi accarezza le spalle con i pollici. «Mi hai ascoltato.»

«Sì» mormoro io, e questa volta non sto mentendo.

Tuck si avvicina e mi sfiora la guancia con le labbra. «Corri il rischio» mi sussurra all'orecchio, poi sparisce tra la folla della festa.

Io lo guardo mentre si allontana e sorrido. Perché, per la prima volta nella mia vita, ho un obiettivo. So cosa devo fare. In questo momento, seguirei Tuck Brady fin sulla luna, ma non ce n'è bisogno.

Mi basta andare… a Olympus.

CAPITOLO 2

Dati i miei trascorsi, immagino che la reazione dei miei genitori non dovrebbe sorprendermi. Eppure, mentre ci guardiamo in cagnesco davanti a un vassoio delle famose costolette di maiale cotte a fuoco lento di mio padre, e ai molto meno famosi panini surgelati e mais in scatola di mia madre, mi sento colta alla sprovvista.

«Ma tu fai parte del Consiglio statale per le arti» dico a mio padre. «Dovrai pur conoscere qualcuno al teatro.»

«Non se ne parla» mi risponde tra un boccone e l'altro.

«Mamma.» Mi rivolgo a mia madre, che di solito cede più facilmente. «Tu hai degli amici all'università. Puoi fare qualcosa.»

Mamma e papà si scambiano un'occhiata. In realtà, è più uno sguardo da genitori estenuati.

«Dimmi una cosa.» Mia madre posa la forchetta. «Quando ti sei iscritta alle Olimpiadi di scienze, quanti elementi della tavola periodica hai memorizzato?»

«Ero in terza media.» Mi metto subito sulla difensiva. «Come faccio a ricordarmelo?»

Si rivolge a mio padre. «Barry?»

«Zirconio ti dice niente?» Lui mi guarda. «Spiegami una cosa, Rainster: perché hai smesso di fare atletica?»

«Perché detestavo sudare!» Alzo le mani al cielo. «E c'è stata un'afa da record l'anno scorso!»

«Peccato che l'anno prima avessi già abbandonato il calcio, sempre per questa storia della fatica» mi ricorda mia madre.

«Ooh, e ti ricordi il corso di scultura?» Papà sembra quasi contento. «Mollato dopo due lezioni.»

Io protesto: «L'insegnante era uno stronzo» ma nessuno ci fa caso… nessuno mi sente.

«Danza classica» dice la mamma.

«Giornalismo» aggiunge papà.

«Scherma!»

«Fotografia!»

«Buddismo!»

Quest'ultimo lo dicono insieme e poi scoppiano a ridere come matti. Che maleducati! Scosto la sedia dal tavolo e mi precipito in camera mia. Non posso vincere.

«Ti vogliamo bene» grida la mamma.

«Moltissimo» grida papà.

«Certo» mormoro tra me e me.

Come no.

* * *

Il sito del teatro Olympus è facile da trovare, ma navigarci dentro è un'impresa. È zeppo di foto del musical dell'estate scorsa, che si intitola Zeus!

Sì, il punto esclamativo fa parte del titolo.

Dopo aver curiosato per vari minuti, trovo una sezione dedicata ad audizioni e colloqui lavorativi, ma si sono tenuti mesi fa. Scorro le foto dello spettacolo dell'anno precedente e ne trovo subito una di Tuck. Indossa una toga e ha un piede poggiato su una roccia. Sembra che stia guardando il tramonto con una lancia in mano.

Che fico pazzesco!

Tuck compare in molte fotografie, e insieme a lui vedo anche altri due visi familiari. Ci sono Milo Cabrera – l'ex ragazzo di Ella, che ho conosciuto alla festa di Wendell – e la stessa Ella. Trovo il suo nome su un volantino digitale del programma dell'anno scorso. A quanto pare era una "stagista". Scorrendo la lista, noto che c'è un altro Reynolds nel programma: Robert Reynolds, il direttore della compagnia. Ora che lo vedo scritto qui, mi ricordo che Ella ha un parente che lavora al teatro.

Certo, io ed Ella non siamo più vere amiche, ma non siamo nemmeno nemiche. Almeno non credo.

C'è solo un modo per scoprirlo.

* * *

Lunedì mattina, comincio a stalkerizzare Ella. Lunedì pomeriggio, la mia tenacia viene premiata quando il suo stato sui social mostra che si trova alla biblioteca comunale. Per fortuna Dobbs è piccola, e io riesco a raggiungere la biblioteca in otto minuti.

Ella è in fondo alla sala, dietro a una fila di romanzi d'amore vittoriani, e sta pomiciando con Bradley Ruiz. Quando arrivo, la smettono subito.

«Ti dispiace?» mi dice Bradley.

«Non è affatto carino.» Ci metto un attimo a capire che Ella sta parlando con Bradley e non con me. «È un luogo pubblico. La letteratura è un diritto di tutti.» Indica i libri sventolando una mano. «Serviti pure, Rainie.»

«In realtà, sono contenta di averti incontrata. Hai un secondo?» La sorpresa sul viso di Ella appare e scompare in un attimo. Lancio un'occhiata a Bradley. «In privato.»

Ella gli fa spallucce e lui si toglie uno sbaffo di rossetto rosso dal mento. «Ci vediamo.»

Appena se ne va, mi rivolgo a Ella. «Non sapevo che usciste insieme.»

«Infatti non è così. Lo sto solo testando per vedere se tra noi c'è chimica. Quest'autunno voglio un buon partner di scena per le audizioni dello spettacolo dell'ultimo anno.» Si siede a terra e, dopo un secondo di esitazione, io faccio lo stesso. Lei mi guarda con gli occhi grigi, truccati di nero. «Non sei tipo da venire in biblioteca d'estate, perciò immagino che questo non sia solo un caso. Di che cosa hai bisogno?»

«Noi non ci frequentiamo più.» Dato che mi ha già beccata, tanto vale che cominci con qualcosa di ovvio. «Quindi riconosco che è chiedere molto. Moltissimo.»

«Vuoi dire ai tuoi che resti a dormire a casa mia o roba del genere? Va bene.»

«No.» Osservo Ella, così diversa da me: la frangetta castana con qualche ciocca nera, i jeans volutamente logori e la maglietta stampata. «È qualcosa di più grosso. E più strano.» Faccio un bel respiro e mi butto. «Voglio far parte di Zeus! quest'estate. Non so come fare a partecipare e non sono qualificata per nessun tipo di incarico, ma prometto che lavorerò sodo e…» Mi fermo perché Ella mi sta fissando come se mi fossi trasformata in un peperone. «Lo so che sembra assurdo.»

«Infatti.»

Sembra divertita, non arrabbiata, quindi persisto. «Tu hai un parente che lavora al teatro.»

«Zio Rob.»

«Esatto, zio Rob.» Le parole scorrono a fiumi, velocissime e sempre meno sensate. «Forse gli serve qualcuno che risponda al telefono? Che faccia da guida? O che distribuisca i programmi e accompagni la gente ai propri posti?»

Ella scoppia a ridere. «Aspetta. Fammi capire bene. Tu pensi di essere qualificata per fare da maschera all'interno di un teatro dedicato alla mitologia greca?»

«No...» Scuoto la testa, arrossendo. «Ma posso imparare. Farò di tutto, non mi importa. Voglio solo esserci. Ti prego, Ella.»

Quando si sente chiamare per nome, Ella smette di ridere. Si appoggia con la schiena a uno scaffale, incrocia le braccia sul petto e rimane a fissarmi abbastanza a lungo da mettermi a disagio. «Qual è il vero motivo?»

Io la guardo – questa ragazza una volta era mia amica – e decido di rimettermi alla sua mercé. «Non dirlo a nessuno.»

Lei mi offre il mignolo. «Parola di scout.»

Io glielo stringo, anche se sono certa che questa cosa non si faccia tra gli scout, né maschi, né femmine. «C'è un ragazzo.» Ella apre la bocca, allora io le lascio in fretta il mignolo e mi nascondo il viso tra le mani. «Ti prego, non ridere di nuovo.»

«Non sto ridendo.» Quando mi posa la mano sul braccio, mi scopro il viso. Lei mi guarda negli occhi. «Aspetta... Tuck Brady? Sul serio?»

Le mie guance diventano paonazze, tanto che ora avrebbe ragione a pensare che mi sono trasformata in un peperone. «Come fai a sapere che è lui?»

«È l'unico ragazzo della nostra scuola che trascorre le estati lì.» Ella fa una smorfia. «È così prevedibile. È così… ovvio.»

«Mi dispiace.» Ed è vero, ma non per le ragioni che pensa Ella. Mi dispiace perché io sono ovvia e prevedibile. Perché non sono per niente interessante e originale come i ragazzi del club di teatro, come Marin, come Sarah.

Perché non sono altro che me stessa, una normalissima ragazza mediocre. Non ho niente di speciale, nessun talento, nessun programma per il futuro.

Nessun programma in generale.

A parte Tuck.

«Tranquilla.» Ella sembra perplessa. «Non capisco cosa ci trovi in lui, ma va bene. Ho un debole per le storie d'amore tormentate.» Salta in piedi e mi porge la mano. Io esito un attimo, prima di afferrarla, poi lei mi aiuta ad alzarmi. «Vedrò cosa posso fare.»

A questo punto si volta e se ne va, sparendo tra le file di libri. Io resto lì a chiedermi cosa potrà fare esattamente Ella Reynolds.

* * *

Mio padre molla un barattolo di gelato sul tavolo e si siede davanti a me, facendo tintinnare due cucchiai. «Gusto Rocky Road» mi dice. «Per i momenti difficili.»

«Non è neanche un vero gusto» gli dico, ma agguanto comunque un cucchiaio.

Lui rimuove la pellicola e ne prende una cucchiaiata, prima di offrirmi il barattolo. «Penso che potresti trovare un lavoro estivo al museo di geologia.»

Lo guardo confusa. «C'è un museo di geologia in città?»

«Sul corso principale, tra la libreria cristiana e lo studio di Reiki.»

«Non voglio lavorare lì.»

«È più facile ottenere il lavoro che vuoi, se hai già un lavoro.»

«Ma non ha senso.»

«È così che va il mondo. Quando un potenziale datore di lavoro vede che hai già un lavoro, tutt'a un tratto diventi più interessante ai suoi occhi, perché qualcun altro ti ha già assunto.» Mio padre fa spallucce. «È la natura umana.»

Per un po' mangiamo il gelato in silenzio. Quando squilla il telefono di casa, trasaliamo entrambi.

«Abbiamo ancora il telefono?» dice papà.

È Ella. Evita i convenevoli e va dritta al punto. «Sai tenere un rastrello in mano?»

«Sì.» Non so cosa c'entri questo con il lavoro in teatro, ma non mi importa. Mi basta andare a Olympus.

«Sei allergica al lattice?»

«No.» Dove vuole andare a parare?

«Ti senti a tuo agio davanti a molte persone?» Questa volta resto in silenzio, ed Ella si schiarisce la voce. «Riformulo la domanda. Te la senti di stare sul palco, in mezzo alla folla, per sei sere di fila?»

In realtà, la sola idea mi fa rabbrividire. «Non posso fare qualcosa dietro le quinte?»

«Senti, ho fatto l'impossibile.» La sua voce diventa severa. «O accetti il lavoro o dovrò dire a mio zio che sei finita sotto un pullman.»

Non voglio finire sotto un pullman. E voglio il lavoro. O almeno voglio stare vicino a Tuck, anche se il pensiero di presentarmi davanti a un pubblico mi terrorizza.

Non ho altra scelta.

«Allora è sì.»

«Grandioso» dice Ella. «Le prove cominciano la settimana prossima.»

CAPITOLO 3

Il giorno dopo, le mie migliori amiche reagiscono in modi diversi alla notizia. Sarah dice che è una cosa fantastica, Marin pensa che io sia pazza. Infatti, mi porta al nostro caffè preferito per dare voce alle sue preoccupazioni.

«Spiegami in cosa consisterà il tuo lavoro» mi chiede, guardandomi da sopra la tazza di latte chai.

«Si chiama comparsa-attrezzista. Indosserò un costume e starò sul palco durante le scene di gruppo. Potrei anche dover muovere uno o due arredi scenici.»

Marin pianta la tazza sul tavolo e si guarda in giro, come se stesse cercando testimoni con cui condividere il proprio shock. A volte sa essere più teatrale lei dei ragazzi di teatro. «Ma tu non sai recitare» dice. «E non sai neanche… c'è un verbo associato al ruolo di "attrezzista"?»

«Ella dice che è facile.»

«Senza offesa per Ella, lo so che prima eravate amiche e tutto quanto, ma non può essere considerata un modello di normalità. Quello che per lei è facile, per te sarà una follia.»

Mentre giro il mio cappuccino, mi metto sulla difensiva. «Non è il Cirque du Soleil. È uno spettacolo teatrale all'aperto. È mitologico.»

Marin sbuffa e la frangetta rossa le si scosta dalla fronte. «L'hai mai visto?»

«Ne ho sentito parlare» le dico. «Dev'essere fantastico. È come Broadway tra le montagne.»

«Vuoi dire un circo di fenomeni da baraccone in mezzo al nulla.» Marin riprende in mano la tazza. «Hai pensato a lavorare per il museo di geologia qui in città?»

* * *

Sei giorni dopo, una delle mie valigie sta schiacciata tra me ed Ella sul sedile posteriore del minivan dei suoi genitori. Le altre sono nel bagagliaio della mia decappottabile che ci segue, con mio padre alla guida e mia madre seduta di fianco a lui. I nostri genitori hanno pensato che per noi ragazze sarebbe stato "carino andare tutti insieme".

Chiaramente, nessuno di loro lo ha chiesto a noi ragazze.

Siamo a metà strada per Olympus e comincio ad avere i crampi alle gambe, quando finalmente Ella si toglie le cuffie e mi dice: «Non pensavo che saresti andata fino in fondo». Non riesco a capire se sia colpita o delusa, perciò mi limito a fare un cenno con la testa. «Che ne pensano le tue amiche?»

«Sarah pensa che sia una bella esperienza.»

Ella mi guarda con aria intenta. «E Marin?»

«Anche Marin la pensa così.» Non è esattamente la verità, ma Ella non deve saperlo per forza.

«Le sorprese non finiscono mai» dice lei.

Forse sa che sto mentendo...

Attraversiamo gli Appalachi per un'altra oretta buona, passando a zig-zag sotto le chiome degli aceri rossi, vicino ai cornioli bianchi in fiore, sui ponti che attraversano laghi di montagna punteggiati di foglie di ninfee. Nonostante ogni tratto sia più bello di quello precedente, il nodo che ho allo stomaco si stringe sempre di più. Sto riconsiderando tutte le decisioni che mi hanno portata fino a qui, specialmente il fatto di non aver detto niente a Tuck. Su questo Sarah e Marin sono state d'accordo, ma per ragioni diverse. Secondo Sarah non dovevo dargli l'impressione di chiedere il suo permesso. E Marin pensava che gli sarei sembrata una stalker. «Meglio presentarsi e lasciare che sia lui a chiederti come mai sei lì» ha detto.

«Ma poi che gli dico?» le ho chiesto io.

«Che ti sei innamorata del teatro, che volevi passare del tempo con Ella, eccetera, eccetera. Non importa. A quel punto, il dado sarà tratto» mi risponde lei, melodrammatica.

Ora, però, mi chiedo se non dire niente a Tuck non sia stata una mossa stupida, invece.

Finalmente, arriviamo alla mia nuova casa estiva. Si trova su Crestline Drive, in un grosso palazzo grigio. Il minivan dei genitori di Ella passa di sghembo sul prato spelacchiato davanti all'edificio e arriva nel parcheggio dall'asfalto crepato che si trova sul retro. «Siamo arrivati!» cinguetta il signor Reynolds, spegnendo il motore.

Ella si mette in spalla la tracolla di tela. «È la nostra fermata» dice, e scende prima di me.

Io guardo fuori dal finestrino. Un enorme cassonetto nero adorna il retro del fabbricato di cemento. Qualcuno ne ha decorato un fianco con quelli che sembrano simboli di gang con le bombolette spray. Al primo piano, dove vive Annette, la sorella di Ella, c'è una balconata di legno che gira intorno a tutto l'edificio. A vari intervalli vedo: cinque candele mezzo sciolte e tre posacenere sulla ringhiera, due campane a vento, una brunetta dai capelli lunghi che parla al cellulare, un ragazzo che suona quello che mi sembra un banjo, e un gigantesco lenzuolo multicolore che a quanto pare viene usato come tenda.

Sembra un campeggio per hippy ribelli.

Il signor Reynolds si mette in spalla la sacca da viaggio di Ella e si dirige verso l'edificio insieme alla moglie. «Questo è il terzo anno per Annette» grida. «Lei adora stare qui.»

Saliamo fino alla balconata, dove la signora Reynolds bussa alla porta dell'appartamento diciotto e Annette salta fuori con abbracci per tutti, inclusi me e i miei genitori. «Oh, mio Dio, quanto sei cresciuta!» esclama, dopo avermi abbracciata.

Io resto a guardarla. Annette mi faceva da babysitter quand'ero piccola. I miei genitori la adoravano, perché era molto severa. Anche quando portava con sé Ella per farci giocare insieme, ci faceva sempre andare a letto all'orario prestabilito e non ci dava mai le caramelle di nascosto, a differenza delle altre babysitter. Era abbastanza simpatica, ma certo non uno spasso… e credo che sia per questo che i miei genitori mi hanno permesso di passare l'estate a Olympus: perché sono sotto la sua rigida responsabilità.

La Annette dei miei ricordi è una ragazza acqua e sapone. Non si truccava, portava sempre la coda di cavallo e indossava un paio di occhiali dalla montatura scura, nella speranza che le dessero un'aria da artista, ma in realtà la facevano somigliare più a una bibliotecaria. La Annette di oggi continua a non truccarsi, ma non porta più né gli occhiali né la coda di cavallo. Ha i capelli dello stesso colore di quelli di Ella, lunghi e lisci, con la frangetta scalata. È... bella. La tirannica e rigida Annette, che non ci dava mai le caramelle, ora è bella.

«Be', ho sedici anni» le dico.

«Ma certo.» Lei mi rivolge un sorriso paziente. «È solo che è passato tanto tempo.»

Grazie al cielo, l'appartamento di Annette – anzi, il nostro appartamento – è più carino di quanto l'esterno mi avesse fatto credere. Alle finestre pendono tende con una fantasia di margherite. Nel soggiorno alla nostra destra, i cuscini blu cobalto sono sistemati con ordine sul divano e sulla poltrona papasan. Su un tavolino di bambù ci sono dei sottobicchieri di vetro che si intonano ai cuscini. Le pareti sono decorate da fiori secchi incorniciati... e da un calendario con la foto di un uomo calvo e in biancheria intima, che mangia spaghetti. Quando si accorge che lo sto guardando, Annette scoppia a ridere. «L'hanno realizzato i ragazzi del ristorante in cui lavoro. Non sono simpatici?»

I nostri genitori non battono ciglio, perciò io mi avvicino e mi metto a sfogliarlo. Sì, dodici foto di tizi mollicci che giocano con la pasta. Fichi.

Proprio quando comincio a sentirmi più tranquilla rispetto alla situazione abitativa, ci addentriamo nell'appartamento. Ovvero, nelle camere da letto. La mia è piccola – cosa che mi aspettavo – ma ha anche due letti singoli che rendono l'ambiente molto angusto. Sollevo una valigia e la appoggio sul letto accanto alla porta, dato che sia l'armadio che la cassettiera sono minuscoli...

«Ottimo.» Ella molla la sua sacca da viaggio sul letto più lontano. «Preferisco quello accanto alla finestra.»

«Condividiamo la stanza?» Ella mi guarda sorpresa, facendomi pentire immediatamente di averlo chiesto. Sì, lo so che molte persone al mondo condividono la loro stanza con qualcun altro, ma a me non è mai capitato. Sono figlia unica, il che vuol dire che sono stata espulsa dall'utero e immediatamente messa nella culla. Ho sempre avuto degli spazi tutti per me. Sempre.

Ella sembra divertita. «Pensavi che avresti condiviso la stanza con Annette?»

In realtà, pensavo che l'avrebbe condivisa lei con Annette, dato che sono sorelle, ma non dico niente. Mi limito a fare segno di no con la testa e torno in soggiorno.

Annette serve tè freddo a tutti e noi ce ne stiamo seduti per un po', educatissimi, mentre lei ci illustra le regole della casa: niente feste, niente ragazzi, niente alcol (a quanto pare la sua parte da tiranna è ancora viva e vegeta dentro di lei), e dobbiamo tornare a casa subito dopo lo spettacolo tutte le sere. Siamo a meno di un chilometro dal teatro e la strada è ben illuminata, perciò possiamo andare a piedi o con la mia macchina. Al che, mio padre rivolge uno sguardo ansioso a mia madre, ma lei gli stringe la mano e lui si lascia andare contro i cuscini blu cobalto.

«Rainie, tieni il cellulare acceso a tutte le ore» mi ricorda la mamma.

«Dovremmo comprarle dello spray al peperoncino?» chiede papà. Ella sorride alla sua domanda.

I nostri genitori si trattengono ancora un po'. Mio padre vuole portare tutti a pranzo fuori, ma i Reynolds dicono che devono tornare a casa, perché la sorellina di Ella e Annette ha una partita di calcio.

Mentre i genitori di Ella si preparano a ripartire, i miei mi invitano a seguirli sulla balconata di legno. «Ti va se ripassiamo i punti salienti della Grande Negoziazione?» Mio padre si riferisce alla serie di discussioni che ho dovuto sopportare prima di ricevere la loro approvazione sui miei programmi estivi.

«No, vi prego.»

«È come unirsi a una squadra sportiva.» Mia madre mi scosta un ciuffo di capelli immaginario dalla fronte, cosa che fa quando vorrebbe accarezzarmi, ma ha paura di come reagirò. «C'è gente che conta su di te.»

«Devi arrivare fino alla fine» dice papà. «Tutta l'estate.»

«Lo so.» Perché ne abbiamo già parlato. Un sacco.

«E poi, questo è l'unico modo che hai di guadagnarti la

macchina per l'ultimo anno di scuola.» Mio padre prova a rivolgermi un'espressione severa. «Se non concludi, niente macchina.»

«Ho capito» gli dico. «Resterò qui e farò parte della squadra.»

«Siamo sicuri che questa sarà un'estate produttiva» dice la mamma. «Siamo sicuri che sarà un successo.»

«E per "successo", intendiamo "restare fino alla fine".» Papà mi prende tra le braccia. «Ci mancherai.»

Non so perché, ma ho un nodo alla gola. Prima di ritrarmi, lascio che mio padre mi abbracci qualche secondo in più del solito.

«Divertitevi in Europa» gli dico.

Venti minuti dopo, io ed Ella guardiamo dal balcone il minivan dei Reynolds che attraversa il parcheggio e sparisce dietro l'angolo con tutti e quattro i nostri genitori a bordo. «Ciao» dice Ella, e io sono sorpresa di sentire quel sussurro strozzato. Sto per chiederle se si sente bene, quando tutte e due rimaniamo sorprese e zittite dalla voce di Annette che proviene dall'appartamento alle nostre spalle. Non è il tono calmo e autoritario che conosco fin dall'infanzia, quello con cui diceva: "No, non puoi avere un altro bicchiere d'acqua, torna a letto". Piuttosto, è un grido di battaglia seguito da una sola parola assordante:

«Bellezzeeeeeeeeeeeee!»

Noi ci voltiamo di scatto, mentre Annette esce dalla porta sbandando. Ha una bottiglia di birra nella mano sinistra e altre due nella destra. Sul viso ha dipinto un sorriso vittorioso. Ci raggiunge zigzagando e ci offre una bottiglia a testa. «Devo dirvi una cosa.» Fa un passetto di danza a metà tra un colpo d'anca e una scossa dei fianchi. «Ci divertiremo tantissimo!»

CAPITOLO 4

Senza i nostri genitori nei paraggi, le regole di Annette sono molto meno tiranniche: «Fate silenzio quando dormo e non rubatemi gli alcolici».

Ella non sembra affatto turbata dal notevole cambio di atteggiamento di sua sorella, ma io sono sconvolta. Piacevolmente sconvolta.

Tuttavia, quando il sole del mattino successivo si affaccia tra le tende verticali della camera da letto che condivido con Ella, sono più che pronta a uscire di casa. All'improvviso mi sento soffocare in quest'appartamento, e poi sono esausta dopo aver dormito a singhiozzo per tutta la notte. Non è proprio il modo migliore di dare inizio all'estate con Tuck.

Mi metto i vestiti che ho scelto ieri sera – jeans e canotta, per un look volutamente casual – e mi infilo un paio di Havaianas color lampone. Passo venti minuti davanti allo specchio nel tentativo di farmi una coda di cavallo volutamente spettinata, ma alla fine mi arrendo e lascio che i riccioli mi ricadano lungo la schiena. Magari mi andrà bene e scoprirò che a Tuck piacciono le ragazze con i capelli arruffati.

Quando scoccano le otto in punto, sono già su Nine Muses Street – che a Olympus equivale a dire in centro città – e spingo la porta del Caffè da Barney. Una campanella annuncia il mio ingresso con un tin-tin. Passo accanto a una bacheca piena di annunci di stanze in affitto, mostre d'arte e noleggio mountain bike. Poi ordino una tazza di caffè fumante da un ragazzo con la barba e un berretto da baseball con la scritta "Fuori di testa" ricamata sopra.

L'atmosfera di Olympus mi confonde.

In fondo alla sala, c'è una porta da saloon. Un piccolo cartello scritto a mano dice "galleria e altri posti a sedere", ma decido di non esplorare. Evito anche una serie di sgabelli e tavoli di questa sala, andandomi a sedere su una poltrona sacco nell'angolo. Poggio la tazza su un ceppo ben intagliato posizionato accanto alla poltrona per avere le mani libere e poter ficcanasare sul sito di Zeus! con il mio iPad. Clicco su una foto e resto a fissare Tuck in toga che occupa tutto lo schermo. Muscoli, capelli, lancia? Presenti. Idee su come reagirà alla mia comparsa a Olympus?

Nessuna.

È successo tutto talmente in fretta che non ho avuto il tempo di studiare un piano. Lo saluterò con un semplice "ciao"? Con un abbraccio? Con un lungo abbraccio? Con un colpo di dito faccio sparire la foto di Tuck in toga, per poter passare a esaminare le altre, quando...

«Ehi, quelle le ho scattate io...» dice una voce maschile alle mie spalle. Mentre mi affretto a chiudere la pagina del sito, mi accorgo che qualcuno si è seduto nella poltrona sacco accanto a me. Un paio di gambe lunghe e fasciate dai jeans si stendono in avanti e una scarpa All-Star nera, modello Chuck Taylor, mi urta il piede. «Scusa» dice il tipo. «Non volevo interromperti...» Poi fa una pausa perché ho spento l'iPad e ora ci stiamo guardando. «Io ti conosco.»

È vero, e io conosco lui. È il brunetto, l'ex ragazzo di Ella, che visto alla luce del sole è anche più fico di quanto non mi fosse sembrato la prima volta che ci siamo incontrati.

«Rainie» gli dico, annuendo. «Alla festa di Wendell.»

Lui mi sorride. «Vestito blu.»

Io resto interdetta, stranamente toccata dal fatto che questo ragazzo che non conosco si ricordi cosa indossavo settimane fa. Anche se...

«Era grigio.» Okay, non è che se lo ricordi proprio bene.

A quanto pare, si ricorda meglio di me.

«Milo.» Mi porge la mano al di sopra del ceppo su cui abbiamo appoggiato le nostre tazze. «Che ci fai qui?»

Gli stringo la mano e realizzo che mi sta chiedendo che cosa ci faccio in città, non in questo caffè. «Lavoro al teatro.»

«Grandioso!» Si illumina. «Un'altra studentessa della Dobbs a Olympus: sono contento. Che ruolo hai?»

«Ehm.» Mi sforzo di ricordare la dicitura esatta. «Comparsa-attrezzista.»

«Molto formale.» Mi guarda con aria curiosa. «Tu non fai parte del club di teatro, vero?» Probabilmente ho la risposta stampata in faccia, perché lui mi sorride. «Allora perché sei venuta qui?»

«Be'...» Penso più in fretta che posso. «Voglio far parte del gruppo di teatro.»

Questa volta, Milo scoppia a ridere. «Così, dal nulla? Hai scoperto la vocazione al palcoscenico?»

Effettivamente, sembra una cosa un po' stupida.

«Più o meno» rispondo. «Nella nostra scuola, i ragazzi del club di teatro scrivono e recitano ognuno il proprio monologo.»

«Ah, sì?» Milo sembra interessato, perciò vado avanti con la mia storia, che è in parte vera e in parte no (ripeto, dipende dal punto di vista).

«Sì. Sono stati molto bravi quest'anno. Sono rimasti

tutti entusiasti.» Meglio non accennare a Sarah e Marin che russavano. «Uno dei monologhi mi ha colpita molto.»

Milo tira le ginocchia a sé e se le stringe al petto. «Fantastico.»

«Sì, e allora ho cominciato a pensare agli spettacoli che ho visto a scuola. Sembravano divertenti e i ragazzi sono molto legati tra loro.» Milo annuisce, il che mi spinge a rischiare il tutto per tutto. «Io e le mie amiche siamo andate alla festa di Wendell e sono stati tutti molto carini...» (vero perlopiù) «e normali...» (non del tutto vero) «e amichevoli» (non saprei, dato che non ho parlato con nessun altro dopo l'arrivo di Tuck). «Quindi non ho sentito una vera e propria vocazione o roba simile, ma Ella ha detto che poteva trovarmi un lavoro qui, e io ero curiosa di provare. Di partecipare...» Lascio la frase a metà, perché Milo mi guarda intensamente. «Che c'è?»

«Niente.» Scuote la testa. «Mi piacciono le tue argomentazioni, tutto qui.» Dà un sorso dalla sua tazza – che, a giudicare dall'odore, credo contenga cioccolata calda – e la rimette a posto. «Di cosa parlava il monologo?»

«Eh?» Ovviamente ho capito cosa mi ha chiesto, ma cerco di guadagnare tempo. Non so bene cosa rispondere, dato che la mia interpretazione del brano – il motivo per cui penso che Tuck mi capisca – ha a che fare con il fatto che sono un disastro. Non mi va di ammetterlo davanti a un affascinante sconosciuto.

«Quello che ti ha colpita tanto.» Milo mi guarda di nuovo con aria intensa e mi sorride. «Quel monologo.»

«Non saprei rendergli giustizia» rispondo. «Ma dovresti chiederlo a Tuck Brady. Scommetto che te lo farebbe leggere.»

«Buon per Tuck. Era molto preoccupato riguardo alla riuscita del pezzo.» Milo si alza in piedi e si mette la macchina fotografica a tracolla. «Io vado. Vuoi venire con me? Potrei essere così gentile da elargire qualche consiglio esperto.»

«Consiglio esperto?»

«Così saprai da che parte andare, quando qualcuno dirà "esce a sinistra".»

«Sì, grazie.» Metto l'iPad nello zaino e mi alzo in fretta. «Sarebbe bello non fare la figura dell'imbranata.»

* * *

Nine Muses Street è vicina alla Blue Ridge University – dove studia Annette – ed è disseminata da negozi che vendono incenso, tisane e abiti fatti di canapa. Milo indica un ristorante con le tende verdi che si chiama McKay e mi dice che è il luogo di ritrovo preferito dai membri della compagnia di Zeus! «Cibo buono e, a quanto pare, drink economici, se hai una carta di identità fasulla.»

«Tu ne hai una?»

«Per favore.» Mi lancia un'occhiata di traverso. «Un ragazzo mezzo messicano e mezzo americano nel sud degli Stati Uniti? Preferisco stare dalla parte della legge.»

«Giusto.» Nemmeno io ne ho una. Non mi è mai servita alle feste casalinghe, né per fare un sorsetto ogni tanto dal mobiletto dei liquori dei miei genitori, quando vengono a trovarmi Sarah e Marin. E poi, non è che mi piaccia tanto bere. Non mi attrae l'idea di poter fare qualcosa di stupido davanti ad altre persone. «Quindi non è la prima volta che vieni a Olympus?»

«No, è la diciassettesima.»

«Cosa?»

«Qui svolta a destra.» Milo mi fa svoltare l'angolo, così sbuchiamo su una strada più trafficata, costellata di fast food e parcheggi universitari. «Avevo sei settimane la prima volta che mia madre mi ha portato sul palco. Lei e mio padre si sono conosciuti da ragazzini, in un teatro estivo a Ranoke, dove vendevano bibite e snack. Si sono innamorati dell'atmosfera e ora trascorriamo l'estate qui. È una specie di vacanza-lavoro familiare. Mia madre è alla reception e mio padre aiuta ad allestire la scenografia.» Al semaforo, Milo schiaccia il pulsante per i pedoni, vicino alla grossa insegna "Blue Ridge University" che adorna la facciata del campus universitario. «Senti, devo avvertirti: non tutti penseranno che sia carino che tu non sappia niente di teatro.»

Quindi, invece, lui crede che io sia carina?

«Le prime e le seconde audizioni, i colloqui, sono una cosa grossa. Ti conviene non raccontare in giro che è grazie a Ella che ti hanno presa.» Mentre attraversiamo la strada, Milo tira fuori una bandana viola dalla tasca dei pantaloni e se la lega intorno alla testa in stile rapper, nascondendo i capelli scuri. Inizio a rendermi conto che mi sento accaldata e appiccicosa. Sarà una giornata calda e umida. Poi mi rendo conto che…

«Sembri un pirata» gli dico, e immediatamente vorrei rimangiarmi le parole. Sembra un commento pericoloso da fare, perché…

«Tanta gente pensa che i pirati siano fichi.»

Ecco perché.

Milo mi sorride. «Lo prendo come un complimento.»

A essere onesti, è una valutazione veritiera.

Poi indica il lungo marciapiede davanti a noi… quello che si inclina a quarantacinque gradi. «Ci siamo quasi.»

«Vuoi scherzare!» Se ora mi sento appiccicosa, quando inizierà la mia prima giornata di lavoro sarò disgustosa. E un attimo dopo, comincio ad affannare più di quanto vorrei.

Sono un disastro.

«Ti ci abituerai.» Milo mi dà un colpetto di gomito. «All'alta quota.»

Spero proprio che sia così, perché quando raggiungiamo il parcheggio del Teatro Olympus, circondato da grosse querce e punteggiato di auto, mi sento come se avessi corso una maratona. Altro che capelli arruffati. Spero che Tuck abbia un debole per gli esseri repellenti, sudati e viscidi.

Porca miseria.

Mi rivolgo a Milo, di nuovo con una mezza verità. «Forse è meglio se non mi presento in questo stato pietoso il mio primo giorno di lavoro.»

«Non credo che tu sia in uno stato pietoso.»

Non so perché, ma le sue parole mi fanno arrossire.

«C'è un bagno delle donne qui intorno?»

«Dall'altra parte.» Milo indica un edificio lungo, basso e marrone, di fronte al quale molte persone fanno la fila davanti a un tavolo pieghevole. «Quando hai finito, va' a firmare a quel tavolo. Ci vediamo dentro.»

Si volta e si allontana a passo svelto. Un po' in ritardo gli grido: «Grazie!»

In bagno, faccio del mio meglio con un lavandino, uno specchio macchiato e qualche fazzolettino di carta, ma nonostante tutto, quando esco e vado a mettermi in fila, non sono in condizioni eccellenti. Un paio di minuti dopo, mi ritrovo davanti al tavolo dove una signora con i codini ricci e grigi depenna nomi da una lista. Mi consegna un mucchio di fogli, io firmo un modulo e – così, in un attimo – divento parte della compagnia di Zeus!

Un cartello di legno all'ingresso del teatro dice che la struttura può ospitare oltre duemila persone. Osservandolo dalle tribune più alte, non è difficile crederci. Larghe gradinate di cemento portano giù, tra file e file di panche di alluminio ricurve. Molto più in basso, il palcoscenico ricorda più uno scorcio di natura appalachiana che la location per uno spettacolo drammatico. Non c'è pavimento – solo terreno – e l'intera area è circondata da rododendri, aceri da zucchero e muri di pietra. Sembra un'enorme area picnic sulla Panoramica Blue Ridge… Se qualcuno volesse mangiare un panino mentre duemila persone stanno a guardare, ecco.

Un gruppo sta radunato sulle panche più vicine al palco. Mi avvio giù per le scale camminando piano, per poter guardare bene, ma non riconosco Tuck… né Ella, né Milo. Piuttosto, vedo un mucchio di sconosciuti che saranno i miei colleghi di quest'estate. E con cui dovrò fare amicizia.

Mentre mi avvicino, una cosa mi sembra dolorosamente chiara: non sarà facile.

C'è un ragazzo seduto da solo, che pizzica le corde di uno strumento di legno a forma di trapezio. Un altro sembra essersi addormentato con i piedi scalzi (bleah!) poggiati sullo schienale della panca davanti. Due ragazze stanno sedute l'una di fronte all'altra e passano il tempo battendo le mani, in un gioco che ricordo vagamente di aver fatto da piccola. Un gruppo di ragazzi più grandi (studenti universitari, forse?) sono radunati in cerchio, e ridono, e parlano. Mentre mi avvicino, una di loro – una bionda in minigonna – urla all'improvviso: «Mi fido!» e si lascia cadere all'indietro, verso il circolo. Fortunatamente per lei, gli altri hanno i riflessi prontissimi e, in massa, la prendono prima che si spacchi la testa sulla panca di alluminio.

Devo essere trasalita, perché alle mie spalle sento una voce dire: «La solita Gretchen». È Ella. Mi fulmina con lo sguardo. «E Cmq, Ccf?»

«Eh?»

Ha l'aria spazientita. «E comunque, che cazzo fai?»

«Sì, lo so cosa vuol dire. Ma perché me lo dici?»

«Dov'eri finita?»

«Ah. In centro.» Ops. Effettivamente, Ella ha smosso mari e monti per farmi venire. Sono certa che non vuole che mi presenti in ritardo e che le rovini la reputazione in teatro. «Non preoccuparti. Sono sempre puntuale.»

«Non mi preoccupo. Pensavo solo che potevamo venire insieme in macchina.» Sfoglia il suo mucchio di fogli. «Ma tu sei venuta a piedi, perciò non importa.»

A me non sembra che non le importi...

«Scusa» le dico.

Ma Ella ripete: «Non importa».

A peggiorare le cose, arriva Milo, che si siede accanto

a me e mi offre una bibita fresca. «Per aiutarti con l'alta quota.» Apre la sua e si sporge in avanti per salutare Ella con la mano. «Ciao.»

Sembra abbastanza amichevole, ma Ella fa solo un cenno col capo.

Nessuno di noi dice o fa altro, eppure la tensione è palpabile, e io capisco perché: anche se Milo ed Ella non stanno più insieme, lui è comunque di *sua* proprietà. Così come lo è questo teatro. E io sono qui come ospite di Ella, quindi devo stare attenta a come mi comporto.

Restituisco la bibita a Milo. «Sono a posto. Grazie.» Ignoro lo sguardo confuso che gli compare negli occhi, prima di voltarmi dall'altra parte fingendomi indifferente.

Ignoro anche il senso di colpa che mi travolge. Dopotutto, questo ragazzo è stato gentile con me.

Un altro gruppo di "membri della compagnia" (comincio a imparare il gergo) scende le scale di cemento. Allungo il collo per vedere se Tuck è tra loro, ma niente da fare. Il "motivo" per cui sono qui non si è ancora fatto vivo.

Accanto a me, sento partire una serie di clic. Milo ha tirato fuori la macchina fotografica e ha cominciato a scattare foto ai nostri colleghi. Mi viene in mente cos'ha detto quando è comparso stamattina al caffè: l'ha scattata lui la foto di Tuck in toga che c'è sul sito dell'Olympus. «Sei anche il fotografo ufficiale della compagnia?» gli chiedo.

«Sì. Non mi cacciano perché sono economico.» Scosta la macchina fotografica appena il tempo di farmi un sorriso. «In realtà, lavoro gratis.» Poi dà un colpetto di gomito a Ella. «Tu. Tu non sei più una stagista, vero?»

«No. Comparsa-attrezzista.» Non ho bisogno di voltarmi per capire che lo sguardo di Ella è gelido. «Sono cresciuta dall'estate scorsa. Non mi interessano più le stesse cose di prima.»

Di certo la frecciatina risulta chiara sia a Milo sia a me, ma lui non lo dà a vedere. «Una promozione, fantastico!» Sembra sincero. «Te la meriti.»

«Grazie.» Passa qualche istante prima che Ella gli faccia la domanda che è obbligata a fargli per sembrare vagamente gentile. «Tu sei di nuovo una comparsa?»

Mi viene in mente che se anch'io fossi stata vagamente gentile, avrei fatto a Milo la stessa domanda, mentre venivamo al teatro.

«No» risponde Milo. «Attore secondario.»

Ella sembra seccata. «E in che ruolo?»

«Achille.» Sembra quasi che Milo voglia scusarsi. «Forse hanno pensato che dato che vengo qui da una vita, potevano anche concedermi un paio di battute e una morte eroica.»

Ella sembra ancora più infastidita. «Ma almeno le vuoi, quelle battute? Pensavo che fossi un fotografo o roba simile.»

Milo fa spallucce. Sto per chiedergli della sua passione per la fotografia, quando intravedo una chioma bionda con la coda dell'occhio. È Tuck che scende di corsa le scale di cemento. È raggiante come a scuola. Forse ancora di più, perché ora il sole gli incendia i capelli come fossero un fuoco dorato, e porta una maglietta di un bianco accecante, in contrasto con la pelle abbronzata.

Sembra già un dio greco.

Mi metto dritta sulla panca di alluminio, scostandomi i capelli dal viso. Sarò anche tutta sudata, ma con un pizzico di fortuna non si noterà a prima vista. Tuck scende gli ultimi gradini per raggiungere il gruppo più vicino al palcoscenico, e va a sedersi accanto alla ragazza che ha gridato "Mi fido": Gretchen. Lei gli fa un gran sorriso e alza la testa. È la classica mossa da "baciami", ma non può essere così, perché...

No. È proprio così, invece. Perché ora Tuck la sta baciando. Con passione. Con delicatezza. Con trasporto.

Sono un blocco di ghiaccio, ma a quanto pare Ella no, perché la sento trasalire accanto a me. Non la guardo. Non posso.

Sono impietrita.

CAPITOLO 5

«Spostati» dico a Ella, che sta tra me e la porta del bagno.

«No.» Lei si rifiuta. «Non te ne puoi andare.»

«E che cosa dovrei fare? Starmene seduta qui ad aspettare che si lascino? Sai che divertimento!»

«Potresti cercare di divertirti davvero.» Ella ricomincia a guardarmi storto. «Questo è un posto fantastico, sai? Non devi passare per forza la vita a rincorrere un cretino.»

Questo è offensivo.

«Non lo sto inseguendo. Pensavo che lui fosse un segno.» Faccio per muovermi, ma lei si sposta e mi blocca la strada. «Fammi uscire!»

«No.» La mia amica incrocia le braccia sul petto. «Tipico di te, Rainie, piantarmi in asso come al solito.»

«Ma questa storia non ha niente a che fare con te!» Dopotutto, questo non è mica il teatro di Ella. «Ci sarà una persona in meno nelle scene di gruppo, e allora?»

«Mi sono esposta per te. Pensavo che saresti rimasta... che saresti rimasta fino alla fine. Non te ne puoi andare così.»

«Devo.» Gli occhi mi si riempiono di lacrime e comincio ad asciugarle, ma poi cambio idea. Forse Ella si convincerà vedendo il mio dolore. «Non ce la faccio a restare.»

Lei mi guarda per un po', poi alza le mani e si allontana dalla porta. «Okay, bene. Va' pure.» Sto quasi per ringraziarla, ma lei continua in tono severo. «Però sappi che dirò a Tuck perché sei venuta e perché te ne sei andata, così ti divertirai un sacco, quando comincerà l'ultimo anno di scuola.»

Resto a bocca aperta. «Cosa?»

«Pensi che adesso sia umiliante?» Ella fa spallucce. «Aspetta che tutta la Dobbs sappia di come hai inseguito un ragazzo tra le montagne, per poi tornartene a casa con la coda tra le gambe. Che spasso! Rideranno da morire.»

La rabbia mi ribolle nel petto. La sento salire su per il collo e il viso, fino a tingermi le guance di rosso. «Questa è la cosa peggiore...»

«No, tu sei la peggiore.» Ella mi guarda piena di rabbia. «Andartene è la cosa peggiore.»

Mi sento sconfitta, in trappola. «Devi farti una vita.»

«Tu sei venuta qui per farti una vita.» Ella apre la porta. «E dovresti andare fino in fondo.» Poi se ne va.

«Mi stai ricattando!» le urlo, mentre la porta oscilla per un po'. Ella si limita ad alzare le mani in un gesto teatrale, continuando a camminare verso l'entrata del teatro. La porta si richiude e io resto lì impalata, da sola, a fissarla. Ma di che parlava Ella, quando ha detto "piantarmi in asso"? Io pianto in asso le cose, non le persone.

Ma questa volta, pare che io non possa fare nessuna delle due cose.

Quando torno dai miei colleghi – andandomi a sedere accanto a Milo, ma dall'altro lato, lontano da Ella – una bellissima ventenne con la pelle scura e una criniera di capelli rossi inizia a parlare dal centro del palcoscenico. «Nikki Bray» mi informa Milo. «Direttrice di scena.»

Nikki ci illustra una serie di regole riguardanti le due settimane di prove che saranno seguite da due mesi di esibizioni. Per me – che cerco di non guardare Tuck e Gretchen accoccolati insieme – è come parlare di due millenni seguiti da due eoni.

Alla fine, Nikki ci presenta il regista di Zeus!, Del Shelby. È un ometto minuto, rugoso e pallido, e indossa camicia, jeans e stivali neri. Anche l'enorme cappello da cowboy è nero. Sembra un vampiro capitato per caso in un vecchio film western.

Del Shelby ci dà il benvenuto al trentanovesimo anno di Zeus!, che a quanto pare è anche il trentanovesimo anno che il "magistrale" Hugh Hadley interpreta il personaggio che dà il titolo all'opera. Dalla prima fila, un signore con la barba e i capelli grigi saluta il gruppo con la mano. «E speriamo ce ne saranno altri trentanove!» grida tra gli applausi.

Milo mi dà un colpetto di gomito. «Ha iniziato come comparsa-attrezzista» mormora. «I sogni si avverano.»

Ella lo fulmina con lo sguardo e poi mi rivolge un'occhiata compassionevole. Io la guardo di traverso. È inutile che finga di essere mia amica, visto quello che mi sta facendo.

Sul palco, Del parla della storia del teatro, poi Nikki ci ricorda di presentarci sempre in orario, e alla fine entrambi ci danno appuntamento a domani: il primo giorno ufficiale di prove. Infilo il mio mucchio di fogli nello zaino e faccio per svignarmela, quando Milo mi scavalca per toccare Ella sulla spalla.

«Ehi, venite da McKay stasera?»

Lei fa l'indifferente. «C'è qualche evento speciale?»

«È la sera prima dell'inizio delle prove. È sempre un evento speciale.»

«Allora forse.» Ella si rivolge a me. «L'estate scorsa stavo dallo zio Rob. Lui non era molto contento di vedermi partecipare a eventi speciali.»

Saluto Milo frettolosamente – cosa che fa anche Ella, perché è chiaro non lo sopporta – e scappo su per le gradinate di cemento, con lei al seguito. Passiamo nel parcheggio e arriviamo fino alla lunga strada in discesa, quando finalmente riesco a dire qualche parola a denti stretti. «In questo momento non ti voglio vedere.»

Ella annuisce con aria placida. «Ma sono la tua unica amica qui, perciò sei costretta a stare con me.»

Non sono d'accordo con la sua definizione di "amica", però è stata lei a darmi la possibilità di venire. «Ovviamente, Gretchen non è una comparsa-attrezzista, vero?»

«Spiacente.» Ella fa segno di no. «Elena di Troia.»

«Cosa?»

Lei mi guarda con profonda comprensione. «Altrimenti nota come l'amante di Paride di Troia.»

«No, impossibile. Mi stai prendendo in giro.» L'estate del portare a termine le cose e dell'innamorarsi si è trasformata nell'estate dello schifo più totale. Sono una fallita. Tuck non mi stava chiedendo di venire qui. Stava parlando... non lo so, metaforicamente o teoricamente di chissà cosa.

Sono peggio di una fallita. Sono un'idiota.

Ci incamminiamo lungo Crestline Drive, quando Ella rompe di nuovo il silenzio. «Vuoi che ti tiri un po' su di morale?»

«No.» Ma neanche il tempo di salire le scale a fatica e di arrivare sulla balconata di legno scheggiato, che ho già cambiato idea. «Va bene. Tirami su di morale.» *Ricattatrice*, aggiungo, ma solo nella mia testa.

«Non dureranno.» Ella apre la porta di casa e io la seguo all'interno. Entrambe ci abbandoniamo sul divano, ma alle estremità opposte. «Gretchen non è tipo da "amore per sempre". Le relazioni durature non fanno per lei. Si lasceranno alla fine dell'estate, e Tuck tornerà a scuola per l'ultimo anno, single al cento per cento. Nel frattempo, avrete il tempo di conoscervi.»

«Vuoi dire, mentre io faccio la comparsa-attrezzista e lui si sbaciucchia con Elena di Troia?»

«No, dietro le quinte. Tra una scena e l'altra. Prima dello spettacolo. Alle feste. Funziona così.» Ella rannicchia le gambe sotto al vestito a portafoglio multicolore e mi guarda. «Lo so che sei arrabbiata, ma stammi a sentire, qui ci si diverte un sacco. Facciamo tutti parte... della stessa squadra.»

Sì, forse se uno sa come funzionano le cose in questo ambiente.

«Fidati di me, se cominciaste come coppia, per la fine dell'estate non stareste più insieme.» Ella china la testa da un lato e il caschetto le contorna il viso. «I teatri estivi non sono terreno fertile per le relazioni a lungo termine.»

«I genitori di Milo si sono conosciuti al teatro di Roanoke.» Non so perché l'ho detto. Forse sto cercando di difendere il mio diritto alla sofferenza, ma Ella si rabbuia e allora io mi affretto a spiegare. «L'ho incontrato in centro e siamo andati all'Olympus insieme.»

«Interessante.» Ella si alza e si avvia in camera nostra.

«Fammi sapere se stasera vuoi andare da McKay con la tua ex migliore amica ricattatrice.»

«E chi non lo vorrebbe?» le urlo dietro, ma lei non risponde alla mia battuta sarcastica.

Anche se non ho nessuna voglia di uscire con un gruppo di persone che non conosco – per non parlare di una persona in particolare con la quale sono super-arrabbiata – alla fine arrivo alla conclusione che devo incontrare Tuck. È meglio farlo prima che poi. Sarà sorpreso di vedermi e io dovrò spiegargli tutto, e l'idea mi fa impazzire, ma… voglio farla finita il prima possibile.

La sera, entro in camera proprio mentre Ella si sta sfilando il vestito. «Scusa!» Esco immediatamente.

«Non fare la scema» grida lei dall'altro lato della porta. «Entra, dai.» Io esito un attimo, ma poi faccio come dice. Indossa un reggiseno rosa pallido e un paio di culottes color carta da zucchero. «Lasciala aperta. Siamo tutte ragazze.»

Se non contiamo l'unico ragazzo discretamente interessato a me tanto da convincermi a sfilarmi qualche indumento davanti a lui, non mi sono mai spogliata davanti a nessuno da quando ci hanno costrette a farlo dopo una lezione di educazione fisica in prima liceo. Perché… perché mai avrei dovuto?

Apro l'armadio come scusa per guardare altrove. Non siamo in uno spogliatoio, dopotutto. Qui le porte sono un optional. Passo in rassegna l'assortimento casuale di vestiti che ho messo in valigia per un'estate inesistente. Che cosa ti metti per incontrare un ragazzo che ti ha spezzato il cuore? Chiedo consiglio a Ella: «Tu ti metti un vestito?»

«È un bar di provincia» risponde Ella. «Non il ballo di fine anno.»

Ehm, oggi si è messa un vestito per il primo incontro della compagnia. Era per caso il ballo di fine anno?

Alla fine, scegliamo entrambe un look casual. Io pantaloncini di jeans e top nero, abbinanti con le mie Havaianas preferite: quelle verde acqua. Ella, invece, indossa un paio di pantaloncini zebrati e una maglietta mimetica grigia. Porta anche dei grossi orecchini a stella glitterati e un paio di stivali da cowboy arancioni consumati, con i tacchi robusti che la fanno arrivare quasi alla mia altezza. Io sembrerei una prostituta Texana con quella roba addosso, ma Ella sta bene. Chissà come fa?!

Facciamo qualche isolato in macchina fino a Nine Muses Street e troviamo un posto per parcheggiare accanto a un negozio di tisane che pubblicizza tatuaggi all'henné gratuiti. Poi ci incamminiamo verso la strada principale e io le indico il locale con le tende verdi. «Sì, lo conosco» fa lei.

La sala interna – decorata con insegne al neon di marche di birra e vecchie locandine di film – è già affollata dai membri della compagnia di Zeus!, gente di tutte le età. Alcuni me li ricordo di vista, altri li riconosco perché indossano la maglietta del teatro.

«Cavolo.» Ella schiocca le dita. «Mi sono dimenticata dello sconto. Risparmi il quindici per cento, se indossi la maglietta.»

La seguo oltre il bancone del bar e in mezzo ai tavoli, finché non arriviamo in una saletta laterale piuttosto affollata. Qui, delle luci di Natale decorano il soffitto, illuminando dozzine di persone che si muovono tra un biliardo, un bersaglio da freccette, un jukebox e qualche tavolo alto con gli sgabelli intorno. A sinistra, dietro al bancone, c'è un uomo che indossa una maglietta con la scritta "Irlandese fortunato" stampata sul petto. Sopra la sua testa pende un cartello di legno che annuncia "SOLO prodotti da banco e bevande analcoliche".

Quando entriamo, una ragazza dalle gambe lunghe, con un top scollato e una minigonna di lustrini sta china sul tavolo da biliardo, intenta a tirare. La stecca manca completamente il pallino, ma colpisce una palla mezza, spedendola in una buca laterale. A questo punto, la ragazza si mette dritta e agita un pugno in aria – «Ho vinto?» – e noi ci accorgiamo che si tratta di Gretchen.

Infatti, un attimo dopo, arriva Tuck e la prende per la vita. E poi la bacia. Appassionatamente.

Prima che io abbia il tempo di fare qualunque cosa, Ella mi prende per un gomito e mi spinge verso il bar. «Un

Roy Rogers. Ehm, due» dice al barista, che, se non è irlandese, dev'essere innamorato di quel genere di abbigliamento. Il tizio comincia a versare e io mi rivolgo a Ella.

«Un Roy Rogers? Non siamo mica bambine?»

Ella non sembra turbata. «Se puoi scegliere solo tra Coca-Cola con granatina e Coca-Cola senza granatina, perché scegliere senza?»

Ha ragione.

Il barista fa scivolare i drink sul bancone e Ella gli lascia una banconota. Poi si volta verso di me e fa per brindare. «Al perdono.»

«Non sono ancora pronta a perdonarti» le dico.

«Lo sarai» ribatte lei. «Ti serve un'amica qui.»

Alzo gli occhi al cielo e le lascio fare cin-cin con il mio bicchiere. «Alla mia vita: che tortura infernale!»

«Questo è lo spirito giusto.» Beviamo qualche sorso e poi Ella mi guida fino a un tavolo libero, dove ci arrampichiamo su due sgabelli. Poi mi guarda da sopra il bicchiere. «Sai, questa potrebbe essere la tua fortuna nella sfortuna.»

«Perché? Hai convinto il barista a metterci un po' d'alcol, lì dentro?» Ella dev'essere ubriaca, perché niente di quest'estate potrebbe essere considerata una fortuna.

«No, ma dicono che sia meglio conoscere una persona come amico, prima di tutto.»

«Lo sai chi lo dice?» Non sono in vena di farmi tirare su di morale, specialmente da Ella. «La gente triste. La gente sola. Gli illusi che non riescono a vedere quello che hanno davanti agli occhi.»

E davanti ai miei occhi c'è Tuck, che accetta un bacio di congratulazioni da parte di Gretchen, per aver messo una palla in buca.

«Qualunque cosa succeda, doveva succedere» dichiara Ella.

«Grazie, Socrate.» Sono ancora arrabbiata, ma riconosco che a modo suo Ella sta cercando di aiutarmi. Dopotutto, sono passati anni dall'ultima volta che abbiamo parlato di cose importanti. Anzi, forse non l'abbiamo mai fatto. Passo in rassegna i ricordi d'infanzia che includono Ella – i pigiama party, le volte che rubavamo i vestiti di Annette, i gavettoni – e non riesco a tirare fuori niente che somigli a una conversazione seria. Forse eravamo troppo piccole, perché ho l'impressione di aver cominciato a parlare di cose importanti solo quando ho conosciuto Marin e Sarah.

«Non c'è di che, Ih-Oh.» Ella mi sorride e io riesco a ricambiare a malapena. «Devi andare a salutarlo.»

«Lo so.»

«E poi devi flirtare con un altro ragazzo.»

«Cosa?»

«È il trucco più vecchio del mondo.» Ella mi rivolge quella che dovrebbe essere un'espressione saggia. «I ragazzi adorano rincorrere le ragazze.»

«Sì, ma ora sono io quella che rincorre.»

«È questo che intendo. Non devi essere tu a farlo.» Ella salta giù dallo sgabello, portandosi dietro il bicchiere. «Coraggio. Io distraggo Gretchen.»

«Aspetta, che cosa?»

«Guarda.» Ella mi fa l'occhiolino. «E impara.» Non voglio fare nessuna delle due cose, ma non mi pare di avere altra scelta, perciò la seguo fino al tavolo da biliardo, dove lei si infila tra Tuck e Gretchen. «Ciao, ragazzi.»

«Ciao!» Tuck le mette un braccio intorno alle spalle e la stringe a sé. «Un'altra rappresentante della Dobbs!»

Gretchen le fa un cenno con la testa – «Ella, giusto? È un piacere vederti» – prima di posare gli occhi su di me. Mi squadra per essere sicura che non ci conosciamo, poi mi porge la mano. «Piacere, Gretchen.»

Dato che è così che si fa, le stringo la mano e riesco a dirle il mio nome a labbra strette. «Rainie Langdon.»

A quel punto, Tuck si rende conto che sono dietro di loro. Sgrana gli occhi e poi mi abbraccia forte. «Ma che ci fai tu qui? Sei venuta a trovare Ella?» Io non rispondo, perché non riesco a pensare ad altro che alle sue braccia muscolose. E davanti alla sua ragazza, per giunta! Ricambio l'abbraccio un po' troppo a lungo, forse, e poi mi allontano. Tuck dice a Gretchen: «Rainie frequenta la nostra stessa scuola».

Provo a mormorare una spiegazione che non mi faccia sembrare una maniaca pazzoide, ma Ella mi batte sul tempo. «Rainie fa parte della compagnia. L'ho convinta a venire qui per l'estate, per vedere se la cosa le piace.» Poi, prima che io riesca a dire una sola parola, continua rivolta a Gretchen. «Mi serve assolutamente il tuo aiuto. Ho sentito dire che sei esperta di certe cose.»

«Quali cose?» Gretchen sembra lusingata. Ella la porta verso il bar, e io e Tuck restiamo da soli. Mentre lui mi guarda, gli brillano gli occhi e sembra felice, allora penso che dopotutto potrei anche non uccidere Ella nel sonno.

«Perché non mi hai detto che saresti venuta?»

«L'ho deciso solo la settimana scorsa.» Almeno questa è la verità.

«Grandioso.» Tuck mi accarezza il braccio nudo con un dito. «Ti piacerà da morire.» Mi sorride e mi guarda negli occhi, come se fossi l'unica ragazza della sala – no, del pianeta – e tutt'a un tratto stento a credere che si comporterebbe così, se Gretchen fosse ancora qua.

«Lo spero» gli dico.

Tuck mi fa un gran sorriso. «Sono contento che tu sia venuta. È una bella sorpresa.»

Il momento è talmente perfetto e completo in se stesso che non mi arrabbio quando Milo arriva con un cestino di patatine fritte. «Ciao, sei venuta.» Me ne offre qualcuna.

«Anche tu.» Prendo una patatina, mentre lui e Tuck battono il pugno per salutarsi.

«Sei sola?»

«Ella è laggiù.» Tuck risponde al posto mio, indicando il bar. «La mia ragazza le sta impartendo una lezione fondamentale.»

Ragazza, tsè.

Sia io che Milo ci voltiamo a guardare Ella e Gretchen, che pare si stiano affrontando in duello. Sono perfettamente immobili e si fissano, muovendo la bocca come se stessero masticando. O meglio, come se fossero mucche che ruminano.

«Non capisco» dice Milo.

«Guarda meglio» risponde Tuck.

Osservo il bicchiere di Gretchen, pieno di un liquido rosso...

No, non è un liquido. Sono ciliegie. Il bicchiere di Gretchen è pieno di ciliegie. Il che vuol dire...

«Oh.» Milo annuisce. «Ancora quella cosa lì del gambo!»

Già. La ragazza di Tuck, alias Elena di Troia, pare stia insegnando alla mia coinquilina come annodare un gambo di ciliegia con la lingua. Fantastico.

«Notevole, vero?» dice Tuck.

«Davvero notevole» commenta Milo. «Vi va di giocare a freccette, ragazzi?»

«Naa» risponde Tuck. «Preferisco la lezione sulle ciliegie.»

Anche se mi piacerebbe molto che Tuck continuasse

a sorridermi e a sfiorarmi il braccio, preferirei morire in una terribile esplosione piuttosto che restare a guardarlo mentre contempla la sua ragazza che esegue la dimostrazione di una tecnica di sesso orale basata sulla frutta. «Gioco io» dico a Milo, prendendo un'altra patatina dal cestino.

Io e Milo troviamo un bersaglio libero in un angolo della sala, vicino a un ripiano di legno dove posiamo le patatine e la mia bibita. «Sei brava a questo gioco?» mi chiede.

«Per niente. E tu?»

«No.» Milo estrae le freccette conficcate lungo il perimetro del bersaglio e le agita nella mia direzione. «Comincia tu.»

Io ne lancio tre, due delle quali colpiscono il bersaglio, ma mancano il cerchio. Poi Milo fa lo stesso. Mentre raccoglie le freccette, cerco un argomento di conversazione che non abbia niente a che fare con Tuck e approdo all'unica cosa che abbiamo in comune: Zeus! «Allora, com'è questo Achille?»

Milo mi rivolge un sorriso amaro. «Ella ti ha detto che non merito la parte?»

«No.» Devo ricordarmi di chiedere a Ella cos'è successo tra loro. «È solo che non so niente del personaggio.»

«Non hai letto il copione?»

«Ce l'hanno dato solo stamattina, e comunque non è che io debba parlare.» Sembra offensivo persino detto da me.

«Mi dispiace deluderti.» Milo mi passa le freccette. «Ma hai una battuta.»

«Questo non faceva parte del patto.» Non ho nessuna intenzione di mettermi a recitare in quel teatro gigantesco.

Sembra divertito dalla mia reazione inorridita. «È una battuta sola. Tutte le comparse-attrezzisti ne hanno una.»

«Anche Ella ha dovuto farlo l'anno scorso?» Non so perché sto andando nel panico. In fondo, non avevo idea di che cosa sarei venuta a fare qua. Io non parlo la loro lingua, qui sono fuori posto. E poi Ella non aveva menzionato questo piccolo dettaglio.

Ci sarà altro che non mi ha detto?

«Sì. E anch'io.» Milo fa di nuovo spallucce. «Sarà una scena di gruppo, probabilmente dovrai dire solo qualche parola.» Resto a fissarlo senza sapere come prendere la cosa, e lui indica le freccette che stringo in mano. «Ambasciator non porta pena.»

Infatti. Allora mi volto verso il bersaglio e scaglio le freccette rapidamente una dopo l'altra. Due finiscono fuori dal cerchio. La terza colpisce il muro e cade a terra, inoffensiva. Faccio qualche passo indietro, in modo che Milo possa prendere il mio posto, ma non mi accorgo che è dietro di me e vado a finirgli addosso. «Scusa.»

Mi sposto di lato, ma lui non si fa avanti. Resta dov'è e mi guarda. «Hai proprio paura, eh?»

«Be'... non pensavo che avrei dovuto recitare. Pensavo che mi sarei mimetizzata.» Milo mi osserva con attenzione. La cosa dura più di qualche secondo e mi mette a disagio. «Che c'è?» gli chiedo, un tantino sgarbata.

«Niente. Solo che non sembri affatto il tipo che si mimetizza.» Torna a concentrarsi sul bersaglio e questa volta tutte e tre le freccette, zing-zing-zing, finiscono all'interno del cerchio. Ora mi guarda di nuovo, scrutandomi con i suoi occhi scuri. «Ti sentiresti meglio, se ti recitassi la mia battuta dell'anno scorso?»

«Probabilmente no.»

«Come vuoi.» Va a prendere le freccette, ma mentre le estrae dal bersaglio (e raccoglie la mia dal pavimento), io cambio idea.

«Va bene, dimmela.»

«Ne sei sicura?» Milo si volta. «Forse non dovrei. È una battuta d'effetto. Probabilmente resterai sconvolta dalle mie superbe doti recitative.»

«Cercherò di mantenere la calma.» Incrocio le braccia sul petto e mi rendo conto che stranamente non vedo l'ora di sentirla.

«Tieniti forte.» Milo posa le freccette sul ripiano e poi agita le mani. Si ravvia i capelli nero corvino. Scioglie le spalle. Piega la testa da un lato e dall'altro, come se si stesse sgranchendo il collo.

«Che stai facendo?»

«Mi riscaldo. Imparerai anche tu.» Stende un braccio sopra la testa e poi l'altro. Comincia a fare quelli che credo siano esercizi vocali. «Poh-boh, poh-boh, poh-boh.»

«Oh, mio Dio.» Cerco di dimostrarmi impaziente, ma mi sfugge un sorriso. «Di' la battuta e basta.»

«Va bene, ma non dire che non ti avevo avvertita.» Milo si mette in posa come la statua di un famoso generale o forse come un modello di intimo. Fa un bel respiro e poi, con voce profonda e tonante, declama: «Non mangiare l'uovo in corpo alla gallina, Polluce!»

Io aspetto con aria titubante, mentre lui rimane immobile con una mano alzata. Dopo dieci secondi buoni non si è ancora mosso, allora mi rendo conto che la battuta era tutta lì. Mi affretto ad applaudire.

«Grazie, grazie» dice lui con un inchino.

Tra le risate, trovo le parole. «Ma che vuol dire?»

«Oh, lo vedrai.» Milo prende le freccette dal ripiano e torna da me. «È un momento fondamentale in quel melodramma stellare che è Zeus!»

«Non vedo l'ora.» Ci sorridiamo, e proprio quando mi rendo conto che per qualche minuto mi sono dimenticata di Tuck, sento la voce di Ella alle mie spalle.

«Sono pronta, andiamo.»

Quando mi giro, la trovo con le mani sui fianchi, e mi ricordo del melodramma tutt'altro che stellare in cui recito al momento. Scaccio via il senso di colpa improvviso. Ricattare qualcuno è un reato. Parlare con un ragazzo, no.

Insomma, parlare con una persona.

Anche se non si tratta di Tuck.

Anche se si tratta dell'ex di Ella.

«Va bene.» Restituisco la freccette a Milo. «Grazie per la partita.»

«Piacere mio.» Fa un cenno alla mia coinquilina. «Ciao, Ella.»

«Ciao.» Lei non lo degna di uno sguardo e si fionda verso l'uscita.

Io guardo Milo e scrollo le spalle appena appena, prima di seguire Ella tra i tavoli, gli sgabelli e la gente. Ma poi, non so per quale motivo, mi fermo e mi volto indietro. Milo sta esattamente dove l'ho lasciato, accanto al bersaglio. E mi fissa.

Mi saluta con la mano e io ricambio.

Poi scappo.

CAPITOLO 6

Quando comincia il giro mattutino del retroscena dell'Olympus, resto appiccicata a Ella. Anche se almeno metà dei membri della compagnia hanno già lavorato qui, Nikki insiste per far fare il giro a tutto il cast e la troupe – in totale, ottanta persone – in modo che si dia una rispolverata alle regole insieme.

Nikki ci tiene molto alle regole.

Tutti ci alziamo dai nostri posti. Io ed Ella finiamo in coda al gruppo. Poi, con suo grande disappunto, ci raggiunge Milo. «Ciao, ragazze.»

Il suo arrivo mi riempie segretamente di gioia: in parte perché dà fastidio a Ella e in parte perché…

In realtà, non saprei.

«Buongiorno» gli dico.

Ella gli fa a malapena un cenno.

Mentre ci riuniamo al centro del palco, Nikki ci informa che è stato costruito quarant'anni fa e ha un'enorme superficie di duemila metri quadrati. Gretchen si intromette da qualche parte in mezzo alla folla: «Ragazzi, non conta quanto è grande, ma come lo usate».

Un ragazzo con un berretto dei Florida Gators scoppia a ridere. «Non è proprio un complimento per Paride.»

«Piantala, Logan» lo rimbrotta Gretchen, e io mi accorgo che accanto a lei c'è Tuck.

Nell'ilarità generale, Tuck scrolla le spalle con aria benevola. «Tanto io lo so usare.»

Quando poi attira Gretchen a sé per darle un bacio, non riesco a trattenere un finto conato di vomito. Ella mi dà una gomitata nelle costole e contemporaneamente Milo dice: «Non me ne parlare».

Ah, già. C'è anche Milo. Ops.

«Va bene, basta così.» Nikki fulmina tutti con lo sguardo, riportando il silenzio nel gruppo. «Ora che vi siete sfogati, cercate di essere professionali. Anche i nuovi arrivati dovrebbero già sapere che il retroscena è da questa parte.»

Si avvia rapidamente verso un lato del palcoscenico, dove c'è un'apertura tra due mucchi di macigni. Sembrano rocce vere, ma in realtà sono finte. Dopotutto, il succo della mia estate fino a questo punto è che non so distinguere il vero dal falso.

Milo mi dà un colpetto di gomito. «A sinistra del palco. A destra del pubblico.»

«Eh?»

«Se sei sul palco, questa è la sinistra» mi spiega Ella, lanciando un'occhiataccia a Milo. «Se sei seduto tra il pubblico, invece, è la destra.»

Ma qui nemmeno le direzioni hanno senso!

Seguiamo tutti Nikki su una lunga pedana di legno coperta da una tettoia, che gira intorno al retropalco. In fondo, ci sono i "camerini" – con le virgolette, perché sembrano più gli spogliatoi di una scuola media. Insieme a tutte le altre ragazze, mi trascino in quelli delle donne, dove noto un'isola centrale di armadietti, circondata da panche gialle. A due armadietti di distanza da quello di Ella, c'è il mio, con tanto di nome sullo sportello.

Lateralmente ci sono quelle che sembrano delle docce comuni: un piccolo spazio con degli scarichi sul pavimento e varie bocchette che spuntano dai muri. Non so perché uno dovrebbe scegliere di farsi la doccia davanti a tutti, invece di aspettare di arrivare a casa. Ma la gente di teatro è strana, si sa.

Usciamo dai camerini e seguiamo Nikki lungo la pedana di legno, che da un lato dà sull'esterno, con solo una ringhiera bassa a separarci da un groviglio di alberi e piante rampicanti. Dall'altro lato – la parte posteriore del palco – c'è un muro a cui sono appesi in cornice i programmi delle estati passate di Zeus!. Ci sono anche due bacheche di sughero. Una è vuota, mentre l'altra è piena zeppa di volantini informativi: gli orari delle prove stampati su un foglio giallo, il menu settimanale su un foglio azzurro, il registro delle firme su un foglio bianco. Nikki indica l'ultimo, spiegando che dobbiamo firmare ogni volta che veniamo al lavoro. Per un attimo restiamo tutti in silenzio, poi lei ci guarda. «Cioè adesso.»

La folla si accalca intorno al foglio.

«Quando avete finito, se non avete già inviato una foto tramite internet, presentatevi dietro le quinte a sinistra del palco» grida Nikki. «E, no, non mi importa se non vi siete fatti belli.»

Mentre aspetto di firmare, qualcuno mi posa una mano sulla spalla. Mi giro e mi ritrovo faccia a faccia con il magistrale Hugh Hadley… altrimenti noto come Zeus. Lui mi saluta con un cenno del capo e gli occhi sorridenti segnati dalle zampe di gallina. «Ce l'hai il copione?»

«Mi scusi?» Quest'uomo recita in questo spettacolo da trentotto anni. Ovviamente conosce già le sue battute.

«Posso autografartelo.» Mi sorride e le zampe di gallina aumentano. «Immagino che tu sia nuova: dovresti farti fare un autografo.»

«Ehm, certo.» Apro lo zaino e rovisto in cerca del copione. Hugh Hadley tira fuori una penna dal suo bomber color kaki e scribacchia quella che immagino sia una firma sulla prima pagina del mio copione.

«Ti conviene aspettare che io sia morto, prima di venderlo.» Mi dà un buffetto sul braccio. «Varrà di più.»

«Grazie?» Non volevo che sembrasse una domanda, ma ormai.

A causa del mio incontro con il magistrale attore, sono una degli ultimi a firmare, il che vuol dire che quando giro l'angolo verso le quinte a sinistra del palco, Milo sta già mettendo via la macchina fotografica. «Ops, scusa» dice, quando mi vede. «Pensavo che Paul fosse l'ultimo.» Indica un punto tra due macigni finti (veri?). «Mettiti lì.»

Faccio come mi dice e aspetto, mentre lui armeggia con la macchina fotografica. «Che devo fare?» gli chiedo.

«Guardami e sorridi.» Milo mi rivolge un sorriso così genuino e accogliente che è impossibile non ricambiare. «Esatto.» Quando guarda nel mirino, io mi immobilizzo, con le braccia che mi pendono impacciate lungo i fianchi. A questo punto, lui abbassa la macchina. «Non devi metterti in posa. Cerca di essere naturale.»

Che non è esattamente il mio forte. E comunque non mi ero messa in posa. Ero paralizzata... ma credo che lui non se ne sia accorto.

Milo si prepara a scattare la foto e io incrocio le braccia sul petto, ma lui si ferma di nuovo. «Sorridi come hai fatto prima.»

Io ci provo, ma sento che risulta strano. «Scusa» gli dico. «Non sono brava in queste cose.»

«Tranquilla.» Milo guarda di nuovo nel mirino. «Pannolino schifoso.»

«Come?» Sento una serie di clic e capisco che mi ha fotografata mentre ero sorpresa. «Ti prego, non usare quelle.»

«Mia madre insegna catechismo ai bambini di seconda elementare» dice Milo da dietro la macchina. «Io do una mano scattando foto ai suoi alunni mentre fanno i lavoretti o le recite. Dire cose disgustose li fa sempre sorridere. Mi piace improvvisare. A volte dico "calzini puzzolenti".»

Io scoppio a ridere e Milo mi scatta una foto. Poi, guarda il display della macchina fotografica. «Perfetta» annuncia con grande soddisfazione.

All'improvviso, mi rendo conto che sto sorridendo.

Io e Milo raggiungiamo gli altri per il resto del giro del retroscena, appena in tempo per vedere il bancone dove possiamo comprare pasti scontati durante le serate di spettacolo, la zona di allestimento degli effetti di fuoco (off-limits per chiunque non faccia parte della squadra pirotecnica) e il vialetto che porta al parcheggio, che ci eviterà di passare per il teatro.

Alla fine torniamo sul palco, teoricamente per fare quello per cui siamo stati assunti: mettere su uno spettacolo teatrale. Nikki comincia a chiamare tutte le comparse-attrezzisti, una per una. Il primo (non io, grazie al cielo) è Paul Longman, un ragazzo afroamericano con la testa rapata e il sorriso simpatico. Paul fa un passo avanti, in modo che Del Shelby lo possa guardare bene. Dopo un attimo, Del sussurra qualcosa a Nikki, che si mette a scribacchiare sul suo raccoglitore, prima di fare segno a Paul di tornare tra la folla. Quando chiamano il nome successivo, Ella mi sussurra all'orecchio: «Sta scegliendo quali battute assegnare a chi».

«Spero di non beccarmi quella dell'uovo» rispondo, e all'improvviso vorrei rimangiarmi tutto, perché Ella si rabbuia.

«E tu come fai a sapere di quella battuta?»

Le faccio segno di non parlare, perché Nikki – che a quanto pare ha un udito bionico – ci sta guardando con aria di disapprovazione.

Vengono chiamate altre sei o sette persone, compresa Ella, prima che Nikki arrivi a me. Quando vengo avanti, ho l'impressione che Del mi osservi molto, molto a lungo. O forse sono solo scombussolata per lo stress, perché sbaglio tutto e non capisco niente di quello che dicono gli altri.

Dopo che la fase di avanti-fermo-fissa è finita, cominciano ad "assegnare gli spazi". Il che vuol dire che ce ne stiamo ad aspettare sotto al sole, mentre Del e Nikki conferiscono all'infinito prima di dirci dove metterci e quando muoverci.

Nella prima scena dello spettacolo, il mio compito è quello

di gironzolare con gli altri membri del coro, mentre cantiamo una canzone per preparare il pubblico alla storia (come se fosse possibile). Quando Nikki mi indica un punto davanti a uno dei macigni, sono sorpresa di trovare Milo accanto a me. «Pensavo che tu avessi una parte vera e propria.»

«Achille non entra in scena fino alla fine» mi spiega Milo. «In teoria, è una promozione. In pratica, sono una comparsa-attrezzista glorificata.»

Mi conforta il pensiero che Milo sarà nei paraggi durante le scene di gruppo. «Quindi potresti dover dire la battuta dell'uovo?»

«Oddio, spero di no. Sono contento di stare sullo sfondo e fermo in fila.»

Da quel che vedo, succederà spesso. Faccio un passo verso Milo. «Dove sono i personaggi principali?»

In realtà, lo chiedo per sapere di Tuck, ma Milo non lo deve sapere per forza. «Elena e Paride non compaiono subito, ma Zeus c'è fin dalla prima scena. Più o meno.»

«Che vuol dire "più o meno"?» So di essere una novellina, ma il buon senso mi dice che o sei in scena o non ci sei.

«C'è qualche segreto riguardo a Zeus.» Milo si avvicina e mi sussurra all'orecchio: «Non è davvero lui la stella dello spettacolo».

Mi ritraggo con un sussulto e lo guardo. «Ma se si chiama Zeus!»

«Conosci il titolo, brava!» Milo sorride. «In effetti, quando lo spettacolo è nato, quando era incentrato tutto sugli dei dell'Olimpo, Zeus era davvero la stella, ma ora non più. È troppo vecchio. Il dramma è stato riscritto una dozzina di volte da cima a fondo.»

«Ma non ha senso. Perché non lo licenziano e assumono un altro attore? Perché prendersi la briga di riscrivere il copione?»

«Perché il rapporto tra Hugh e questo teatro è in parte ciò che attira il pubblico. La gente adora il fatto che lui reciti lo stesso ruolo da un miliardo di anni, così possono dire di aver visto la messinscena originale...»

A questo punto, Milo si zittisce e io seguo il suo sguardo fino a Del e Nikki. Stanno guardando verso il fondo della scena. E aspettano. Alla fine, Nikki grida: «Signor Hadley? Siamo pronti per lei».

Un attimo dopo, Hugh Hadley appare sulla passerella sospesa che attraversa il palcoscenico. «Siete pronti per me?» risponde.

«Siamo pronti per lei» ribatte Nikki. Hugh Hadley (ho qualche difficoltà a chiamarlo solo "Hugh", perfino tra me e me) entra in scena lentamente e si ferma al centro della passerella a osservare l'attrice che arriva dall'altro lato. È una degli universitari e credo che si chiami Katrina.

Milo si china appena appena e bisbiglia: «Quello è

il personaggio di Leda. Durante lo spettacolo ballerà. Guarda, Zeus sta per innamorarsi di lei».

In effetti, Hugh Hadley – nei panni di Zeus – si porta una mano al cuore in un gesto drammatico che ricorda quello di Milo di ieri sera. Poi dice una parola – «Leda!» – e attraversa la passerella.

«Zac» sussurra Milo. «Innamorato.»

Magari fosse così semplice.

La giornata prosegue senza che io scopra quale battuta mi è stata assegnata, perché a quanto pare non parlo per tutta la prima metà dello spettacolo. Tuttavia, Ella riceve la sua, che – tanto per raddoppiare il suo fastidio nei confronti miei, di Milo e della vita in generale – è quella che recitava Milo l'anno scorso, quella dell'uovo. «Ma vogliamo scherzare?» mormora sottovoce, quando Nikki gliela assegna.

«Come dici?» grida Nikki dall'altro lato del palco.

«Niente!» risponde Ella.

Nikki è una che mette paura.

La battuta di Ella è nella seconda scena, e lei deve recitarla dopo che due uova gigantesche – a grandezza umana – si schiudono, dando vita a Elena e Polluce. Do un colpetto di gomito a Milo. «Aspetta, ma quando nascono sono due polli?!» Mi sembra una domanda legittima – non indossiamo ancora i costumi, perciò chiunque potrebbe essere vestito da qualunque cosa, durante lo spettacolo – ma Milo scoppia a ridere, e deve contenersi quando Nikki si volta di scatto nella sua direzione.

«Ti consiglio vivamente di leggere il copione» mi dice. Sfoglio le pagine, ma non vedo niente tra le battute che spieghi perché due dei personaggi principali nascano da un uovo. Da sopra la mia spalla, Milo indica una pagina di musica. «Qui. Il coro canta cosa sta succedendo.»

Leggo rapidamente le parole della canzone – che immagino dovrò memorizzare, a un certo punto – e scopro che Elena e Polluce sono dei semidei. La loro madre è Leda – la ballerina di danza classica della prima scena – e il loro padre, ovviamente, è Zeus in persona. Perciò, la ragazza di Tuck non è solo la protagonista romantica, ma anche una semidea. A peggiorare la situazione, l'ultimo verso della canzone – che io canterò insieme a tutti gli altri – decanta la sua bellezza.

Perfetto.

In particolare, il verso recita: "È la donna più bella sulla faccia della terra".

A quel punto, la comparsa-attrezzista Paul fa un passo avanti e indica Polluce. «Lui… invece no.»

Polluce – interpretato da Logan, il fan dei Gators – crolla in ginocchio con finto sgomento, mentre il coro proclama che Elena sarà data in sposa al re Menelao di Sparta. «Un attimo, e io?» dice lui, chiudendo la domanda con uno starnazzo.

Mi avvicino a Milo e sussurro: «Sembra davvero un pollo».

Lui sorride, ma non risponde. Indica Ella, che fa un passo avanti per pronunciare la sua battuta – che l'anno scorso era di Milo. «Non mangiare l'uovo in corpo alla gallina, Polluce!»

Ella la pronuncia in tono apatico, e per questo Del la convoca. Mentre lei lo raggiunge tutt'altro che entusiasta, Nikki ci concede venti minuti di pausa. Il gruppo si sparpaglia e io individuo Tuck, che sta seduto in prima fila a giocherellare con il cellulare. Non c'è Gretchen nei paraggi, perciò vado a sedermi accanto a lui. «Dev'essere bello, niente da fare fino alla scena quattro.»

«Forse un po' noioso.» Tuck mette via il telefono e si volta a guardarmi. Qui all'aperto, immersi nella luce del sole, i suoi occhi sono ancora più azzurri del solito. «Ma va meglio ora che sei qui. Ti piace?»

Mi piaci tu. Va bene lo stesso?

«È bello.»

«Sai cos'è bello?» Mi guarda esattamente come mi ha guardata durante l'assemblea scolastica: come se riuscisse a leggermi nell'anima. «Tu. È bello che tu sia venuta qui.»

«Sì?»

«Sì. E coraggioso, anche.»

Insomma, se c'è una cosa che io e Tuck abbiamo fatto,

è stato perfezionare l'arte della conversazione monosillabica. Se solo capissi cosa vuol dire...

* * *

La sera, io ed Ella siamo a casa da sole. Lei sta appoggiata al muro del soggiorno e sfoglia il calendario del ristorante di Annette, mentre io osservo il contenuto dei mobili della cucina che ci sono stati concessi. Dobbiamo tornare al teatro domani mattina alle otto – un'ora prima del cast principale e secondario, tra l'altro – e praticamente non manca molto. Non sono sicura di voler sprecare parte del tempo a preparare la cena. «Ti va se ordiniamo una pizza?» chiedo a Ella. Sarà pure la mia ami-nemica, ma sono costretta a vivere con lei e sto morendo di fame. Posso mettere da parte le nostre divergenze per la cena.

Lei non risponde. Sta guardando una delle foto: ottobre, con un tizio in salopette che aggredisce un piatto di spaghetti che fanno da capelli a una zucca di Halloween. «Andresti a letto con uno di questi tizi?» mi chiede. «Guarda questo cretino.» Volta pagina su dicembre e mi mostra la foto di un ragazzo che spunta da un enorme pacco regalo. Indossa un cappello natalizio e tiene in mano un vassoio di fettuccine, o almeno questo sembrano. «Chi lo prenderebbe mai sul serio? Chi farebbe mai sesso con uno così?»

Non io, questo è chiaro. Certo, non ho mai fatto sesso con nessuno, perciò immaginare di farlo con uno sconosciuto uscito da uno strano calendario non rientra nelle mie capacità immaginative. Anche se mi piacerebbe farlo prima del diploma, finora l'idea non mi ha mai tentata. La volta che ci sono andata più vicino è stato l'anno scorso, con uno della squadra di baseball, ma in fondo non ci eravamo poi così vicini.

Chissà se Ella l'ha mai fatto. Non mi pare che abbia avuto storie in questi anni, ma – a essere onesti – non so molto di lei. Ora, mentre guardo quello strano calendario, una domanda sorge spontanea: avrà fatto sesso con Milo?

Scaccio via l'idea immediatamente. Anche se sarei curiosa di sapere cos'è successo tra loro, non voglio chiederglielo adesso. Non ora che stiamo parlando di sesso.

«Annette esce con uno di loro?» le domando.

«Me lo chiedo anch'io.» Ella si rimette a sfogliare il calendario. «Ieri sera non è tornata a casa, e quando le ho mandato un messaggio stamattina, ha scritto che è rimasta a dormire da un'amica.»

«Davvero?» Ero talmente preoccupata di arrivare presto al teatro, nella speranza di incontrare Tuck prima delle prove (cosa che non è successa), che non mi sono nemmeno accorta se Annette c'era o meno. «Credi che sia uno di loro?»

«Passa un sacco di tempo a fare la scema con quelli del ristorante.»

Torno a guardare il calendario. «Spero che non sia quello nel pacco regalo.»

«Anch'io.» Tutt'a un tratto, Ella molla le pagine del calendario, che torna al mese corrente. «Che ne dici di maccheroni al formaggio? Cucino io.»

«Affare fatto» le rispondo.

* * *

Il motivo per cui le comparse-attrezzisti devono arrivare all'Olympus un'ora prima di tutti gli altri non è per niente esaltante. È compito nostro rastrellare il palcoscenico. Con dei rastrelli veri, che passiamo su polvere vera – come se fossimo dei contadini – così quando gli attori salgono sul palco a piedi nudi, non si fanno male con pietre o roba di altro genere. La cosa peggiore è che mentre trascino il mio rastrello in giro insieme a Ella, Paul e tutti gli altri, Tuck e Gretchen si presentano in anticipo per esercitarsi con le loro battute. Stanno seduti in alto, a metà delle gradinate del teatro, mentre io sto qui a sgobbare. Non riesco a sentire cosa dicono, ma iniziano la giornata godendosi lo spettacolo del mio umile compito. Quando non si guardano negli occhi, almeno.

Bleah.

Il resto del cast e della troupe (altrimenti noti come "chiunque non faccia la comparsa-attrezzista") arriva mentre io ed Ella stiamo rimettendo i rastrelli al loro posto: un armadio di legno rustico, accanto ai camerini delle ragazze. Milo – che indossa una maglietta nera semplice che gli fa sembrare gli occhi più scuri del solito – mi saluta con la mano, mentre attraversa la pedana di legno.

Lo saluterei anch'io, ma c'è Ella di fianco a me, e mi sembra strano farmi vedere amichevole con Milo davanti a lei. Poi, a un certo punto, vedo che lei ricambia il saluto, allora mi viene il dubbio che Milo non stesse salutando me.

Prima che comincino le prove, Nikki indice una riunione solo per le attrici (di cui, tecnicamente parlando, faccio parte anch'io). Facciamo tutte capannello intorno ai macigni probabilmente falsi, dove Nikki ci informa che domani, durante la pausa tra un atto e l'altro, si terranno la prova trucco e la prova costumi. «Sarà di prima mattina» ci dice. «E come sapete…»

Ehm… no, io non lo so.

«…vuol dire che dovrete mostrarvi come mamma vi ha fatte.»

Un attimo, cosa?!

«Se avete bisogno di qualche lavoretto di manutenzione» – Nikki alza una mano come a bloccare qualsiasi commento – «non lo voglio sapere. Fatelo e basta. O non fatelo. Non mi importa. Ma non pensate che sprecheremo tempo domani mattina mentre voi vi depilate con pinzetta, rasoio o ceretta. Arrivate in orario, mettetevi l'intimo più scadente che avete, e preparatevi a spogliarvi nude.»

«Sul palco?» Le parole mi sfuggono prima che io riesca a fermarle. Intorno a me scoppiano le risatine ed Ella mi dà una gomitata nelle costole.

«No.» Perfino Nikki sorride. «Non sul palco. Nei camerini. Userete la pittura per il corpo e poi vi farete la doccia. Dev'essere una cosa rapida, per questo i costumisti e i truccatori vogliono fare una prova. Perciò, domani non fate tardi. È chiaro per tutte?»

C'è un coro di sì e un solo sguardo terrorizzato (il mio). Ripeto, non è questo che mi aspettavo. Non sapevo che mi avrebbero costretta a fare una doccia di gruppo. Non sono mica un animale.

Più tardi, mentre Del e gli attori principali ripassano la scena del pomo d'oro della discordia (praticamente c'è Zeus, un gruppetto di dee e una litigata per una mela di gesso morsicata), la costumista – una donna pallida con un camice addosso – ci prende le misure e le annota su una cartellina, prima di assegnarci gli abiti di scena. Saremo tutte creature dei boschi. La costumista dice che i vestiti hanno il compito di far capire al pubblico dove dovremmo trovarci – una valle – dato che non abbiamo scenografie mobili. Nel dirlo, sembra molto orgogliosa, specialmente quando mi assegna la mia parte. «Rainie… coniglio.»

Io la guardo sorpresa. «Vuole che io sia un coniglio?»

«Sei alta, puoi essere anche una lepre.» Indica la sua assistente, che sta un po' più in là con una pila di costumi e oggetti di scena. «Le orecchie laggiù. La prossima!»

Ricevo le mie orecchie – che sono lunghe, marroni e attaccate a un fermacapelli – e un altro oggetto: una carota di peluche logora. Fermo la carota tra le ginocchia, mentre mi sistemo il fermacapelli, e all'improvviso mi rendo conto che Milo mi sta guardando. E sorride.

«Non dire niente» lo minaccio, il che lo diverte ancora di più. «Parlo sul serio. Nessun commento sulle orecchie, la carota o…»

«La tua capacità di saltellare?»

«Specialmente la mia capacità di saltellare.» Mi sistemo il fermacapelli e afferro la carota. «Che cosa dovrei farci con questa?»

«È un oggetto di scena. Lo usi per recitare.»

«Sono stata a Londra» lo informo. «Sono stata a New York. Ho assistito a molte performance teatrali acclamate dalla critica. Nessun attore ha mai avuto bisogno di un grosso ortaggio di peluche per fare bene il proprio lavoro.» A quel punto lo guardo e mi accorgo che ha solo due bretelle intorno alle spalle, come se indossasse uno zaino. «E tu che cosa dovresti essere?» In risposta, Milo tira una cordicella attaccata a una delle bretelle, e due ali di plastica nere gli si aprono dietro la schiena. «Un pipistrello?» chiedo.

Lui si finge offeso. «Ovviamente sono un corvo.»

«I corvi hanno il becco. Tu non ce l'hai.»

«Usa la fantasia» ribatte lui. «Cra. Cra-cra.»

Dato che praticamente me l'ha chiesto, mi sento autorizzata a guardarlo da capo a piedi, partendo dal busto asciutto, e passando per i jeans e le Chuck Taylor che porta ai piedi. Devo concludere che la costumista non ha sbagliato. Con i capelli nero corvino e gli occhi scuri, probabilmente un corvo è la scelta migliore per Milo. Alzo la testa e, quando incrocio il suo sguardo, mi sento il viso accaldato e il cuore comincia a battere più forte… solo un po'. Ma non riesco a dire altro che: «Sì, non sei male come uccello».

Prima che lui possa rispondere, Ella arriva con passo pesante, tutta arrabbiata. Nasconde qualcosa dietro la schiena. «L'anno scorso ero uno scoiattolo» ci dice. «La coda pungeva e la cintura era troppo larga, perciò ho chiesto se quest'estate potevo essere un altro animale. E indovinate? Il mio desiderio è stato esaudito.»

Passo mentalmente in rassegna tutte le creature dei boschi meno affascinanti che conosco. Porcospino? Serpente? Castoro?

Ella tira fuori una cosa da dietro la schiena e se la mette in testa. È una parrucca, probabilmente la peggiore parrucca che io abbia mai visto. È crespa, tutta punte ed enorme. E nera, eccetto che per una striscia bianca al centro…

«Una puzzola!» esplodo io.

«Sì, una puzzola.» Ella mi fulmina con lo sguardo. «Per tutta l'estate dovrò essere una cavolo di puzzola.»

«Solo per la scena tre.» Milo lo dice per risollevarla, ma lei non pensa affatto che la cosa sia un sollievo. Il suo sguardo assassino si sposta su di lui e diventa ancora più micidiale.

«Chiudi il becco, pennuto.»

Io e Milo la guardiamo andare via a grandi falcate, poi ci lanciamo un'occhiata. La mia espressione rispecchia la sua: divertita e sul punto di scoppiare a ridere. «La mia carota non sembra più tanto male» gli dico.

Lui sbatte le ali. «Cra-cra.»

Quando tutti hanno avuto il loro ruolo, alle creature dei boschi vengono assegnati due posti sul palco: un punto di partenza e un punto di arrivo. Mentre la scena è in atto – un valzer e un diverbio riguardo al pomo d'oro – noi creature dobbiamo muoverci lentamente dal primo al secondo punto, fermandoci ad annusare in giro, o fingendo di conversare con i nostri amici animali strada facendo. Io ed Ella partiamo da angoli diversi a destra del palcoscenico, mentre Milo si trova dall'altra parte e – come poi mi rendo conto durante la scena – io e lui seguiamo traiettorie che si incrociano al centro. Mentre le tre dee danzano e bisticciano, Ate, la dea della discordia, agita il frutto in aria, tutte le altre creature dei boschi gironzolano sulla scena, io e Milo ci incontriamo al centro del palcoscenico.

Lui mi guarda la testa. «Belle orecchie.»

«Belle ali.»

Per un attimo, ce ne stiamo lì a sorriderci, poi Nikki batte forte le mani e ci fa trasalire. «Creature! Continuate a muovervi!»

E noi ubbidiamo.

* * *

Dal punto di vista del coro greco, il resto della scena del pomo d'oro è semplice. Le dee discutono su chi sia la più bella, finché non arriva Zeus a mettere fine al litigio. In una delle sue poche battute, chiede: «Chi sarà mai in grado di giudicare?»

Il coro – da vari punti del palco – risponde doverosamente. «Perché non tu, Zeus?»

Zeus è chiaramente un inetto, perché non è in grado di decidere, perciò trova un giudice più adatto. È un mortale talmente bello e spettacolare che il re degli dei gli concede il grande onore di eleggere la vincitrice.

Fine della scena. Ora tocca a Tuck Brady.

Mentre noi creature dei boschi ce la filiamo per depositare i costumi e gli oggetti di scena nelle casse di legno dietro le quinte, Tuck sale sul palcoscenico, alto, biondo e perfetto. Si rimira in uno specchio a mano e parla con se stesso della propria bellezza. Il coro – tornato a essere un gruppo di onesti cittadini greci – riappare sul palco, mentre arrivano le tre dee, ancora in lite. Queste ultime chiedono cantando: «Chi è la più bella?»

Nikki ci posiziona a formare un semicerchio sullo sfondo, dove dobbiamo osservare l'azione e partecipare alla canzone del coro. «Chi è che non ha ancora una battuta? Alzate la mano.»

Mezza dozzina di mani – inclusa la mia – scattano in alto. Non è che io sia ansiosa di recitare sul palco, ma se sono costretta a farlo, almeno sarebbe bello se fosse in una scena in cui c'è Tuck. Come se stessimo davvero recitando insieme.

«Fermi così» dice Nikki. Mentre ce ne stiamo in piedi, con le mani alzate, lei e Del si mettono a confabulare. Dopo un attimo, Nikki scrive qualcosa sul copione che ha nel raccoglitore. «Va bene, abbassate le mani. Bianca, tu hai la prima battuta del coro a pagina ventidue. Sentiamola.»

Una ragazza con i capelli rosa fa un passo avanti rispetto al semicerchio. «Come farai a scegliere, Paride? Sono tutte così belle.»

Del Shelby le mostra il pollice alto, e Bianca torna al suo posto tutta soddisfatta.

«Ottimo.» Nikki fa un segno sul copione. «Rainie, stessa pagina, in fondo. L'ultima battuta del coro.»

Osservo la pagina e trovo la mia battuta. Rimango inorridita. Preferirei correre in giro per il palco completamente nuda piuttosto che dire queste cose a Tuck davanti a tutti. Il mio sguardo vola verso Nikki, che intanto aspetta. «Coraggio.»

Guardo Tuck e lui mi rivolge un sorriso di incoraggiamento. Faccio un passo avanti – perché non ho modo di sfuggire, con tutta questa gente intorno – e pronuncio la mia terribile, terribile battuta. «Oh, Paride, perché non scegli una mortale, piuttosto? Come me, per esempio? Ti prego! Ti prego!»

Purtroppo, a quanto pare, l'ho detta sottovoce e troppo in fretta, perché Nikki agita una mano nella mia direzione. «Alza la voce!» Quindi ci riprovo. Questa volta, Del Shelby si avvicina con passo tranquillo. «Ciao, tesoro. Sei nuova, vero?» Io faccio segno di sì e lui indica la pagina del mio copione. «Te la cavi benissimo. Solo fai una pausa tra i due "ti prego" e mettici un po' di disperazione, va bene? Tu lo desideri, quest'uomo. Convincimi.» Del fa segno a Tuck. «Paride, dopo di' la battuta successiva.» Poi indica le due ragazze accanto a me, Ella e una tizia che si chiama Lori. «A quel punto, voi due la tirate indietro, come se voleste risparmiarle un ulteriore imbarazzo. Tutto chiaro?»

Questa è la cosa peggiore che mi sia mai capitata, letteralmente: in pratica dovrei implorare Tuck di amarmi, prima di essere trascinata lontano da lui, perché troppo patetica.

Ma dato che non posso dirlo, pronuncio la mia battuta: «Oh, Paride, perché non scegli una mortale, piuttosto? Come me, per esempio? Ti prego!» Aspetto finché Del non mi fa segno di pronunciare l'ultima parte. «Ti prego!»

Dal centro del palcoscenico, Tuck, nei panni di Paride, mi rivolge uno sguardo incredulo, come a dire: "Come fai a essere talmente stupida da pensare che potrei essere interessato a una come te?" Invece, dice: «Ehm… no, grazie».

«Ottimo!» Del Shelby batte le mani. «Ci fermiamo un attimo per lasciare spazio alle risate…»

Va sempre meglio.

«…e poi le tue amiche ti trascinano via. Proviamola di nuovo.»

E così facciamo. Per altre tre volte. Con l'ultima, perfeziono il mio crollo desolato, quando Tuck – voglio dire, Paride – mi rifiuta. Ma questo non lo chiamerei recitare, perché non sto recitando affatto.

In questo momento, scambierei volentieri la mia battuta con quello stupido costume da puzzola di Ella.

CAPITOLO 7

Sono rimasta in piedi fino a tardi ieri sera, a leggere il copione dall'inizio alla fine e a trascrivere tutte le mie battute su un foglietto. Alla fine ho capito cosa succede, ma sono talmente esausta che stamattina non connetto… e mi sono dimenticata completamente di quello che ci aveva detto Nikki. Tutte le altre sono nei camerini e indossano biancheria nera o beige talmente malridotta che bisognerebbe solo buttarla via. Io abbasso lo sguardo sulle mie mutandine di pizzo gialle e sul reggiseno coordinato.

Stanno per essere rovinati.

I miei vestiti sono nell'armadietto che mi è stato assegnato, mentre io me ne sto nella doccia comune dei camerini insieme a Ella e a un'altra dozzina di ragazze. Il soffitto è basso e il pavimento di piastrelle è freddo e umido sotto i piedi scalzi. L'assistente truccatrice – una donna giovane soprannominata dal resto del cast "Mandy del trucco" – distribuisce spugne bagnate e spruzzini di plastica pieni di idropittura verde. Non vorrei stare in bella mostra davanti a queste sconosciute, ma non c'è modo di evitarlo. E poi, le altre non sembrano per niente turbate. Non la ragazza con i capelli rosa, che, ora che la vedo nuda, ha il corpo coperto di tatuaggi; non la mia compagna di scena Lori, che ha il fisico di un'amazzone e a quanto pare non ha interesse a indossare un reggiseno; e non Ella, che è più bassa di me, più formosa di me, e chiaramente molto più sicura di sé rispetto a me.

«Bianca, sei tu la prima.» Mandy fa segno a Bianca di avvicinarsi e, senza il minimo preavviso, le spruzza addosso l'idropittura. Una macchia verde sboccia sulla pancia di Bianca.

Lei strilla. «È fredda!»

«Ora stendila.» Mandy ci dà una dimostrazione, massaggiando Bianca con una spugna e spalmandole il colore sui fianchi. «Voi altre, cominciate a spruzzarvi. E aiutatevi a vicenda. Se vedete che qualcuna ha delle zone non colorate, sistematela.»

Per un attimo rimaniamo tutte immobili, incerte sul da farsi. Poi Ella prende uno spruzzino e senza fare cerimonie mi spruzza la vernice su una coscia. Io strillo come Bianca. Non era tutta scena, la sua: la pittura è gelida.

«Tre minuti.» Mandy controlla il cronometro. «Durante una serata di spettacolo, vorrebbe dire che ve ne restano solo due prima di entrare in scena. A meno che non vogliate salire sul palcoscenico in biancheria intima, vi suggerisco di sbrigarvi.»

Cominciamo a spruzzare e spalmare come pazze, e diventiamo tutte verdi da capo a piedi. Una volta finito, corriamo agli armadietti: in ognuno pende un vestito dello stesso colore della pittura che abbiamo addosso. Mi infilo il mio sopra la testa e lo tiro giù. Mi arriva a malapena alle ginocchia.

«Andate!» urla Mandy. Io seguo Ella e le altre ragazze in una corsa sfrenata fuori dai camerini.

Sulla pedana di legno, anche l'assistente della direttrice di scena urla: «Andate!» e indica il teatro. Sfrecciamo fuori dalle quinte, mentre un fiume di ragazzi ugualmente verdi esce dall'altro lato. Nikki ci guida nel nostro solito semicerchio sullo sfondo, dove ci dice di posizionarci, ragazzi e ragazze, in ordine alternato e di prendere a braccetto chi ci sta accanto. Io mi ritrovo alla fine del semicerchio e, mentre infilo il braccio destro tra un bicipite muscoloso e un petto nudo, mi rendo conto che accanto a me c'è Milo.

Noto anche (e di nuovo) che è alto. E asciutto. E indossa molto, molto poco.

Il che gli dona.

Ma non posso pensare a una cosa del genere, perciò cerco di scacciare via questo pensiero. Fingo di non accorgermi che si tratta di lui.

In particolare, fingo di non accorgermi del suo corpo.

Ma Milo non si fa gli stessi problemi con me. «Sembri un elfo» mi dice.

Io mi ricompongo quanto basta per rispondergli. «Be', tu sembri un alieno.» Non è strano come dire quello che penso realmente, ovvero che sembra uscito da un museo. Uno di quelli che raccolgono statue di divinità greche.

Sì, non posso negarlo. L'ex ragazzo di Ella è fico.

Ma forse me ne sono accorta solo perché: A è mezzo nudo e B Tuck non è in scena.

Del Shelby e il coreografo gironzolano sul palco e ci spiegano passo per passo cosa fare durante gli ultimi istanti prima dell'intermezzo. Dobbiamo rimanere tutti in semicerchio, mentre quattro ballerine – anche loro completamente verdi – entrano in scena con tanto di frecce infuocate e, dopo essersi dimenate un po' sul palcoscenico, le scagliano in quattro bracieri.

Poi appare re Menelao. Anche lui è tutto dipinto di verde, ma è più grosso di noi altri e indossa un copricapo enorme e super scenografico. Inoltre, è incazzato come una biscia perché nell'ultima scena – mentre io mi spalmavo la pittura addosso – Paride gli ha distrutto il castello e rubato la moglie, Elena. Ma Paride aveva il permesso di Afrodite per farlo, perché la dea, ansiosa di ottenere quello stupido pomo d'oro che decretava la più bella tra le dee, gli aveva promesso in moglie la donna più bella del mondo.

Mi chino verso Milo. «Queste dee hanno grossi problemi di autostima.»

«Non ha senso» concorda lui bisbigliando, mentre re Menelao si sfoga sul palco. «Sono dee adulte e vaccinate. Perché dovrebbero interessarsi di quello che pensano gli uomini del loro aspetto?»

«È un messaggio terribile.»

«Pessimo.»

«E poi perché Paride dovrebbe essere il più adatto a giudicare la bellezza femminile?»

«Giusta osservazione.» Milo fa spallucce. «Ma comunque... Non l'ho scritta io, la storia.»

A poca distanza, re Menelao agita due enormi frecce sopra la testa, mentre fa i capricci a destra e a manca. Alla fine, si ferma sopra al segno che c'è al centro del palco, dove Del Shelby gli dice di lanciare un «urlo di guerra». Menelao, però, lancia quello che sembra più il raglio di un asinello neonato, il che mi rasserena. Almeno non solo l'unica a recitare male...

Del gli chiede di urlare di nuovo, e la terza volta gli riesce bene. Quelli che di noi fano parte del coro intonano tristemente: «E guerra sia». Nikki ci spiega che durante l'esibizione vera e propria, questo è il punto in cui le luci e le frecce si spengono, e sul palcoscenico cala la coltre della notte.

Mi metto a correre come mi è stato detto di fare, e per poco non butto a terra Ella. Lei mi lancia un'occhiataccia, anche se le dico: «Scusa!»

«A che punto della fila eri?» mi chiede.

«A sinistra del palco» rispondo io, con più sicurezza di quanta ne provi, dato che sto ancora cercando di imparare le direzioni.

«Accanto a Milo.» La voce di Ella è inespressiva. Piatta. Non riesco a capire cosa sta pensando.

«Sì.» La supero per entrare nei camerini. «Accanto a Milo.»

* * *

Il giorno dopo, ci danno un attimo di tregua. Del Shelby lavorerà con gli attori principali sui loro momenti più intensi e significativi, e il coreografo sarà in scena con le ballerine. Noi plebei – voglio dire, comparse-attrezzisti – non dovremo essere lì fino a metà pomeriggio, perciò io e Ella possiamo dormire un po' di più.

Quando ci svegliamo – praticamente alla stessa ora – troviamo Annette che sta per andare al lavoro. Sembra la cameriera di un film: camicia bianca fresca di bucato, pantaloni neri, grembiulino rosso e coda di cavallo alta. Si ferma un attimo sulla porta di casa per invitarci a pranzare al ristorante. «Abbiamo degli ottimi panini e possiamo farvi lo sconto famiglia. È conveniente.»

Io e Ella ci scambiamo uno sguardo. Stiamo facendo entrambe di sì con la testa, quindi, tre ore dopo, svolto nel parcheggio del ristorante Bel Giardino. Scendiamo dalla macchina e ci avviamo verso l'edificio di finti mattoni decorato da una tenda verde, bianca e rossa a strisce.

Sulle finestre sono dipinti quelli che molti ritengono i simboli tipici dell'Italia: un piatto stracolmo di spaghetti con le polpette, una pizza e un cuoco ciccione vestito di bianco, con uno scollino rosso al collo.

«Pare che sia il migliore ristorante della città» dice Ella, mentre apre la porta per farmi entrare.

L'ingresso è piccolo, buio e arredato con panche rosse. Nell'aria c'è odore di aglio e pane appena sfornato. All'improvviso, mi ricordo che per colazione ho mangiato solo uno degli yogurt alla fragola di Ella.

Un ragazzo che sembra un universitario – o forse un po' più grande – con indosso un gilet rosso alza lo sguardo da dietro a un banchetto. La targhetta con il nome dice "Vic", e sotto "Vicedirettore".

«Un tavolo per due.» Sembra annoiato. «Separé?»

«Sì, grazie» diciamo insieme io ed Ella.

«Fatemi vedere se ce n'è uno libero.» Passa al setaccio la

sua cartellina, il che ovviamente non ha senso, dato che è stato lui a chiederci se volevamo il separé.

Ella gli chiede: «Può darci un tavolo nella sala di Annette?»

Vic si riprende subito. «Siete sue ospiti?» Quando entrambe annuiamo, lui ci fa un gran sorriso. «Perché non l'avete detto subito? Chi di voi è sua sorella?» Ella alza la mano e il voltaggio del sorriso di Vic aumenta nettamente. Il ragazzo prende un paio di menù rivestiti in pelle bordeaux. «Da questa parte.»

Seguiamo Vic lungo un corridoio stretto, fino a una sala più ampia con il pavimento a scacchi bianchi e neri e le tovaglie a quadretti rossi e bianchi. Dei lampadari di rame pendono bassi sui tavoli, per metà occupati da clienti. Le pareti sono decorate con dipinti a olio di scorci italiani. Vic ci indica un separé in un angolo della sala e Annette spunta da sotto un arco che probabilmente porta in cucina. Quando ci vede, caccia un urletto e viene ad abbracciarci. «Visto? Ve l'avevo detto che avreste ricevuto un trattamento regale.»

Vic ci sorride. «Buon appetito.» E poi torna all'ingresso.

Io ed Ella ci sediamo l'una di fronte all'altra, mentre un aiuto cameriere con il papillon rosso arriva con una caraffa di plastica piena di acqua ghiacciata. Le divise dei dipendenti del Bel Giardino sono tutte coordinate. L'aiuto cameriere gira intorno ad Annette e ci versa da bere, mentre lei apre i menù e comincia a indicare gli antipasti. «Il nostro rotolo di pizza è particolarmente famoso, ma il panino con le polpette è spettacolare. Anche quello con pollo e pesto è ottimo. Cory» – e indica il ragazzo con il papillon – «vi porterà da bere. Che cosa volete?»

Cory – che tra l'altro è biondo e molto carino – rivolge un sorrisetto ad Annette, prima di elencarci una lista di bibite analcoliche alla spina e in bottiglia. Io ordino una Coca-Cola. Ella chiede acqua e lime, ma le dicono che hanno solo limone.

Quando Cory si allontana, Annette si china sul tavolo. «I ragazzi che lavorano qui sono fantastici.»

Dopo che Annette ha preso le ordinazioni e Cory ci ha portato da bere, io ed Ella rimaniamo sole. È piuttosto strano. Certo, abbiamo deciso di pranzare insieme, ma questo non cambia il fatto che lei mi sta ricattando per farmi rimanere in questa città e io la irrito, perché sto facendo amicizia con il suo ex.

Tuttavia, condividiamo un passato, un appartamento e – credo – il desiderio di pranzare in santa pace. Decido di alzare bandiera bianca. Temporaneamente. Indico l'acqua e limone. «Mi dispiace che ti sia dovuta accontentare del limone.»

«Pensavo che avessero un'ampia scelta di bevande.» Ella gira l'acqua con la cannuccia. «Il Bel Giardino ha un bar, dopotutto.»

«Avresti dovuto chiedere delle ciliegie.»

«Per dare dimostrazione delle mie nuove abilità con la lingua?»

«Già.» Bevo un sorso di Coca-Cola. «A proposito, com'è stato acquisire questa nuova competenza?»

«Vuoi dire, com'è Gretchen?» Ella mi lancia un'occhiata. «Se vuoi sapere qualcosa, chiedimelo e basta.»

«È...» Non sono certa di cosa voglio sapere. È più divertente di me? È più intelligente? Insomma, è meglio di me? Sposerà Tuck e gli darà dei figli? «È simpatica?»

«Non è antipatica.» Ella mi guarda come se stesse decidendo cosa dire. «Allora, che hai intenzione di fare con Tuck?»

«Non so cosa potrei fare.» Oltre ad ammettere che qualunque cosa mi aspettassi venendo qui era sbagliata.

«Be', ci stai facendo amicizia? Come avevamo detto?»

«Credo di sì.» Non le dico che la persona con cui sto facendo amicizia, in realtà, è il suo ex ragazzo. «Non saprei...» Lascio la frase a metà, perché dire quello che mi passa per la mente è difficile. Mi fa sentire nuda, e mi sono già denudata abbastanza davanti a gente che non conosco. A dirla tutta, non conosco nemmeno Ella. Almeno non più. Non sul serio.

In ogni caso, ci pensa lei a finire la frase al posto mio. «Non sai se ne vale la pena.»

«Sì.» Ometto di nuovo parte dei miei pensieri: *O se*

ho combinato un casino per l'ennesima volta, desiderando la cosa sbagliata per l'ennesima volta. Non riesco a capire cosa voglio.

Per l'ennesima volta.

«Be', penso di sì.» Ella mi guarda dall'altra parte del tavolo. «Quello che ti ha detto, che era contento che fossi venuta qui, credo che fosse vero. È solo che...» Si interrompe e piega la testa da un lato, come se stesse scegliendo le parole.

«Cosa?»

«Credo che fosse sincero. Tutto qui.» Poi sorseggia la sua acqua e la conversazione finisce qui.

Restiamo in silenzio finché Cory Bello non torna con i bastoncini di mozzarella impanati che ho ordinato come antipasto. «Ho portato un po' di salsa in più.» Posa il cestino sul tavolo. «Visto che siete amiche di Annette.»

«Io sono sua sorella» specifica Ella.

«Ancora meglio.» Cory le sorride, prima di tornare a guardare me. «Senza offesa.»

«Figurati.»

Io ed Ella riusciamo a scambiare due chiacchiere mentre mangiamo i bastoncini di mozzarella e gran parte delle portate principali (linguine con gli scampi per me, panino con le polpette per lei). Seppure volessimo avere una conversazione più profonda, non potremmo, perché veniamo costantemente interrotte dal flusso di camerieri che passano a salutarci. È chiaro che Annette è la principessina del ballo del Bel Giardino.

Alla fine del pranzo, Annette si presenta di nuovo per chiederci se vogliamo altro. Ella chiede dell'altra acqua e limone, e io un espresso. Nell'attesa, Ella si guarda intorno. Poi si sporge sul tavolo. «Ehi, Rainie, "Chi...?"»

Io la guardo confusa. «Eh?»

«Ti ricordi che facevamo sempre questo gioco?» Ella sorride, e io vengo catapultata ai tempi della prima media, quando ci siamo ritrovate in un ambiente sociale molto più ampio di quello delle elementari. Per sentirci a nostro agio, giocavamo a questo gioco ogni volta che eravamo in classe. All'epoca, la parola a fine frase era "baceresti", ma ora che siamo cresciute, credo che il verbo sia diverso...

«Okay, un attimo.» Mi guardo intorno. Due tavoli più in là, c'è un tizio con il basco che sta scribacchiando su un taccuino. Il posto di fronte a lui è occupato da una chitarra, quindi forse sta scrivendo una canzone.

«Mi sembra un'opzione ragionevole.» Ella sta guardando lo stesso ragazzo. «Magari suonerebbe una canzone, dopo averlo fatto.»

«Aspetta un attimo, credi che questo sia un valore aggiunto?»

Cory Bello si presenta al nostro tavolo con il mio espresso. «Posso portarvi altro?»

Gli diciamo che siamo a posto e lo guardiamo andare

via. Quando è abbastanza lontano da non poterci sentire, mi volto verso Ella, ma lei lo dice per prima: «Mio!»

«Cavolo!» L'aiuto cameriere è di sicuro il più carino della sala.

«Quanti anni avrà?»

«Forse venti?» Ella sorride. «Oddio, se quando crescono i ragazzi diventano così, non vedo l'ora di andare all'università.»

«Perché aspettare?» le dico sorridendo. «Siamo qui. Dagli il tuo numero.»

«No, ma sei fuori?!»

Sono confusa. Non abbiamo appena detto che è carino?

Ella legge la confusione nel mio sguardo e si sporge di nuovo sul tavolo, parlando a bassa voce. «Credo che Annette esca con qualcuno del ristorante, il che vuol dire che quel qualcuno potrebbe essere lui.»

«O forse no.» Faccio spallucce. «Se non lo sai, non fai niente di male.»

«No.» Ella scuote la testa con decisione. «Se c'è una sola possibilità che esca con Annette, allora è fuori questione. Il codice delle sorelle è ancora più forte di quello delle amiche, e non si condividono i ragazzi con le amiche.»

Okay, la cosa non ha senso, perché…

«Voi del club di teatro vi scambiate i partner continuamente» le ricordo.

«Pomiciamo» chiarisce Ella. «È solo una cosa di lingua.

Non puoi stare davvero insieme a uno che sta davvero con una tua amica. Non si fa.»

Mmm. Non riesco a capire se Ella mi sta mettendo in guardia riguardo a Milo, se mi sta dicendo che siamo amiche, nonostante i suoi ricatti, o se sta solo chiacchierando.

«In ogni caso, per quanto riguarda il gioco del "Chi...?", Cory è mio.» Ella mi fa un gran sorriso. «Mi sa che ti tocca il tizio con il basco.»

Decido di stare al gioco. Così è più divertente.

«Mmm.» Mi abbandono sulla panca con aria teatrale. «Scommetto che canta solo canzoni emo.»

«Scommetto che fuma sigarette slim.»

«Chiamerà sua madre per nome.»

«Dorme con i calzini. E gli scaldamuscoli.»

«Fa la pipì da seduto.»

Ella scoppia a ridere – «Che pigrone!» – il che fa ridere anche me.

«E, giusto per non farci mancare niente...» Mi ricompongo e mi sporgo sul tavolo, tutta seria. «Scommetto che il tizio con il basco piange dopo aver fatto sesso.»

Dopo quest'ultimo commento, Ella scoppia in una risata fragorosa. Mi guardo intorno per assicurarmi che non stiamo disturbando gli altri clienti del ristorante, ed ecco che ne entra un altro. Alto, magro, capelli scuri e arruffati, e maglietta di un vecchio gruppo punk inglese. Mi allungo verso Ella e le do un buffetto sul braccio. «Mio» le dico.

Ella segue il mio sguardo e tutt'a un tratto cambia espressione. «Interessante.»

«Cosa?» Do un'altra occhiata al ragazzo e mi rendo conto che mi ricorda qualcuno.

Milo.

Non so cosa voglia dire, ma non può essere niente di buono. Proprio no.

«Niente.» Ella si volta dall'altra parte. «Pensavo che ti piacessero i biondi, tutto qui.»

Il buonumore sparisce dal tavolo, lasciando il posto a un silenzio imbarazzante che dura fin troppo. Per fortuna, Annette viene a portarci il conto. «Visto? Come vi avevo detto. Sconto del trenta per cento.»

Prendo la carta di credito e la poso sul tavolo, mentre Ella fruga nella sua borsa in cerca di banconote.

«Dividete?» chiede Annette, e noi facciamo segno di sì. Lei prende tutto e si allontana trotterellando.

Arriva di nuovo Cory. Porta via bicchieri e tovaglioli, e quando sparisce in cucina, io torno a guardare Ella. «È molto carino. Mi sa che hai vinto tu.»

Nonostante mi confonda la natura della guerra che stiamo combattendo, le mie parole sono un'offerta di pace. Ma Ella non sembra accorgersene.

«Sì.» Non mi guarda neanche. «Io vinco sempre.»

CAPITOLO 8

Siamo alla seconda settimana di prove. Ora conosco Zeus! dall'inizio alla fine, a partire dalla danza di Leda per finire con la battaglia tra Greci e Troiani, in cui Paride uccide Achille e Zeus uccide Paride. Mi sa che questa cosa del teatro comincia a piacermi, perché mi si scioglie il cuore quando Milo stramazza al suolo e poi Tuck viene colpito da un fulmine. Quando Tuck si dimena, Polluce corre da lui, lo prende tra le braccia mentre "muore" e posa il corpo esanime a terra. Poi si alza e pronuncia un breve monologo sulle tragedie della guerra. A quel punto, tutto il cast emerge dalle quinte a destra del palcoscenico e cammina lentamente, intonando un lamento funebre.

È un finale molto drammatico.

In teoria, sono ancora arrabbiata con Ella per avermi costretta a restare usando un ricatto. In pratica, però… comincio ad abituarmi alla sua presenza.

Il martedì prima delle prove tecniche finiamo un'altra volta tutti da McKay. Speravo che ci sarebbe stato anche Tuck (preferibilmente senza Gretchen), ma quando io ed Ella facciamo un giro di ricognizione del locale, non lo vedo da nessuna parte. Scegliamo un tavolo e ordiniamo la specialità di McKay da dividere: un croissant tostato, tagliato a metà e farcito con due palline di gelato alla vaniglia, poi decorato con una spruzzatina di crema al cioccolato e una ciliegia. Il cameriere posa l'ordinazione sul tavolo, dando a Ella la possibilità di mettere in pratica la sua nuova abilità. Io la cronometro e lei sputa il gambo della ciliegia in una mano, perfettamente annodato, in cinquanta secondi esatti. «Mi merito un premio» mi dice.

«Mi sa che ci rimedi un ragazzo.» Indico un tavolo poco distante, dove un tizio che non conosciamo sta osservando la sua performance. Alza il pollice in direzione di Ella e io scoppio a ridere.

Un attimo dopo, Milo si siede sulla panca accanto a lei. «Che avete da ridere?»

Mi sento subito più felice, ma è evidente che Milo non ha lo stesso effetto su Ella. All'improvviso lei smette di ridere e lascia cadere il cucchiaio nel piatto. «Devo andare in bagno.»

Milo si alza subito per lasciarla passare. «Ehi, se è un momento per sole ragazze, posso anche andarmene...»

«No.» Ella taglia corto, alzandosi dalla panca. «Mi sa che me ne vado a giocare a freccette. Tu resta pure, se vuoi, prenditi una cioccolata. La mia compagna di stanza e il mio ex: praticamente quello che ogni ragazza desidera.» Sembra una battuta, ma non credo che lei trovi la cosa divertente. «Fermo. Resta. Sul serio.»

Milo sembra sorpreso, e dopo che Ella se n'è andata, esita un attimo prima di sedersi. «Vuoi andare da lei o...?»

«No.» Lo dico automaticamente, e un attimo dopo mi rendo conto che è la verità. Non ha senso andarle dietro, perché è chiaro che è in preda a una crisi di rabbia. Preferisco restare con Milo.

E comunque, devo assolutamente – ripeto, assolutamente – scoprire che cos'è successo tra loro. Ella è sempre drammatica nelle sue reazioni, quindi sono sicura che di qualsiasi cosa si tratti per la maggior parte degli eesseri umani normali non sarebbe negativa. Ma voglio saperlo, nel caso in cui...

Nel caso in cui... non lo so.

Milo sta seduto di fronte a me. Prende il cucchiaio di Ella e lo guarda un attimo, prima di rimetterlo a posto. «Sarebbe disgustoso, giusto?»

«Dammelo.» Tendo la mano, in modo che lui possa passarmi il cucchiaio, e poi lo pulisco con il tovagliolo. «Ecco, tieni.»

Entrambi preferiamo ignorare il fatto che una volta lui

ed Ella si scambiavano baci con la lingua, per cui se usasse il suo cucchiaio non sarebbe un gran problema.

«Sei fantastica.» Milo accetta il cucchiaio e mangia un po' di gelato, a quanto pare senza accorgersi che ho le guance in fiamme per questo complimento buttato lì con indifferenza. «Allora, che te ne pare di Zeus! adesso?»

Il lavoro è pazzesco, la mia vita è incasinatissima e io non ho la più pallida idea di quello che sto facendo. Ma certo, parliamo pure del musical sull'antica Grecia.

«Quand'ero piccola, avevo un libro di miti greci. Mi ricordo di quel tizio che volò troppo vicino al sole e della storia del vaso di Pandora.» Storco il naso, pensando a quello che mi infastidisce nel nostro spettacolo. «Ma Zeus!... Credo che la figura del nostro Zeus mi confonda. Il modo in cui il personaggio è stato pensato e creato.»

«Perché dovrebbe essere un eroe positivo, ma poi uccide Paride?» Milo mi rivolge un sorriso comprensivo. «Non sei la prima persona a dirlo.»

«Sì. È come se si scoprisse che è cattivo, ma solo per caso. E il modo in cui Hugh si muove sul palco, è come se Zeus non sapesse nemmeno di essere il cattivo della storia.»

«A essere onesti, è questo il problema dei personaggi negativi.» Milo si sporge sul tavolo. «I migliori – quelli più complessi e interessanti – non sanno di essere cattivi. Hanno i loro motivi per comportarsi in un certo modo.»

Mi ritrovo ad annuire per tutta la durata della spiegazione. «Giustificano le loro scelte.»

«Esatto. Perché altrimenti non sarebbero altro che un elemento qualunque della trama.»

Incrocio le braccia sul petto e mi appoggio allo schienale della sedia, riflettendo. «I cattivi migliori sono le persone reali. Quando fanno delle cattive scelte, non sempre se ne rendono conto.»

Come me, che ho deciso di venire a Olympus per inseguire Tuck.

«Esatto.» Milo mi punta addosso il cucchiaio (di Ella). «C'è sempre qualcosa di positivo nei cattivi. Sono tridimensionali.»

«Qualcosa che li rende *umani.*»

«Esatto.» Milo mi sorride e il suo – davvero non c'è altro modo per dirlo – è un sorriso mozzafiato. «Nessuno è totalmente buono o totalmente cattivo.»

Io lo guardo dall'altro lato del tavolo e scuoto la testa, mentre assaporo un altro boccone. Avere pensieri lascivi sull'ex ragazzo di Ella è una cosa cattiva.

Molto cattiva.

* * *

Quando io ed Ella entriamo nell'appartamento buio, restiamo sorprese nel trovare Annette in soggiorno. Sta sul divano e parla al telefono a bassa voce. Quando ci vede, salta in piedi e scappa in camera sua. Ella mi guarda. «Venti dollari che è l'aiuto cameriere.»

«Cori Bello?» le sorrido. «Be', una delle sorelle Reynolds dovrebbe accalappiarlo, questo è certo.»

Dopo un po', io ed Ella siamo a letto. La luce della luna risplende tra le persiane, proiettando delle righe sul mio piumone. Io cerco di mettermi comoda, prima di fare la domanda che mi tormenta da giorni. «Allora, che è successo tra te e Milo?»

Segue un attimo di silenzio durante il quale mi chiedo se ho sbagliato a chiederglielo. Poi sento Ella che si muove. «Che te ne importa?»

«Qui non ho amici.» Non mi rendo conto di quanto sia patetica questa cosa, finché non sento le parole indugiare nell'aria.

«Prontoooo.» Mi pare che l'abbia detto sorridendo, ma non ne sono sicura. «Ci sono anch'io.»

«Ehm... e mi tieni sotto ricatto.» Ma lo dico con leggerezza, per non farmi prendere troppo sul serio. «Davvero, Milo è molto carino. Che è successo?»

«Sì, Milo sa essere carino. Ma sa anche essere... tutt'altro che carino.»

«Cioè?»

Passa un lungo istante, poi devo sforzarmi per sentire la voce di Ella. «Mi ha tradita.»

«Cosa?» Salto a sedere in mezzo al letto. Non può essere vero. Non mi sembra una cosa che farebbe il Milo che conosco.

Solo che… io non lo conosco davvero, giusto?

«Strano, eh?» Sento Ella alzarsi e poi vedo la sua siluette davanti alla finestra. Si è messa a sedere anche lei. «Non sembra il tipo.»

Tutt'a un tratto, l'atteggiamento di Ella comincia ad avere senso.

«Abbiamo cominciato a uscire insieme verso la fine dell'estate scorsa» continua a raccontare. «Poco tempo dopo, Mandy è andata a una festa e l'ha visto pomiciare con una delle ballerine. L'anno scorso non avevo ancora il permesso di andare alle feste, e ho pensato che forse Mandy si era sbagliata, ma poi ho cominciato a chiedere in giro. A quanto pare, aveva pomiciato con due ballerine. Non contemporaneamente. Due ballerine diverse a due feste diverse.»

Provo un tuffo al cuore. Quello che ha detto Milo è vero: i cattivi migliori non sanno di essere cattivi. Ma non ce la faccio a spiegarlo a Ella, allora dico solo: «Che stronzo».

«Già. Se avesse rotto con me come qualunque persona normale, non ci sarei rimasta tanto male, e invece me lo sono sentito dire da Mandy, mentre mi spruzzava addosso la pittura verde. Io e Milo non ne abbiamo neanche mai parlato. La nostra storia è andata semplicemente a morire.»

«Non c'è stata una vera e propria rottura.»

«È stato...»

Le vado incontro e finisco la frase per lei. «Imbarazzante.»

«Sì. La gente ha cominciato a evitare il mio sguardo. Milo si era comportato da stronzo, ma ero io che ne pagavo le conseguenze.» Ella si rimette a letto. «Non mi dà fastidio se volete essere amici. Ma ora sai che cosa è successo davvero.»

Sono contenta che me l'abbia detto, ma mi dispiace di averlo saputo. Non voglio che Milo sia uno dei cattivi. Voglio che sia uno dei buoni.

Mentre scivolo di nuovo sul cuscino, un'idea mi passa per la testa. È una cosa che non dovrei chiedere.

«Non ho fatto sesso con lui.» È come se Ella mi avesse letto nel pensiero. «Non l'ho fatto... mai.»

«Nemmeno io.»

«Vuoi scherzare?» Dall'altra parte della stanza, Ella si alza su un gomito, rivolta verso il mio letto. «Sei vergine?»

«Ehm, sì.» Dovrei prendere la sua sorpresa come un complimento o un insulto?

«Oh, è solo che...» Lascia la frase a metà. Il momento si prolunga talmente tanto che devo incoraggiarla a parlare.

«Solo cosa?»

«Tu e le tue amiche. Voi tre, be', avete accesso a tutti gli eventi sociali. Andate a tutte le feste.»

La cosa mi infastidisce. «Il fatto che io vada alle feste non significa che faccia sesso.»

«Non volevo dire questo. Pensavo solo che… tu, Marin e Sarah sembrate più grandi. Come se aveste una marcia in più. Pensavo che aveste più esperienza.»

Marin e Sarah hanno una marcia in più: programmi, ambizioni, un futuro. Io, invece, sono come un ciottolo umano che plana sulla superficie della vita, saltando da una cosa all'altra. Certo, creo un sacco di riverberi, ma poi spariscono sempre.

«Con chi pensavi che fossi andata a letto? Non resto mai con lo stesso ragazzo a lungo.»

Non faccio mai niente a lungo.

«Questo non sempre conta.»

«Lo so, ma per me sì.» Cerco di spiegarle perché. «Sai, non voglio farlo tanto per. Voglio essere certa che sia la cosa giusta.»

Questa volta la pausa è talmente lunga che mi chiedo se Ella non si sia addormentata. «Ma come si fa a sapere se qualcosa è giusto?»

«Stiamo parlando ancora di sesso?»

«Non lo so.»

«Be', chiaramente sono la persona sbagliata a cui chiedere.» È piuttosto tardi e sono talmente stanca che mi faccio sfuggire la verità. «Tutte le decisioni che prendo sono sbagliate.»

Ella cambia posizione. «Forse non sono così sbagliate come credi.»

Forse non mi conosci abbastanza bene, se dici così.

Mi tiro il piumone su fino al mento e mi rannicchio, sentendo il sonno arrivare. L'ultimo pensiero che mi passa per la mente è che questa conversazione ha chiarito le cose. Devo smetterla di farmi distrarre da Milo. Non sono venuta qui per lui.

Sono venuta per Tuck.

CAPITOLO 9

Ella mi dice che le prove tecniche sono le peggiori, e non si sbaglia. Per ore e ore, attacchiamo e interrompiamo lo spettacolo in modo che i tecnici delle luci, i tecnici del suono, gli scenografi e i pirotecnici possano provare i vari effetti.

La scena più fastidiosa è anche quella che odio di più: quando Paride attraversa il Mar Egeo, così che Elena possa innamorarsi di lui. Il "mare" è fatto di enormi strisce di stoffa di varie sfumature di blu. Chi di noi rappresenta la ruota finale del grande carro di Zeus mantiene gli estremi delle strisce di stoffa e le muove su e giù, per ricreare l'effetto delle "onde". Poi, Paride e il suo esercito si trascinano nell'acqua, mentre noi tiriamo via le strisce di stoffa dal palcoscenico, per dare l'impressione che l'esercito abbia raggiunto la terra ferma, e simulare così il loro approdo in Grecia. Proviamo la scena, e all'inizio le luci devono essere aggiustate un milione di volte, perché a Del non piacciono i colori, le posizioni o chissà che altro. Finalmente, i tecnici riescono a portare a termine il loro compito – ma a quel punto ho le braccia a pezzi, perché quelle cavolo di strisce di stoffa sono pesantissime – e io corro dietro le quinte a dipingermi di verde per la scena della preparazione alla guerra. Ma quando torniamo sul palco, con le sembianze di tante Statue della Libertà a grandezza umana, Del non è ancora pronto. Perciò ho l'immenso piacere di sedere accanto a Ella nella prima fila delle gradinate, mentre Paride entra in un giardino per vedere Elena per la prima volta (e per mille altre ancora).

Elena sta seduta su una roccia a chiacchierare con le sue ancelle, quando Paride arriva e resta incantato dalla sua bellezza. Lui si porta una mano al cuore e dice un mucchio di cose incredibilmente poetiche, che piacciono tanto al pubblico. Elena fa per chiedere: «E tu chi...»

Ma Eros scocca la freccia dell'amore. «...seiiiii?» Elena finisce la domanda con un trillo, perché, grazie alla freccia, ora è perdutamente ed eternamente innamorata di Paride.

Non sembra tanto difficile, però Gretchen manca di tempismo, a quanto pare. La freccia dell'amore non è una vera freccia, ma solo un effetto di scena, un fascio di luce che colpisce Elena su una tetta, il che vuol dire che lei deve trovarsi nel posto giusto al momento giusto, cosa che non succede. Le poche volte che Gretchen ci riesce, il tecnico del suono o quello della luce arriva in ritardo. Le prove di questa scena vanno avanti all'infinito, e per tutto il tempo io non riesco a smettere di pensare che Milo è seduto dietro di noi.

L'ho evitato finora. Stamattina, lui mi ha salutata con la mano, ma io ho fatto finta di non vederlo. Più tardi, io ed Ella stavamo uscendo dai camerini, quando lui ci è venuto incontro. «Credo di doverti una specialità di McKay» ha detto a Ella. «Ieri sera l'ho mangiata io, la tua metà.»

«Tranquillo» ha risposto lei indifferente, e se n'è andata.

Lui mi ha guardata. «Ci ho provato, no?»

«Che vuoi che ti dica?» La frase è risultata fredda al punto giusto. Poi sono corsa dietro a Ella.

Ma non prima di aver notato lo sguardo ferito di Milo.

Ora, seduta nella prima fila del teatro, so che lui è dietro di me e probabilmente si sta chiedendo cos'è successo tra ieri sera e stamattina che mi abbia spinta a trattarlo così.

O – che ne so io? – forse non mi calcola minimamente. Non sarebbe certo il primo.

Sto considerando l'idea di voltarmi, anche solo per incrociare il suo sguardo, quando tutti si alzano in piedi e io mi rendo conto che finalmente – finalmente – quella cretina di Gretchen è riuscita a recitare bene la sua cavolo di battuta per tre volte di seguito, e ora possiamo passare alla scena successiva. Perciò, rimando a dopo la questione Milo.

Ma il dopo non arriva mai.

* * *

Il negozio di libri usati su Nine Muses Street è piccolo, ma ben fornito – almeno nella sezione mitologia. Trovo una copia malandata del libro che avevo da piccola, oltre a uno più nuovo e sottile, che sembra un albero genealogico delle divinità greche.

Scovare una sezione della libreria dedicata al teatro è più difficile e mi ci vuole un po' per individuare il libro più appropriato: *Teatro e messinscena per imbranati*. Mi chiedo se il titolo volesse essere spiritoso o se l'autore sia veramente un imbranato, visto che non sa nemmeno come si scrive "messa in scena". Ma non posso permettermi di fare la schizzinosa, perciò li compro tutti e tre. Se riesco a imparare la loro lingua, forse riuscirò a capire la gente di teatro. E forse troverò un modo per legare con Tuck.

Mentre sto per uscire, per poco non vado a sbattere contro la direttrice di scena, Nikki, che sta andando alla cassa. In mano ha un libro in edizione economica, con fiamme, corpi nudi e palme in copertina. Io e Nikki ci guardiamo, e istintivamente lei cerca di nascondere il libro, ma è troppo tardi. Io l'ho visto e lei lo sa. Si ferma davanti a me e mi sbarra la strada. «Io non ti chiedo dei tuoi libri e tu non dici a nessuno del mio.»

«Ma certo! Non lo farei mai...» Mi interrompo e la guardo. «Solo pensavo che leggessi di strategia militare o roba del genere.»

Lei mi guarda sorpresa. «Pensavi che fossi nell'esercito?»

«Forse. Sei una tosta e poi...» Sento che questa è la cosa più stupida che abbia mai detto. Esiste un libro dal titolo *Conversazione per imbranati*? Potrebbe essere la mia prossima lettura

Nikki scoppia a ridere... grazie a Dio. «Senti, passo tutto il giorno ad accertarmi che un mucchio di ragazzini in preda a tempeste ormonali stiano nel posto giusto e dicano le parole giuste. Quando torno a casa all'una di notte, voglio solo volare con la fantasia per cinque minuti.» Guardo meglio il libro che ha in mano. Sullo sfondo c'è un'isola tropicale avvolta dalle fiamme contro il cielo notturno. In primo piano, un uomo a petto nudo con tanto di chioma fluente stringe tra le braccia una bellezza prosperosa che sta svenendo, o dormendo, o che si sta divertendo molto. Sono sicura che sia quantomeno spassoso. «Lo so.» Nikki agita il libro. «È tremendo e tutt'altro che femminista. Ma è narrativa d'evasione e Dio sa se mi merito un po' d'evasione, io.»

«Ma infatti.» Dato che non ho la più pallida idea di quello che sto combinando con Tuck, evadere non mi sembra affatto male in questo momento. «Me lo presti, quando l'hai finito?»

«Non se ne parla.» Nikki mi fa l'occhiolino. «Compratelo.»

* * *

Passo a prendere Ella a casa, così non deve arrivare a piedi fino al teatro. Quando raggiungiamo la pedana di legno che passa dietro al palcoscenico, vediamo un grosso cartellone attaccato alla bacheca di sughero accanto al foglio delle firme. C'è scritto il nome di Milo con il pennarello rosso, decorato da brillantini dorati. Sotto ci sono messaggi, disegnini e firme. Sulla mensoletta della bacheca qualcuno ha messo a disposizione vari pennarelli.

La settimana scorsa è stato il compleanno di Paul, quindi so cosa siamo chiamati a fare.

Ella mi dice: «Se non lascio un messaggio, sembrerò una poveraccia». Io resto in silenzio, mentre lei scrive il minimo indispensabile: "Tanti auguri, Ella".

Poi sbatte il pennarello sulla mensola e aspetta che firmi anch'io. Scribacchio un semplice: "Buon compleanno" seguito dal mio nome. Parte di me vorrebbe scrivere qualcos'altro. Qualcosa di più. Qualcosa per riconoscere il fatto che, nonostante Milo abbia tradito Ella l'estate scorsa, per tutta la prima metà di quest'estate è stato molto gentile con me.

Ma non lo faccio.

Ed Ella approva.

* * *

Quando Milo mi si avvicina durante la fila al bancone della cucina, mi sento ancora in colpa per gli auguri di compleanno impersonali. «Ciao, come va?» Mi dà un colpetto di gomito e io resisto alla tentazione di rispondere. Piuttosto, faccio un passo avanti, mettendo una certa distanza tra noi. È necessario, perché l'aria degli Appalachi è appiccicosa, io indosso un vestitino smanicato e lui una canottiera. Ci manca solo che schiacci il braccio contro il mio, e che la sua pelle calda e i muscoli sodi entrino in contatto con me.

Quando non gli rispondo, Milo mi si piazza davanti, guardandomi in faccia. «Rainie?»

Io distolgo lo sguardo – sarebbe troppo facile perdersi nei suoi occhi castani – e mormoro in risposta: «Sto cercando di farmi dare un panino».

Con la coda dell'occhio, vedo che incrocia le braccia sul petto e poi le rilassa lungo i fianchi. Allora, mi posa le mani – calde, asciutte – sulle spalle e delicatamente mi spinge a voltarmi. Io glielo lascio fare, e un minuto dopo mi ritrovo a guardarlo all'ombra relativamente fresca di un acero da zucchero, sul vialetto deserto del parcheggio.

«Sei arrabbiata con me?» mi chiede.

«Sì» gli dico, anche se è una bugia. Perché in realtà sono arrabbiata con me stessa. «Non mi piacciono i traditori.»

«Traditori? Ma che...» Si interrompe e mi guarda con aria confusa. «Si tratta di Ella?»

«Sì. A meno che tu non tradisca tutti, nel qual caso si tratta anche di loro.» Mi porto le mani ai fianchi, facendo appello all'attrice che è in me. «È sbagliato tradire qualcuno, chiunque, per qualunque motivo.»

Milo scuote la testa. «Non hai idea di cosa...»

«Pensavo che fossi diverso.» Non c'è ragione di lasciarlo parlare. «Ma è chiaro che non lo sei. In questa storia sei il cattivo.» Milo resta a bocca aperta, ma ormai sono andata troppo oltre per fermarmi. «Sono sicura che hai elaborato una bella scusa, ma non conta. Non mi importa. Alla fine di tutte le storie, il cattivo è pur sempre il cattivo.»

A questo punto, scappo dietro le quinte. Ecco. Ho fatto il mio dovere di amica con Ella, ho fatto il mio dovere di donna… e ho rimosso con successo la tentazione dalla mia vita.

Perché – diciamo la verità – se non ci fosse Tuck, Milo sarebbe una grossa, grossissima tentazione.

CAPITOLO 10

Prove generali. Proviamo di mattina e nel primo pomeriggio – io evito lo sguardo di Milo per tutto il tempo – e poi ci mandano a casa con la raccomandazione di riposarci e «tornare all'orario prestabilito.» Per me, Ella e il resto delle comparse-attrezzisti, vuol dire arrivare alle sei e trenta per lo spettacolo delle otto. Ora che abbiamo quasi ultimato le prove, avremo tutte le mattine e i pomeriggi liberi per il resto dell'estate. E anche i lunedì sera.

Non è poi tanto male come orario.

Io ed Ella arriviamo al teatro insieme, ma poi prendiamo direzioni diverse. Lei ha preparato ramen con noodles a casa, ma io sto morendo di fame e voglio prendere qualcosa al bancone della cucina. Mi ritrovo accanto a Hugh Hadley, che mi rivolge un sorriso giallognolo. «Sei pronta per domani sera?»

«Devo esserlo per forza, no?»

È una risposta sgarbata, ma Hugh scoppia a ridere. «È questo lo spirito giusto!» mi dice, prima di allontanarsi con il suo hamburger.

Pago il ragazzo con il grembiule bianco dietro al bancone. Lui mi dà un piatto di carta con un panino, due cetriolini sottaceto e una manciata di patatine untuose. Mi avvio verso le panche dall'altro lato della pedana – vicino a un vialetto alberato e ombroso che porta al bosco alle spalle del teatro – quando mi rendo conto che Ella e Milo si trovano proprio lì. Sono impegnati in una conversazione che sembra...

Intima.

Mentre li osservo, Milo si china verso di lei per sussurrarle qualcosa all'orecchio. Quando Ella gli sorride, mi innervosisco. Poi lui la abbraccia e la cosa mi provoca una stretta allo stomaco. Allora mi fiondo nei camerini e butto il piatto nella spazzatura.

Ho perso l'appetito.

* * *

Durante la scena del nido, mi accorgo che mi fanno male i denti, perché ho tenuto la mandibola serrata per tutto il tempo. Al diavolo il tradimento e i cattivi... Che sta succedendo tra Ella e Milo?

Insomma, certo, Ella ha il diritto di abbracciare chi vuole. Di fare qualunque cosa voglia con chiunque voglia. Ma perché lo sta facendo proprio con lui?

E cosa più importante, perché cavolo me ne frega?

Mentre i membri del coro gironzolano per il palcoscenico, fingendo di chiacchierare tra loro, mentre Elena e Polluce escono dalle loro uova, Ella mi si avvicina. «Ehi, ti va un frullato dopo il lavoro? Oggi ho comprato della frutta surgelata e credo che Annette abbia un frullatore da qualche parte.»

Il mio «no» è brusco e tagliente, come un ramoscello che si spezza all'improvviso. Ella fa per dire qualcosa, ma io taglio corto. «Be', a meno che tu non voglia costringermi. Nel qual caso, sì, certo. Berrò un frullato. Perché non mi dici anche a che gusto dev'essere?»

«Ma che cavolo ti prende?»

Perché cavolo tu e il tuo ex ragazzo stavate appiccicati l'uno all'altra, poco fa?

Ma rispondo solo: «Ti ricordi il tuo simpatico ricatto? Be', ora mi ha scocciata».

Dietro di noi, l'uovo di Elena inizia a oscillare e urta quello di Polluce, che inizia a oscillare a sua volta.

«Va bene...» Ella mi guarda fisso. «Quindi che vuoi fare?»

«Di' pure tutta la verità a Tuck.» Non avevo capito veramente il senso della cosa, finché non l'ho detto, ma ora mi sembra una buona idea. Parlo più forte. «Non avrai più alcun potere su di me.» Poco più in là, Paul si volta a guardarci. Allora abbasso la voce. «Perciò posso andarmene quando voglio.»

«Bene» dice Ella. «Fallo. C'è altro?»

Voglio che mi dica la verità su cosa stava facendo con Milo dietro le quinte, ma prima che possa decidere se chiederglielo o meno, quelle due uova maledette si schiudono, e la donna più bella del mondo nasce accanto a quello sgorbio di suo fratello. Io e Ella ci allontaniamo in direzioni diverse.

Maledetta mitologia.

* * *

Il resto delle prove generali procede benissimo, il che a quanto pare è un problema, perché in teatro c'è uno stupido adagio secondo il quale a delle pessime prove generali segue sempre un'ottima prima. Almeno questo è quello che mi dice Paul quando gli chiedo perché non è contento. «Te lo dico subito: domani andrà malissimo. È stasera la serata buona. Rassegnati.»

Ovviamente è una cosa ridicola… eppure, quando vado verso la macchina e vedo Tuck nel parcheggio, queste parole mi tornano in mente. Senza darmi il tempo di ripensarci, mi incammino verso di lui, ma prima che riesca a fare dieci passi, mi ritrovo Milo davanti.

«Rainie, possiamo parlare?» Milo piega la testa da un lato e i suoi occhi castani guardano dritto nei miei. Tutt'a un tratto, l'aria della Carolina del Nord mi sembra più umida del solito. Sento le cicale frinire lungo il perimetro del parcheggio. Sento il tepore dell'asfalto ancora caldo per il sole del mattino che mi avvolge i piedi e le caviglie.

Milo mi rende ipersensibile. In tutti i sensi.

Perciò faccio un passo indietro. Mi sforzo di staccare gli occhi dal suo viso spigoloso, per concentrarmi su un punto dietro di lui, dove Tuck sta salendo a bordo del suo furgone. «Devo andare.»

Milo si gira per vedere cosa sto guardando. La sua espressione cambia. Si irrigidisce. Diventa indecifrabile.

«Ah» dice, ma la sua voce mi raggiunge alle spalle, perché l'ho già superato. Sto camminando – no, correndo – verso il furgone di Tuck. I fari sono accesi e, mentre mi avvicino, il motore romba. Mi fermo di botto accanto alla portiera del passeggero e busso al finestrino. Tuck si volta e mi guarda sorpreso. Solo allora mi azzardo a guardarmi indietro, nel buio.

Milo è sparito.

Ma ora non posso pensare a lui.

CAPITOLO 11

L'interno del furgone di Tuck puzza di fumo stantio. La cosa mi sorprende tanto che dico: «Non sapevo che fumassi».

«Di solito no.» Tuck sembra in imbarazzo. «Tranne quando recito in uno spettacolo, allora mi capita qualche volta. Vuoi una sigaretta?»

«No.» Resto a fissarlo, ad ammirare la sua bellezza. È perfetta, lampante. Tuck sembra mille modelli di mille siti web messi insieme. Chiunque lo desidererebbe.

«Allora, come va?» Tuck piega la testa da un lato, e questo gesto mi rimanda indietro di tre minuti, quando Milo ha fatto la stessa cosa, ma la mia reazione fisica è stata completamente diversa.

O meglio, ho avuto una reazione fisica.

Scaccio via questo pensiero dalla mia mente. Il ragazzo che ho davanti, solo lui è il motivo per cui sono venuta qui. Dovrò pur aver ragione almeno su una cosa in tutta la mia vita, e quella cosa sta seduta al volante di questo furgone e mi sta guardando. Perciò lo dico: «Sono venuta qui per te» e mi godo la soddisfazione di vedere i suoi occhioni azzurri spalancarsi per la sorpresa.

«Nel... parcheggio?»

«No.» Faccio un respiro profondo e confesso. «A Olympus. Per questo spettacolo. Per quest'estate.»

Glielo leggo negli occhi. «Sul serio?» ma l'unica cosa che riesce a dire è il mio nome. «Rainie.»

Senza avere il tempo di pensare a niente, mi butto. «È stato il tuo monologo» dico tutto d'un fiato. «L'ho capito. Il futuro mi spaventa. Il mio futuro. Ho capito che quello che dovrebbe succedere non succederà, perché non riesco a capire di cosa si tratta.»

Tuck è completamente immobile, a parte per il petto che va su e giù. Sono contenta che almeno uno di noi due riesca a respirare in questo momento.

Poi però si avvicina, fermandosi a metà tra i due sedili. «Che cosa dovrebbe succedere?»

«Non lo so.» Il cuore comincia a battere in fretta. «Ma tutto quello che hai detto mi ha cambiata. Mi ha dato l'impressione che ci sia qualcosa ad aspettarmi. Forse potrei avere un futuro, anche se non so qual è. Forse sto solo sondando il terreno, dopotutto.» Ora anche le parole corrono in fretta, inseguendo il battito disperato del mio cuore. «Quello che hai detto mi ha spinta a venire qui...» Mi interrompo perché sto parlando con voce rotta. Deglutisco, cercando di soffocare il terrore che provo per quello che verrà. Per il mio futuro incerto e nebuloso. «Dimmi che non è una follia. Ti prego.»

Perché altrimenti sono solo una scema che ha guardato il ragazzo sbagliato.

«Dimmi che non sono pazza.»

Restiamo a guardarci, e io non ho la più pallida idea di cosa stia pensando questo ragazzo dagli occhi azzurri che non conosco. A un certo punto, mi si annebbia la vista e sento qualcosa sfiorarmi la fronte. Sono i capelli di Tuck. Ci siamo avvicinati fino a toccarci.

Appena appena.

Tuck mi accarezza le braccia e il collo. Poi mi prende il viso tra le mani, come farebbe un attore in un film. «Sei molto coraggiosa» sussurra.

«Non è vero» gli dico, e allora lui mi bacia. La sua bocca – più morbida di quanto avrei mai immaginato – sta sfiorando la mia. È un bacio così leggero che mi fa il solletico, e devo avvicinarmi per farlo smettere. A quanto pare, Tuck lo prende come un incoraggiamento, perché schiude le labbra e mi fa scivolare una mano in vita. Chiudo gli occhi e cerco di seguire i suoi movimenti, perché è questo che volevo. È per questo che sono venuta in questo strano mondo, dove anche le direzioni sono al rovescio...

Poi le labbra morbide e umide spariscono.

Lui sparisce.

Apro gli occhi. Tuck si è allontanato e mi guarda dal suo sedile. «Ti dirò la verità» dice. «Quella tra me e Gretchen non è una cosa seria. È temporanea.»

Io lo guardo fisso. «Lei non ti piace?»

«Sì, mi piace.» Il sorriso di Tuck è triste. «Ma non tanto. Non davvero. Non come potrebbe piacermi... qualcun'altra.»

Intende me, giusto? Dopotutto, è me che stava baciando...

«Allora perché?» gli chiedo. «Perché stai con Gretchen? Che senso ha?»

«Quest'estate.» Tuck mi prende la mano e la stringe forte, guardandomi con sincerità. «Il senso è quest'estate. È il mio primo ruolo professionale da protagonista, e se io sto bene insieme a Gretchen lontano dal palco, sto meglio con lei anche sul palco. Io...» Prende coraggio e mi stringe la mano con forza. «Ho paura, Rainie. Ho bisogno di lei.»

Provo un tuffo al cuore. Tuck Brady, bellissimo, sicuro di sé, solido come la roccia, ha paura? Più del bacio, più del modo in cui mi guarda, è questo a farmi sentire bene. «E quindi?»

«Staremo qui tutta l'estate» dice lui. «Ma devi sapere questo: sei tu quella che mi piace davvero. Sei tu...» I suoi occhi diventano di un blu intenso e la bocca carnosa si increspa in un sorriso. «Diciamo solo che non sarò triste, quando tornerò a Dobbs.» Si ferma e mi lascia andare la mano per accarezzarmi il viso. «Ma qui non posso stare con te.»

«Lo capisco» rispondo, ma non sono sicura di capirlo davvero.

«E, Rainie.» Mi attira a sé, finché non ci ritroviamo a un centimetro l'uno dall'altra. «Grazie.» Mi bacia. «Per essere stata così coraggiosa.» Mi bacia di nuovo. «Ma non può più succedere niente tra noi.» Si allontana e mi guarda. «È sbagliato.»

No, io sono sbagliata.

Tuck si gira verso il volante con aria risoluta. Mi sta tagliando fuori, mi sta mandando via. Stringe forte il volante tra le mani. «È meglio se te ne vai.»

E io me ne vado.

È umiliante, ma me ne vado.

* * *

Quando torno indietro, Ella mi sta aspettando seduta sul cofano dell'auto. Forse ha intenzione di litigare, o forse vuole scusarsi. Non lo saprò mai, perché quando vede il mio viso rigato dalle lacrime, tende la mano. «Chiavi.»

Mentre guida verso casa, rimane in silenzio, e anche

quando sbatto la portiera della macchina e salgo le scale di corsa. Tuttavia, ora che ho passato venti minuti buoni a faccia in giù sul divano, a quanto pare le è passata. Sento un tonfo, come di qualcosa che cade sul pavimento accanto a me. Quando alzo la testa con le guance ancora umide, Ella ha un pezzo di nastro adesivo appiccicato in faccia, dalla fronte alla punta del naso: così sembra un maialino. Poi grugnisce e – anche se è la cosa più stupida del mondo – io scoppio a ridere. Andiamo, chi farebbe mai una cosa del genere?

Ha in mano un barattolo di gelato alla fragola e due cucchiai. «Quello al cioccolato non c'è.»

Mi alzo a sedere, mi asciugo il viso e accetto un cucchiaio. «Non sapevo nemmeno che avessimo quello alla fragola.»

«Infatti non ce l'abbiamo.» Ella apre il barattolo e prende una cucchiaiata di gelato, prima di passarmelo. «Ma Annette sì, perciò mi gioco la carta della sorella.»

Questa cosa della carta della sorella mi è nuova, però mi sembra fantastica. Prendo un po' di gelato e lascio che la sua dolcezza mi si sciolga sulla lingua. Sto per prenderne un altro po', quando Ella ricomincia a parlare.

«Non avrei mai spifferato a Tuck che l'hai seguito fin qui. L'ho detto solo per farti restare.»

Abbasso il cucchiaio e la guardo. «Cosa?»

«Non pensavo nemmeno che mi avresti presa sul serio, ma quando l'hai fatto...» Ella sospira. «Mi sono sentita offesa.»

«Perché non avrei dovuto crederti?»

«Perché eravamo amiche.» Mi guarda negli occhi. «*Eravamo* amiche» chiarisce, mettendo l'accento sul verbo al passato. «Ma speravo che se avessi trascorso l'estate qui, forse lo saremmo state di nuovo.»

Io annuisco, perché non so che altro fare. Ricattarmi – o anche solo fingere di ricattarmi – non è stato carino. Ma farmi venire qui, sì.

E anche il gelato alla fragola lo è.

«Che è successo con Tuck?» mi chiede, e io le racconto tutto. Ella ci riflette un attimo e poi riassume quei dieci minuti nel furgone in una frase: «Gli piaci, ma non abbastanza».

«Sostanzialmente.» Prendo un'altra cucchiaiata di gelato – più grossa. «Quei baci per te sono un tradimento?»

«Assolutamente sì.» Ella legge il mio sconforto. «Tu non vorresti mica che il tuo ragazzo se ne andasse in giro a baciare le altre nel suo furgone, no?»

Ancora una volta – com'è già successo troppo spesso di recente – mi torna in mente Milo. Me lo immagino mentre bacia un'altra ragazza, e la gelosia divampa. Cerco di respingerla con un altro boccone di gelato per calmarmi. Milo ha baciato altre ragazze. Bacia ancora altre ragazze. In effetti, ha baciato anche la ragazza che ora sta seduta davanti a me. E, cosa più importante, non è il mio ragazzo.

E non dovrebbe esserlo.

Ho altri sogni, io.

Ma dato che sono stanca di parlare di Tuck, cambio discorso. Se non altro, Milo sembra un ottimo argomento.

«Che è successo tra te e Milo, prima delle prove?»

Ella si rabbuia. «Niente.»

«Non mi sembrava niente.» Tutt'a un tratto, ho l'impressione di essermi rabbuiata anch'io. «L'hai abbracciato.»

«Non è vero.» Ella mi toglie il barattolo di mano e ci affonda dentro il cucchiaio. «È lui che ha abbracciato me.»

Ecco di nuovo quella vampata di calore. Ma che mi prende?

Ella dà qualche altro boccone prima di piantare il barattolo sul tavolino. «Voleva scusarsi, okay?» Lecca il cucchiaio e poi lo lascia cadere. «Ha detto che gli dispiace per come sono andate le cose l'estate scorsa, e poi ha voluto abbracciarmi. Come se un abbraccio potesse cancellare tutto. Come se bastasse a sistemare le cose.»

«Ed è stato così?» Mi rendo conto che mi sono sporta verso di lei, allora mi allontano subito. «Voi due...»

Siete tornati insieme?

«Vuoi sapere se è tutto risolto?» Ella fa la parte indifferente. «Certo. L'ho perdonato, come voleva lui.» Mi guarda. «Perdoniamoci tutti, okay?»

«Okay» mormoro. Poi afferro il barattolo del gelato e faccio un gran boccone. Se Milo sentiva questo gran bisogno di scusarsi, perché aspettare tutto questo tempo? Perché non l'ha fatto l'estate scorsa, quando ha sbagliato?

Forse vuole solo prendersi tutti i dolci di Ella da McKay.

Forse vuole solo Ella.

Forse dovrei capire perché mi importa tanto...

O forse dovrei solo smetterla di pensarci.

CAPITOLO 12

Ci avevano detto di riposare. Di ripassare le battute. Di riflettere sul significato dello spettacolo, su quello che rappresenta per noi, per essere pronti a recitare Zeus! davanti a centinaia di occhi, stasera. Perciò, la cosa ovvia da fare è alzarsi all'alba e guidare in mezzo alla nebbia per una dozzina di chilometri, su una superstrada a due corsie che porta fuori città, poi svoltare su una strada sterrata e tortuosa, per seguire una carovana di automobili fino a una radura sconosciuta. Da lì, la cosa migliore è addentrarsi nei boschi in cerca di una cosa chiamata Colonia di Blue Ridge Rock.

La buona notizia è che stamattina Ella è uscita prestissimo ed è tornata con il caffè, così almeno ho fatto il pieno di caffeina per il viaggio. Certo, vuol dire anche che appena arriviamo a destinazione, devo fare già la pipì. Intorno a me ed Ella c'è il nostro gruppo.

Sono venuti quasi tutti i membri del cast e della troupe – perché, a quanto pare, questa è una delle tradizioni di Olympus – e insieme ci muoviamo a blocchi: gruppi di persone che si superano a vicenda, per poi unirsi e riformarsi. Per tutto il tempo, mentre arranco accanto a Ella, riesco a pensare solo a due persone: Milo e Tuck. Soprattutto perché stanno praticamente appiccicati. Camminano insieme come una strana coppia, sotto le betulle gialle e gli aceri montani. E io cerco con tutte le mie forze di tenere a freno la parte di me che vorrebbe stare a fissarli ininterrottamente. La parte di me che si domanda se stanno parlando dello spettacolo, se stanno parlando di Ella, o – e questa è l'ipotesi peggiore in assoluto – se Tuck sta raccontando a Milo quello che è successo ieri sera.

Perché in quel caso sarebbe un disastro colossale.

È mezz'ora che camminiamo, quando mi accorgo di un rumore di sottofondo. È da un po' che lo sento, solo che adesso è più forte e più vicino. Proprio mentre ci faccio caso, qualcuno in lontananza – forse Paul – grida che «siamo arrivati». Gli alberi si aprono su entrambi i lati, e tutt'a un tratto io ed Ella ci ritroviamo su una spiaggia (ammesso che la parola "spiaggia" si possa usare anche lontano dal mare) sulle rive di un ruscello di montagna pieno di rocce. Alcuni dei massi più grandi sono tondeggianti, mentre altri sono piatti, e creano un sentiero che va da un lato all'altro del piccolo corso d'acqua.

Mentre ci avviciniamo, qualcuno grida: «Iuuh-huu!» e un attimo dopo mi rendo conto che quel qualcuno è Ella. La cosa più sorprendente è che si sta togliendo la maglietta. Si volta a sorridermi, con il pezzo di sopra del bikini e i pantaloncini di jeans tagliati corti. «Dai vieni!»

Anch'io indosso il bikini sotto ai vestiti, ma non pensavo che mi sarei fatta vedere in costume. Pensavo che fosse una specie di precauzione. Tipo, se all'improvviso ti dovessi trovare nella situazione di dover nuotare per forza, non saresti costretta a fare il bagno nuda.

Guardo Ella e le faccio segno di no. «Non se ne parla.»

«Perché? Hai un corpo fantastico.»

Numero uno, non è vero. Numero due, questo è solo uno dei problemi che ho in questo momento. «Qui si gela!»

Va bene, sto esagerando, ma non è per niente la temperatura adatta per fare il bagno. Almeno non ancora.

Tuck e Milo non sono affatto d'accordo con me, infatti si stanno già spogliando. Si tolgono le magliette e le buttano a terra, tutti abbronzati, muscolosi e sicuri di sé. Mentre li osservo, Tuck parla sottovoce a Milo. Per quanto mi riguarda, potrebbero trovarsi anche su un altro pianeta, perché non riesco a sentire niente di quello che dicono, ma il linguaggio del corpo è chiaro. Milo offre il pugno a Tuck, ma Tuck lo stringe nell'abbraccio fraterno che gli piace tanto. Poi dice qualcos'altro, e Milo abbassa lo sguardo e fa spallucce. Subito si volta a guardare la folla – proprio nel punto dove ci troviamo io ed Ella – e dà una spintarella a Tuck, prima di mettersi a correre verso le rocce. Un attimo dopo, stanno saltando entrambi da una roccia all'altra, con le teste che sembrano dei lampi chiaroscuri sull'acqua. Ella mi sorride. «Forza, ci riscalderemo in fretta.»

Mi riesce difficile crederle, dato che le foglie degli aceri sono ancora imperlate di rugiada, ma non mi pare di avere scelta. E anche se non mi piace l'idea di mostrare il mio corpo a tutti, ricordo a me stessa che tutte le ragazze qui presenti mi hanno già vista mezza nuda nelle docce comuni, il che non è molto diverso da farsi vedere in costume dai ragazzi. Quindi non sarà un gran problema.

Ma non sono i ragazzi in generale a preoccuparmi.

È solo uno di loro.

Va bene, facciamo due.

Mentre butto a terra la maglietta gialla a scollo rotondo e mi sfilo i pantaloncini, tengo gli occhi fissi sulla scena che si sta svolgendo sulle rocce. Milo e Tuck hanno smesso di saltellare come capre di montagna e fanno spazio a Gretchen, che li raggiunge. A questo punto, lei indica un grosso masso, Tuck ci salta sopra e la aiuta a salirci. Lei apre un grosso asciugamano e lo stende sulla roccia, stiracchiandosi come un gatto… o una fotomodella professionista… prima di stendersi al sole. Tuck si accuccia accanto a lei e mi lancia un'occhiata furtiva. I nostri occhi si incontrano prima che io possa distogliere lo sguardo.

Riesco a pensare solo che sto morendo dall'imbarazzo. Mi volto dall'altra parte e ovviamente incrocio lo sguardo di Milo. Oddio, un'altra volta! Solo che adesso provo un altro tipo di imbarazzo. Un tipo di imbarazzo che non saprei definire.

Un tipo di imbarazzo che non ha nessun senso.

* * *

Ci siamo addormentati tutti sulle rocce. Anch'io ed Ella, ma è stato un po' di tempo fa, ovvero dopo che ci siamo tuffate in acqua e abbiamo giocato a spruzzarci (e anche dopo aver fatto un giretto nei boschi per poter fare la pipì: non ci sarei mai andata da sola). Ora siamo tutte e due sveglie e io sto sbucciando un mandarino, lasciando che l'acqua gorgogliante si porti via le bucce. Normalmente non inquinerei la natura, ma Ella mi ricorda che i mandarini sono biodegradabili. Sono organici e puri.

L'unica cosa pura che conosco è il mio imbarazzo nei confronti di Tuck.

Mangio l'ultimo spicchio succoso e mi volto a guardarlo. Sta ancora steso sulla roccia di prima, ma ora si sbaciucchia con Gretchen.

Niente di peggio.

«Io vado avanti a riposarmi» dico a Ella.

* * *

Questa volta, quando mi sveglio, mi sono praticamente arrostita sulla nostra roccia grossa e piatta, che ora è rovente. Infuocata. Di solito non saprei dedurre l'ora dalla posizione del sole, ma dato che adesso si trova esattamente sopra di noi, sono quasi sicura che sia mezzogiorno. Quando mi alzo a sedere e mi scosto la frangetta appiccicosa dalla fronte, Ella dorme ancora affianco a me, con un braccio sopra il viso a forma di cuore. Sono contenta di essermi spalmata la protezione solare stamattina, prima di partire. E sono anche contenta che non ci siano specchi in giro, così posso immaginarmi come una bella sirena, invece che una selvaggia.

Mi riparo gli occhi dal sole e mi guardo intorno in cerca di una macchia gialla. Sono piuttosto certa di aver lasciato pantaloncini e maglietta accanto al sentiero, ma ora non li vedo. Forse mi sbaglio. Ella dorme ancora, perciò penso di riaddormentarmi anch'io (di nuovo), ma mi sto annoiando. E comincio ad avere i crampi e a sentirmi tutta irrigidita. Perciò, scivolo giù dalla roccia e mi incammino nell'acqua limpida.

Oddio, i ruscelli di montagna sono ghiacciati.

Mi rimetto i vestiti sopra al costume e trovo lo zaino accanto a un rododendro. Frugo in cerca di uno snack e mi rendo conto – troppo tardi – che Tuck sta facendo la stessa cosa a pochi metri di distanza da me. Ci accorgiamo l'uno dell'altra nello stesso istante, al che lui si alza in piedi e agita una barretta di muesli nella mia direzione. «Ne vuoi una?»

Gli mostro il mio sacchetto di patatine. «Sono a posto, grazie.»

Penso che la cosa finisca qui, perché c'è la sua ragazza in giro e la vita è strana, ma lui invece posa lo zaino e si avvicina. «Ciao.»

«Ciao.» Che altro potrei dire?

Tuck si guarda intorno. Quasi tutti sono stesi sulle rocce, e solo qualcuno sta giocando a frisbee un po' più in là. Non ho idea di dove sia Milo. «Stai benissimo» mi dice Tuck.

Bella sirena, bella sirena, bella sirena.

«Grazie.» Cerco di lisciarmi i capelli senza sembrare una schizzata. «Anche tu?»

La mia risposta sembra quasi una domanda, e Tuck

mi sorride. Poi fa un passo verso di me, e io mi volto istintivamente a guardare Gretchen. Dorme ancora sulla roccia… grazie a Dio.

«Mi hai sorpreso ieri sera» mi dice. «E credo di averti sorpreso anch'io.»

Con il bacio? Ehm… sì.

«Sei gentile» continua. «Carina e sveglia.»

Dimentica di aggiungere altri aggettivi di gran lunga più adeguati come "strana", "confusa" e "sconclusionata".

Tuck mi lancia un'occhiata furbetta. «Mi piacciono le ragazze sveglie.»

Davvero? E credi che Gretchen sia sveglia?

Cerco di mettere da parte i pensieri meno caritatevoli. Dopotutto, mi ha appena detto che sono "gentile". Forse dovrei sforzarmi di esserlo davvero.

«Restiamo amici.» Tuck si avvicina ancora e mi scocca un sorriso ammiccante, fin troppo per uno che vuole essere solo un amico. «Possiamo aspettare e vedere che succede.»

«Va bene.» Perché – ripeto – che altro dovrei dire?

«Gretchen, Paride, il mio monologo, tu…» Il sorriso sparisce e lui mi guarda. «Sembra proprio il destino.»

Anche se mi mostro distaccata durante la conversazione, quest'ultima frase tocca un nervo scoperto. Io penso di credere nel destino. O meglio, voglio crederci, perché altrimenti sono solo una scema in mezzo alle montagne. Ma se il destino esiste, se tutte le decisioni che ho preso fanno parte di un grande piano cosmico, allora devo credere di essere venuta qui per un motivo. Che quel motivo sia Tuck. E che alla fine andrà tutto bene.

E che questa parte – quella in cui lui mi dice cose incomprensibili, e non lo fa certo per me – è solo un ostacolo temporaneo.

Perciò annuisco.

«Non avrei dovuto baciarti.» Tuck posa lo sguardo sulle mie labbra. «Mi dispiace. Allora possiamo essere solo...»

Poi fa una pausa talmente lunga da costringermi a finire la frase per lui. «Amici.»

«Sì.» Si lascia andare a un sospiro di sollievo. «Anche se sarà molto difficile.»

«Certo» dico con noncuranza – perché non ho altra scelta – ma nel momento in cui le sillabe mi escono di bocca, capisco una cosa. Sento davvero che questa è opera del destino. Cioè, ammesso che una cosa del genere si possa sentire.

E a questo punto arriva Milo.

Si rivolge a Tuck. «Pronto per stasera?»

Tuck fa segno di sì con grande sicurezza, anche se solo ieri sera ha ammesso di avere bisogno di Gretchen, perché ha paura. «E tu?»

«Ho una battuta sola, e vengo ucciso subito da una freccia» risponde Milo con indifferenza. «Nessun problema.»

Segue un attimo di silenzio, durante il quale mi ricordo di Ella e del gelato alla fragola. "Perdoniamoci tutti, okay?" Guardo Milo. «È una storia vera? Achille che viene ucciso da Paride?»

Milo sembra sorpreso dalla mia domanda e – forse – sollevato per il fatto che gli abbia rivolto la parola. «Vuoi dire se è un avvenimento storico?» La domanda è cauta, ponderata. «La risposta è no, ma in ogni caso non c'entra. Polluce non dovrebbe stare dalla parte di Paride, e non è nemmeno il gemello di Elena. Ma non importa. Zeus! è pura mitologia. Quello che è successo realmente e le storie inventate per dare più enfasi alla scena… sono due cose diverse.»

Mi rivolge uno sguardo profondo e io annuisco. No, il doppio senso non mi è sfuggito.

«Lo capisco.» Oddio, quant'è carino. «E capisco anche che due persone possano interpretare lo stesso evento in modo diverso.»

«Esatto.» Un sorriso appena accennato compare sulle labbra di Milo, e io ricambio.

Tuck continua a guardarci, disorientato. «Ma quelle di Zeus e degli dei greci sono storie inventate.»

«A essere onesti» ribatte Milo «queste storie sono state inventate da persone che desideravano disperatamente qualcosa in cui credere.»

So bene come si sentivano.

«Cercavano una spiegazione al funzionamento del mondo» continua Milo. «Perciò immagino che, in un certo senso, siano vere.»

«Non so se sono d'accordo con la tua definizione di verità» intervengo io. «Solo perché una persona desidera che una cosa sia vera, non vuol dire che questa lo sia.»

«D'accordo.» Milo incrocia le braccia sul petto e ci riflette su. «Ma a volte la verità vera è diversa da ciò che sembra verità.»

Mi sono persa di nuovo.

«Insomma, a volte c'è un significato dietro al significato» chiarisce Milo. «Come il cavallo di legno. Era stato presentato alla città come dono, ma in realtà era pieno di guerrieri nemici.»

«Ma questo non è accaduto realmente» preciso io.

«Certo.» Milo mi guarda. «Ma c'è un fondo di verità. È vero che a volte un dono può essere un danno per chi lo riceve. È vero che non bisogna serbare rancore per dieci anni, perché non va mai a finire bene.» Milo si ferma e alza lo sguardo sulle cime degli alberi. «E... Sto cercando di trovare un'altra morale...»

«E a volte i personaggi vengono male interpretati, quindi non è facile capire chi è il cattivo?»

«Sì.» Milo fissa un punto in lontananza e si accarezza il mento con aria riflessiva. «E poi, certe volte, quando le persone litigano, diventano matte come cavalli.»

Io gli lancio un'occhiataccia, ma quando torna a guardarmi, mi rendo conto che sta scherzando. «Simpatico» gli dico.

Lui si china verso di me. «E a volte gli uomini si sentono confusi, quando c'è una certa ragazza nei paraggi.» Mi scocca un sorriso che in uno dei romanzi di Nikki verrebbe probabilmente descritto come "licenzioso".

Un attimo.

Sarei io la "certa ragazza" in questo caso? Certo che no. Non può essere, per via...

Per via di Ella.

Per via di Tuck.

Per via del destino.

Ma dico soltanto: «Ecco, c'è molto da imparare da Zeus!»

Milo sorride e si dondola sui talloni. «Perciò, la prossima volta che andremo da McKay, potremo dividere un croissant con gelato senza sentirci a disagio, giusto? Come due veri amici?»

Alla parola "amici", provo un tuffo al cuore. Questo ragazzo è incomprensibile. O meglio, i miei sentimenti per lui lo sono.

«Certo.» Incrocio le braccia sul petto, imitandolo.

«Croissant con gelato da McKay, nessun problema.»

All'improvviso mi rendo conto di una cosa: Tuck non c'è più. Non c'è più da... non saprei dire quanto tempo. Guardo verso il ruscello e... sì, eccolo lì. Steso sulla roccia a slinguazzarsi Gretchen.

Che schifo!

Poi, il mio sguardo cade su Ella. Sta appollaiata sulla nostra roccia, sveglia, e mi fissa. E fissa Milo, perché lui sta proprio accanto a me. Non riesco a vedere bene la sua espressione, ma mi sento comunque in colpa.

CAPITOLO 13

Quando io ed Ella torniamo a casa, mancano ancora due ore all'appuntamento al teatro. Abbiamo entrambe il tempo di fare una doccia, anche se ne faremo un'altra a metà dello spettacolo, davanti al solito pubblico da camerino.

Siamo in macchina, sulla strada stretta e in pendenza che porta all'Olympus, quando Ella mi domanda: «Di che cosa parlavate tu e Milo?» Lo chiede in tono noncurante, il che mi fa pensare che l'argomento le interessi parecchio.

Le rispondo la verità. «Dello spettacolo.»

«Davvero?» Ella non sembra convinta. «E che c'è da dire?»

«Sai, il messaggio che vuole trasmettere.» Svolto nel parcheggio di Zeus!, azzardandomi a lanciare un'occhiata a Ella. «Insomma, quello che vuole dire.»

«Lo spettacolo è prodotto da una fondazione turistica.» Fa un verso sprezzante. «Il messaggio che vuole trasmettere è "Comprate i biglietti".»

Non mi rendo conto di essere nervosa, finché non sbatto la portiera dell'auto. All'improvviso, l'aria sembra carica di un fremito d'attesa. Tra me e la fine della serata si stende un campo minato, dove ogni mina rappresenta uno dei mille errori che potrei commettere, rovinando tutto con una grande esplosione.

Sono terrorizzata.

Ma dato che io sono io ed Ella è Ella, non faccio parola del terrore che provo. Piuttosto, appena raggiungiamo la pedana di legno gremita di membri del cast in ansia, la mollo con la scusa di dover fare una telefonata. Lei va verso i camerini e io al bancone della cucina, per cercare conforto in un toast al formaggio. Quando al secondo morso mi rendo conto che non mi ha aiutata per niente, lo butto via, scendo dalla pedana e vado a nascondermi dietro ai rododendri che separano il retropalco dal bosco.

Qui l'aria è ancora calda, impaziente e tesa, ma almeno sono sola. Almeno nessuno vedrà che agito le mani cercando di riprendere fiato. È ridicolo – lo so che è ridicolo – eppure non riesco a controllare il battito del cuore. Anche se so benissimo di avere un ruolo minuscolo nello spettacolo, che nessuno guarderà me in particolare…

Un intero teatro guarderà verso di me. Se incasino tutto alla grande – come ho incasinato quest'estate – se ne accorgeranno. Qualcuno se ne accorgerà.

In fondo, non sono costretta a restare. Nessuno mi ricatta più, ormai. E con Tuck non c'è più niente da fare – almeno non subito. Aspettare che cominci l'anno scolastico per capire come andranno le cose con lui mi sembra il piano più realistico, in ogni caso. Potrei tagliare la corda anche subito, scappare nel bosco e tornare verso il parcheggio senza farmi vedere da nessuno. Potrei fare le valigie ed essere a Dobbs entro mezzanotte…

Stringo forte i pugni e chiudo gli occhi. Conto lentamente fino a dieci, poi rilasso le dita ed espiro a lungo. Quando li riapro, c'è Milo davanti a me. «Rainie, ti senti bene?»

«Benissimo.» Vedete, a volte dico la verità, altre volte le bugie mi spuntano fuori dalla bocca come vomito. «A quanto pare, è così che mi preparo alle prime. Camminando nel bosco. Mi sa che farò sempre così.»

«Ho capito.» Milo mi osserva attentamente, come se riuscisse a leggermi dentro. «Ma che succede? Sul serio.»

Ritento. «Sto facendo qualche esercizio prima dello spettacolo.»

«Non sembra che tu ti stia esercitando.»

Faccio per dire un'altra bugia, ma invece spunta fuori la verità. «Sono nel panico.» Milo non risponde subito, perciò mi affretto ad alleggerire la frase con un sorriso. «Lo so, è stupido.»

Se Milo fosse un altro ragazzo, direbbe una cosa scontata, ma lui non è come gli altri, perciò resta in silenzio. Ci riflette. «Non è stupido. Se io non vado nel panico quando sono qui, è solo perché ci sono cresciuto. Per ognuno di noi è diverso.» Mi guarda, e senza volere noto che il sole del tardo pomeriggio filtra tra gli alberi e punteggia la sua carnagione scura di macchioline di luce. «Quando pensi che qualcosa sia normale, come passare la cena del Ringraziamento con i tuoi nonni, non vai nel panico. È una cosa che fai sempre. Una cosa che succede una volta all'anno.»

«Ma quest'anno è diverso anche per te» gli ricordo. «Non hai mai interpretato Achille prima d'ora.»

«È vero. Potrei avere paura di rovinare la scena della mia morte. Non sono mai morto sul palco, prima d'ora... in effetti, ora che me lo dici, forse sono un po' preoccupato. Grazie mille.» Milo mi sorride, ma io non parlo. Poi il suo sorriso sparisce. «Che c'è che non va? Sul serio.»

«Ho paura.» Tutt'a un tratto, mi sento più nuda di prima, perché sto ammettendo una cosa assurda e stupida. «Non voglio salire sul palco. Perché tu non ti senti così?»

«Perché non mi importa...» All'improvviso Milo si interrompe, come se avesse detto troppo, e si ravvia i capelli mossi e scuri. «Senti, questo… non sono veramente io.» Io lo guardo, e dopo un attimo lui cerca di spiegarsi meglio. «Conosco bene questo posto. Ci vengo da una vita. Qui mi sento…»

Si ferma e io finisco la frase per lui. «A casa.»

«Sì. I miei genitori lo adorano e fa parte della storia della mia famiglia, ma non…» Si interrompe di nuovo, ma questa volta non so che dire, perciò aspetto. «Non è questo che voglio fare.»

Non so com'è successo, ma ci siamo avvicinati. Saremo forse a trenta centimetri di distanza l'uno dall'altra, fermi in mezzo a un vortice di ghiande, foglie di rododendro e rocce sparse. Guardo il viso spigoloso di Milo. «E che cosa vuoi fare?»

«Creare.» Appena dopo averlo detto sembra in imbarazzo. «Cioè, non mi basta ripetere le battute di un copione scritto da qualcun altro. Capisci?»

Non saprei – e all'improvviso ho l'impressione che stiamo parlando di qualcosa di molto intimo – ma parte di me un po' lo capisce. Parte di me comprende bene cosa vuol dire sentire il bisogno di creare qualcosa da zero, che quello che esiste già non basta. «E che cosa vuoi creare?» gli chiedo.

Lui mi guarda dritto negli occhi. «Voglio avere dei figli.»

Io resto sbigottita. Vuole… cosa?! Quale ragazzo delle

superiori direbbe una cosa del genere? Ma intende adesso? Mi sta facendo una proposta? Ma è una cosa pazzesca. Sta…

Un attimo.

Fermi tutti.

Le labbra di Milo si increspano agli angoli, appena appena.

Mi sta prendendo in giro.

«Ma vattene!» Gli do uno schiaffo sul braccio e lui fa finta di tirarsi indietro. «Per un attimo ho pensato…»

«Lo so.» Mi sorride. «Te l'ho letto in faccia. Tipo: "Quale ragazzo della nostra età direbbe mai di volere dei figli?"»

«Va bene, sul serio.» Mi esibisco nella mia migliore imitazione di Nikki, quando è tutta seria e ci fa una scenata per essere arrivati in ritardo o per esserci messi nel posto sbagliato. «Che cosa vuoi creare? Dimmi una sola cosa.»

Milo sembra un po' a disagio. Si dondola a destra e a sinistra, abbassando lo sguardo. «Scatto foto.»

Per poco non scoppio a ridere. «Questo lo so. Lo sanno tutti.»

«No, non per lo spettacolo. Fotografo altre cose. Cose vecchie, perlopiù.» Giurerei che è rossore quello che vedo sui suoi zigomi. «Case abbandonate. Stazioni ferroviarie. Roba così.»

Sembra bello. No, sembra interessante. Non conosco nessun altro che faccia una cosa simile.

«Mi piacerebbe vederle qualche volta.» Non ho riflettuto prima di parlare – le parole mi sono uscite spontaneamente.

«Forse.» Lui continua a non guardarmi. «Non le ho mai… insomma, non è che le voglia mostrare a qualche galleria o roba simile.»

«Ma potresti? Mostrarle a qualche galleria?»

Milo fa segno di sì, e per un po' restiamo entrambi in silenzio, poi lui torna a guardarmi. «Allora, ecco cosa devi fare. Per sopravvivere allo spettacolo, intendo.»

«Se mi dici che dovrei immaginarmi il pubblico in mutande, ti picchio.»

«A essere onesti, mi hai già picchiato.» Milo si massaggia il braccio nel punto in cui gli ho dato lo schiaffo. «Ma se per te funziona, allora sì, immaginati chi vuoi in mutande.»

E dal nulla – nella mia mente – compare l'immagine di Milo in mutande. In boxer, per la precisione.

E gli stanno benissimo.

Basta.

«Pronta per la mia perla di saggezza?» mi chiede. Gli faccio segno di continuare, e allora lui avvicina le labbra al mio orecchio. Quando parla, la sua voce è poco più di un sussurro. «Non. Si. Tratta. Di. Te.»

Io mi ritraggo, tutta offesa, e lo becco a sorridere di nuovo. «No, sul serio» dice. «Pensaci un attimo. È liberatorio. Qui ognuno ha la sua storia. C'è chi andrà al suo primo appuntamento o all'ultimo. C'è che ha litigato con il fidanzato. C'è chi è arrabbiato con sua madre. C'è chi è stato rimandato in biologia. C'è chi sta cercando lavoro. Tutti hanno i loro problemi, e magari sono stati qui miliardi di volte, e reciteranno le loro battute e canteranno tutti insieme, o magari è la prima volta anche per loro. Forse vivranno più di una di queste situazioni. O forse nessuna.»

Ripenso alla mia esperienza teatrale più importante: i monologhi scolastici. Quando Tuck è salito sul palco e sembrava parlare con me… anche se non era così. Parlava a se stesso, pensava ai fatti suoi, magari alla sua ragazza. E io ho proiettato i miei problemi su di lui. Non si trattava di me allora…

E non si tratta di me adesso.

Ma non dico niente di tutto questo. Con un dito tocco il braccio di Milo nel punto in cui l'ho picchiato. «Grazie.»

«Figurati.»

«Oh, e buon compleanno.» Gli sorrido un po' in imbarazzo. «In ritardo.»

«Grazie.»

CAPITOLO 14

«Il teatro è affollatissimo.» Questo sussurra l'assistente della direttrice di scena, correndo sulla pedana di legno un'ora prima che si levi il sipario. Certo, nel caso di Zeus!, si tratta di un'espressione metaforica, dato che non c'è un vero e proprio sipario a nascondere il palcoscenico dallo sguardo del pubblico. C'è solo un'enorme distesa di terreno (rastrellato) che arriva alle gradinate con le panche di alluminio, che salgono fino al punto più alto del teatro.

Quando ho finito di mettermi il costume (ovvero la toga che indossiamo noi del coro greco), sento tutti mormorare che Zeus! non vedeva una prima così da vent'anni. Il direttore della compagnia – altrimenti noto come Rob, lo zio di Ella – esce dai suoi uffici per venire a farci un breve discorso sul fatto che stiamo portando avanti una tradizione che si tramanda da generazioni di studenti. Quando ha finito, Del Shelby tiene un discorso sull'arte e la verità. Dopo il suo, c'è quello di Nikki, che ridotto all'osso vorrebbe dire: "Non combinate casini e non fatemi fare figuracce, brutti deficienti".

Dietro le quinte, io ed Ella ci mettiamo in fila insieme a tutti gli altri, aspettando il nostro ingresso trionfale. Sentiamo l'applauso potente che accoglie Eros ed Eris sulla scena. Mi sembra strano che il pubblico si emozioni tanto alla vista di due attori con i pannolini dorati...

Però è molto, molto bello. C'è tanta energia.

Quando Eros e Eris iniziano a pronunciare i loro monologhi, mi rendo conto che quello che ha detto Milo è vero. Qui non si tratta di me. Io sono solo uno degli ingranaggi di una macchina immensa, ma nonostante questo...

Penso che questa macchina mi entusiasmi.

Sì, quello che provo potrebbe essere vero e proprio entusiasmo.

Ella mi afferra per un gomito e mi sussurra: «Merda! Merda! Merda!» Ha uno sbaffo di rossetto arancione sugli incisivi. Glielo faccio notare e lei lo cancella con un dito. Poi mi mostra i denti nel più enorme dei sorrisi, per avere il mio OK. La sua goffaggine mi fa ridere.

L'atmosfera della prima è unica.

«Riesci a credere di essere qui?» mi chiede. Dato che la risposta più onesta sarebbe: "Oh, neanche lontanamente", faccio spallucce e le sorrido di nuovo. «Stasera mi sta bene anche interpretare la parte della puzzola.»

«Davvero?» Perché non c'è niente di carino che io – o chiunque altro – potrebbe mai dire su quella parrucca.

«Sì. Insomma, quando mi ricapiterà di travestirmi da puzzola?»

L'assistente della direttrice di scena ci dice di metterci ai nostri posti, e noi ci avviciniamo al palco. Una fitta fila di alberi, siepi e macigni attentamente posizionati ci proteggono dallo sguardo del pubblico, ma io riesco a vedere chiaramente le quinte dall'altro lato del palco, dove il resto del coro greco aspetta di entrare in scena. Adocchio Milo in mezzo alla folla. Mi sta fissando, e quando i nostri sguardi si incrociano, punta il pollice in direzione del pubblico. Poi mi fa segno di no con la mano, prima di mimare rapidamente il gesto degli occhiali e indicare me.

Non stanno guardando te.

Io gli sorrido e gli mostro il pollice alto.

Proprio in quel momento, Ella mi prende a braccetto. Eros e Eris hanno quasi finito di parlare e…

Tocca a noi.

Senza pensare, salgo su quest'enorme palco, insieme a Ella, Paul e un mucchio di persone che ancora non conosco neanche di nome.

E va tutto bene.

Lo spettacolo è un successo.

Tutto fila liscio, come durante le prove.

Zeus si innamora di Leda e poi si manifesta sotto forma di cigno. Le uova si schiudono al momento giusto. Polluce starnazza come dovrebbe. Perfino la tetta di Gretchen si trova nel posto giusto al momento giusto, quando il raggio della freccia d'amore la colpisce. In effetti, l'unica sorpresa – almeno per me – è proprio Zeus. Sono vestita da coniglio e mi preparo a entrare in scena, quando lo vedo sul Monte Olimpo, in attesa del segnale d'azione. Con le spalle rivolte verso il pubblico, tira fuori una fiaschetta dalla divina tunica e se la porta alle labbra.

Sul palcoscenico.

Nel bel mezzo dello spettacolo.

Per poco non scoppio a ridere. Se la stella della serata ha a stento un paio di battute e si ubriaca in scena, mi sa che il teatro non è affatto come me l'aspettavo.

Quando incontro Milo vestito da corvo nella foresta greca, ci sorridiamo prima di dare inizio alla nostra finta conversazione sussurrata, che in realtà è una conversazione vera. «Non sei in preda al panico da palcoscenico» mi dice.

«Hugh Hadley sta bevendo» lo informo.

«Ah, sì, succede ogni tanto. Recita in questo spettacolo da un miliardo di anni e conosce a memoria le sue battute, perciò… immagino che la gente lo tolleri.» Milo guarda un po' più in là, dove tre dee si stanno contendendo il pomo d'oro della discordia. «Tra poco dobbiamo muoverci.» Mi guarda e sbatte le ali.

Per ricambiare, io scodinzolo e me ne pento immediatamente. Giuro solennemente a me stessa che la prossima volta arriccerò il naso. I nasi sono molto meno civettuoli delle code.

«Ci venite alla festa di Logan, stasera?» mi domanda Milo. «Tu ed Ella?»

«Sì» rispondo. «Io ed Ella.»

* * *

Ecco il meglio e il peggio di Zeus!: alla fine dello spettacolo, tutto il cast sale sul palco e forma un grande semicerchio. Ci teniamo per mano e facciamo un inchino.

E il pubblico applaude.

Tantissimo.

CAPITOLO 15

Logan vive in un complesso di appartamenti che si chiama Le Querce. Io ed Ella ci arriviamo a piedi, perché – come dice Ella – dista meno di un chilometro da casa nostra e magari ci va di bere o altro.

Credo che "o altro" sia un modo di dire, ma non ne sono sicura…

Quando entriamo nel complesso – una serie di stradine che passano tra un edificio e l'altro – Ella rallenta. Sembra incerta. «Numero dodici, giusto?»

La sua preoccupazione sparisce in fretta, perché un quarto d'ora dopo siamo nel bel mezzo della festa e, a quel punto, qualunque traccia di apprensione è scomparsa. L'appartamento numero dodici è affollatissimo: ci sono tutti quelli che lavorano a Zeus!. Alcuni ballano, la maggior parte beve, e tutti urlano per farsi sentire. Urlare è indispensabile, per via della musica altissima, un misto di canzoni pop e colonne sonore di spettacoli di Broadway.

Ella mi porta fino al fusto di birra che si trova in mezzo alla cucina. Sul tavolo di melammina lì accanto c'è un bicchiere di plastica rosso, zeppo di soldi. Un cartello scritto a mano dice "Donazione consigliata: quello che avete".

«Accidenti.» Ella mi guarda. «Hai contanti?»

Fin da quando ero piccola, mia madre mi ha insegnato una cosa: puoi anche avere una carta di credito, ma portati sempre dietro dei contanti, perché non si può mai sapere. Sono certa, però, che non parlasse di una circostanza come questa.

Pesco venti dollari dalla borsa e li passo a Ella, che li infila nel bicchiere. Dopo si guarda intorno. «Immagino che possiamo servirci da sole, giusto?» Schiaccia la valvola del fusto e mi versa una birra. Io la prendo, aspetto che se ne versi una per sé e poi brindiamo. «Alla prima!» dice lei.

Beviamo un sorso. La birra è già calda e io faccio una smorfia senza volerlo. È in questo momento che sento la voce di Logan, il ragazzo che interpreta Polluce, nonché l'organizzatore della festa. «Ehi, mi fate vedere i vostri documenti d'identità?»

Ella alza gli occhi al cielo. «Molto divertente.»

«No, dico sul serio.» Logan indica il bicchiere di Ella e poi il mio. «Voi due fate ancora le superiori, giusto?»

«Sì.» Ella incrocia le braccia. «Proprio come te l'anno scorso. Quando non hai fatto altro che ubriacarti per tutta l'estate.»

Logan le scocca un sorrisetto. «Tu non c'eri mica a quelle feste. No, non c'eri. Perché tuo zio ti stava sempre addosso.»

«Posso bere qualcos'altro.» Gli porgo il mio bicchiere, cercando di essere conciliante. «Davvero, non importa.»

Logan rivolge a me la sua attenzione. «Sto dicendo che questa è la festa per la prima di uno spettacolo teatrale professionale. E voi siete ancora... delle ragazzine.»

Ella diventa rossa come un peperone e io mi faccio avanti, perché non sopporto di vederla così in imbarazzo. «Piantala, Logan.»

Lui mi guarda sorpreso. «Ah, il topolino silenzioso sa parlare.»

«In realtà sono un coniglio.» Piego la testa da un lato e mi porto una mano al fianco in una posa che sembra una presa di posizione. «E tu sei praticamente un pollo incensato, perciò abbassa la cresta.»

«Tranquilla.» Ella mi guarda con aria implorante... quasi imbarazzata. «Sta scherzando.»

Io credo di no, ma prima che Logan possa confermare o negare, arriva Milo. «Ehi, che fai, butti fuori anche me?» Mostra il suo bicchiere a Logan. «Anch'io faccio le superiori. E sto bevendo birra.»

Logan lo guarda fisso, mentre nel suo cervello è in atto una guerra che non riesco a identificare. Poi si rivolge di nuovo a noi ragazze. «Non versate la birra sulla moquette.»

«Ci proveremo» gli faccio io. Lui se ne va e io chiedo a Ella: «Ma che gli prende?»

«È uno stronzo.» Lei si volta a guardare Milo, che è ancora in mezzo a noi. «Grazie.» Sembra davvero sincera.

«Figurati.» Segue una pausa durante la quale immagino che ognuno di noi cerchi un modo per far ripartire la conversazione. Poi Milo accenna al soggiorno, dove la maggior parte delle persone si è radunata. «E questo è tutto. Una festa come un'altra.»

Ci mettiamo a guardare la folla. La musica è cambiata e ora c'è una vecchia canzone di Britney Spears che per Gretchen dev'essere una specie di inno, perché la vedo salire sulla spalliera di una grossa poltrona imbottita e appoggiare una mano al soffitto per non perdere l'equilibrio. Si mette a cantare, mentre gli altri, da sotto, fanno il tifo per lei. Poco più in là, l'assistente della direttrice di scena fa bolle di sapone e Paul balla lo swing con uno dei pirotecnici. Di Tuck non c'è traccia.

Ella posa il bicchiere sul tavolo. «Vado anch'io» annuncia. «Vuoi venire?»

«Tra un minuto» le dico, indicando il bicchiere. «Questa birra ce la siamo sudata.»

Lo sguardo di Ella passa da me a Milo e viceversa. «Va

bene» fa lei, con un cenno del capo. Per una volta non è stata brusca. Forse abbiamo fatto un passo avanti.

Arrivano altre persone e vanno dritte al fusto della birra, perciò io e Milo ci ritiriamo in un angolo della cucina. Indico il suo bicchiere: «Pensavo che stessi dalla parte della legge» e lui lo inclina per farmi vedere cosa c'è dentro. «Acqua?» gli chiedo.

«Vodka.»

«Sul serio?» domando, prima di rendermi conto che sta scherzando. «Sarebbe un bel po' di vodka.»

Milo concorda. «Mi dispiace, Logan è un cazzone.»

«Già.» La cosa mi lascia indifferente. «Ne ho visti parecchi.» Tutt'a un tratto, divento rossa per la pessima scelta di parole, ma Milo non sembra accorgersi del doppio senso involontario.

«Faceva la stessa cosa l'estate scorsa. E in effetti scherzava, ma penso che vi avrebbe convinte ad andarvene, prima di dirvi che in realtà potevate restare. Non è un granché come scherzo.»

«Infatti, dovrebbe rinnovare un po' il repertorio.» Per poco non mi sono messa i tacchi, stasera – un paio di scarpe spuntate molto carine, che si abbinavano bene al vestitino verde che indosso – ma poi Ella ha preferito andare a piedi e io non volevo passare la serata a lamentarmi del dolore. Perciò ho messo le Vans nere, quindi devo alzare la testa per guardare Milo. «Comunque non importa.»

«Sì, invece» risponde Milo seccato. «Ma lui non lo capisce. Sai, come dicevamo, i migliori cattivi...»

«Non sanno mai fino in fondo di esserlo.» Ci rifletto su un attimo. «Ma tu hai detto che i migliori cattivi hanno almeno una qualità positiva. Qual è quella di Logan?»

Lui si volta a guardare il soggiorno, dove Logan si è unito alla festa e si sta togliendo la maglietta in una specie di spogliarello mal riuscito, mentre la folla lo acclama. Milo si appoggia al ripiano della cucina e lo osserva. «Ha... non saprei... buon gusto nella scelta dei calzini? Una buona dizione?»

Mi appoggio anch'io al ripiano, accanto a lui, e le nostre braccia si toccano. «Forse è bravissimo con l'uncinetto.»

«O come mimo. Potrebbe essere un mimo eccellente.»

No, non sono per niente d'accordo. «Mi risulta difficile immaginare Logan che sta zitto per così tanto tempo.»

«Giusta osservazione.» Milo lo guarda ancora un attimo. «Mini golf. Scommetto che Logan è un genio del mini golf.»

«O forse del Frisbee-golf.»

Io e Milo diciamo insieme – «Mini Frisbee-golf!» e poi scoppiamo a ridere.

«Praticamente getta sottobicchieri contro gli alberi» dice Milo, quando ci siamo calmati.

«Mi sembra perfetto.»

«Appunto.» Milo indica Logan, ormai nudo dalla vita in su, che balla insieme a Gretchen. «La sua qualità positiva è il mini Frisbee-golf.»

Il resto della festa è più o meno tutto uguale. Io chiacchiero con Milo, mentre Ella balla e di tanto in tanto beve. Poi mi trascina al centro della stanza per farmi ballare con lei, e io l'accontento (per un po'). A un certo punto, arriva Tuck. Quando entra nel soggiorno, Gretchen sta in piedi su un'altra poltrona. Allora, gli si lancia addosso e per poco non lo butta a terra. Io ed Ella ci spostiamo appena in tempo per evitare di essere colpite in pieno.

Mentre Tuck tiene Gretchen tra le braccia e le fa fare una giravolta, incrocia il mio sguardo e mi fa l'occhiolino. Io resto talmente sconvolta che ricambio... più o meno. Forse somiglia più a un tic, perché lui sembra confuso.

Ella assiste alla scena e disapprova. «Civetta.»

«Sta' zitta» le faccio io.

Più tardi, dopo aver finito a stento un terzo della mia birra e aver versato il resto nel lavello, dopo aver riso a molte battute – alcune erano divertenti – e ballato con Ella ancora un po', dopo aver mangiato una fetta di pizza bollente e aver scambiato più di uno sguardo con Tuck, mi rendo conto di due cose in rapida successione:

A. Questi ragazzi mi piacciono molto. Sono simpatici, coinvolgenti, interessanti. Però…

B. Non mi dispiacerebbe prendermi una pausa. Sono settimane ormai che stiamo insieme ventiquattro ore su ventiquattro, sette giorni su sette. Francamente, me la filerei molto volentieri.

Per questo motivo, mentre torniamo a casa a piedi, quando Ella mi chiede se lunedì mi va di andare a fare shopping o un'escursione, io le rispondo: «Nessuna delle due cose. Mi prendo una giornata da dedicare a me stessa. Ti dispiace?»

Lei tace.

CAPITOLO 16

La rappresentazione di domenica va bene. Non alla grande, ma bene. C'è un pasticcio tecnico nella scena di chiusura, perciò, alla fine dello spettacolo, ci becchiamo tutti – compresi quelli che non c'entrano niente – una strapazzata di mezz'ora da parte di Nikki. La scena dovrebbe andare così: dopo il duello con spade di legno, il rumore di catapulte fuori scena e la morte di Achille, Paride se ne sta da solo al centro del palco. È esausto e trionfante, circondato dai bottini di guerra: cadaveri e arredi scenici abbattuti. Davanti a lui, Polluce ammazza un ultimo guerriero, poi si avvia verso Paride con aria disinvolta, per stringerlo in un abbraccio fraterno. Ma prima che possa riuscirci, Zeus appare su quello che vuole essere il Monte Olimpo (ovvero dei macigni in fondo al palco) e urla: «Per Achille!» colpendo Paride con un fulmine. Dopodiché, Paride stramazza al suolo, Polluce pronuncia un monologo commovente sulle tragedie della guerra, e poi tutto il cast si esibisce in una marcia funebre lenta e straziante.

Invece, stasera qualcuno è in anticipo sui tempi. La sequenza della battaglia fila liscia fino al fulmine mortale... che sfortunatamente compare fuori tempo, prima che Zeus urli la sua battuta. Tuck tentenna un attimo e poi, a un certo punto, si accascia a terra tra l'esplosione di luce e il grido: «Per Achille». Ma il pubblico è confuso. Non capisce cosa abbia ucciso Paride, se il fulmine o la voce roca di Hugh Hadley.

* * *

In qualunque altro periodo della mia vita, il lunedì è sempre stato il giorno più odiato della settimana. Fine del weekend, inizio della scuola... non aveva niente di bello. Però, ora che faccio parte della compagnia teatrale, ha tutto un altro significato. Di lunedì il teatro "fa riposo", che in gergo vuol dire "oggi niente spettacolo". È il mio primo vero giorno libero da quando sono arrivata qui in montagna. Niente spettacolo, niente prove, niente riunioni della compagnia.

Fantastico.

Mi sveglio presto, perché non vedo l'ora di assaporare la libertà. Ella dorme ancora, perciò prendo i vestiti che ho preparato ieri sera e sgattaiolo fuori dalla stanza. Ho scelto uno stile semplice: jeans, maglietta con scollo a V a tinta unita, scarpe Adidas. Dopo una rapida spazzolata ai capelli e una lavata di denti al volo, esco di casa. Dato che ho già detto a Ella che non mi andava di fare shopping o di fare una gita insieme, decido di uscire senza svegliarla. Dopotutto, io ho le chiavi dell'appartamento e lei una vita sua. Non è mica un dramma.

E poi, non è solo dai membri della compagnia che voglio prendermi una pausa. Non mi dispiace separarmi un po' anche da lei. Sì, sa essere simpatica, e ormai la storia del ricatto è acqua passata, ma a volte è un tantino… passivo-aggressiva. O irritabile. O prepotente. O quello che è. Non voglio cambiare programma per via del suo umore ballerino. Non voglio che la giornata giri intorno a lei, non voglio prendere decisioni insieme a lei. In effetti, non voglio fare nessun programma di nessun genere. Voglio solo farmi trascinare dalla corrente.

La mia corrente.

Tuttavia, mentre il campanello del caffè tintinna sopra la mia testa, ricevo un messaggio. È di Milo. Non mi sorprende che abbia il mio numero di telefono, dato che la lista dei contatti è stata inviata a tutti i membri della compagnia il primo giorno di prove, ma è il messaggio in sé che mi stupisce – anzi, mi lascia proprio a bocca aperta.

Sono Milo. Schiaccio "invio" prima di poter cambiare idea. Oggi ho voglia di creare, vuoi venire con me?

Mentre leggo il messaggio, ne arriva un altro:

Ops, ho schiacciato "invio".

E poi un terzo:

Cavolo, se ti ho svegliata, scusami.

Me ne sto impalata sulla porta del bar, metà dentro, metà fuori – praticamente la storia della mia vita – a fissare il telefono. Perché non ho voluto fare programmi per la giornata, e ora non ho nessun programma. Lasciata a me stessa, vagherei per il centro, per poi tornare a casa, con qualche vestito di canapa o qualche collana di perline, e poi dovrei sorbirmi Ella tutta arrabbiata, perché alla fine ho fatto shopping senza di lei.

Ma…

Ma Milo mi attrae.

Ecco, l'ho ammesso. Almeno con me stessa.

È carino, gentile e molto simpatico e… non può assolutamente piacermi. Non può piacermi per un milione di ragioni, ma principalmente per via di Tuck ed Ella. Ma forse dovrei invertire l'ordine. Prima Ella e poi Tuck.

Io e Milo dobbiamo restare amici.

Solo amici.

Certo, una mattinata insieme a lui non vorrebbe dire niente. Può essere una mattinata passata con un amico, come fanno gli altri ragazzi del teatro, che stanno insieme tutti i santi giorni. Io sto cominciando ad abituarmici, tutto qui.

Si tratta solo di questo.

E non può essere altro.

Perciò gli rispondo:

Sono al caffè. Passa a prendermi qui.

Milo mi scrive immediatamente:

Hai l'incarico di fare rifornimento di caffeina.

Ma per me prendi una cioccolata calda.

Sei allergica a qualcosa? Il pranzo lo porto io.

Mezz'ora dopo, sono seduta in macchina accanto a Milo. È una Impala blu che deve avere almeno vent'anni, ma come dice Milo, l'acceleratore e il freno funzionano, perciò va bene così.

Quello che non va bene, invece, è la nostra conversazione: parte dall'innaturale, fa una sosta nello strano (l'apice lo raggiunge con le condizioni meteorologiche di Olympus), e poi approda nel nulla. Che, metaforicamente parlando, è dove ci troviamo, mentre svoltiamo a sud-ovest tra gli Appalachi.

Non è che non mi va parlare con Milo – mi va eccome. È solo che non so di cosa dovremmo parlare. Nel diagramma di Venn della nostra amicizia, non so quali sono i punti di intersezione… a parte Ella. E quell'argomento di conversazione è piuttosto strano, perciò preferirei non accrescere il livello di assurdità affrontandolo proprio adesso.

Con entrambi i finestrini abbassati, in macchina soffia un vento caldo. Non è tanto forte da coprire le nostre voci, ma io faccio finta di sì. Mi tolgo le scarpe da ginnastica e mi porto le ginocchia al petto, abbracciando le gambe avvolte nei jeans e osservando il susseguirsi dei pecci.

«Sei mai stata laggiù?» Milo indica il cartello davanti a noi che recita "Gola di Linville".

«No.» Superiamo l'uscita e io rovisto nella mia mente alla disperata ricerca di qualcosa da dire, ma sono a secco di idee. A quanto pare, non sono per niente interessante quando sto con Milo.

«L'anno scorso, ho fatto campeggio laggiù con altri ragazzi della compagnia.» Milo si scosta i capelli lucenti dal viso. «È stata la nottata più bella di tutta l'estate.» Mi guarda. «A giudicare dalla tua espressione, direi che il campeggio non ti piace.»

«Preferisco le pareti e i soffitti» gli dico. «E poi, scusa, i tuoi ti hanno dato il permesso di andarci? Eri a malapena al quarto anno.»

«Be', i tuoi ti hanno dato il permesso di passare tutta l'estate a Olympus.»

«Sì, ma è diverso. Io sto dalla sorella maggiore di Ella.» Anche se Annette non ci degna della minima attenzione.

«Eravamo un bel gruppo. Non era pericoloso. E qui i miei si fidano a lasciarmi libero. È come una grande famiglia che si riunisce per un'estate intera.» Poi si interrompe un attimo. «Cioè, non proprio come una vera famiglia, ma quasi.»

All'improvviso, la situazione si fa strana di nuovo. Credo che quel "non proprio come una riunione di famiglia" volesse dire che uno non ci prova con i propri parenti. In pratica stiamo parlando di nuovo di Ella, e dato che la cosa non mi va, non commento. Mi metto a guardare di nuovo i pecci finché non mi viene in mente una cosa.

«Milo!» Lui sussulta per lo spavento e io abbasso la voce. «Scusa, tieni gli occhi sulla strada... Indovina che cosa ho visto da Barney?»

«Un tizio in salopette che vende prodotti biologici?»

«No...»

«Una ragazza che intaglia goblin nelle saponette fatte a mano?»

«No, anche se mi piacerebbe comprarne una.»

«Interessante» dice Milo.

«In realtà, era un annuncio su una mostra che si terrà nella galleria sul retro del caffè. Cercano artisti locali.»

Milo fa un cenno con la testa. «Bello.»

Ma non sembra per niente emozionato. Anzi, sembra irritato e imbarazzato. Faccio per chiedergli come mai, quando il mio telefono si mette a vibrare. È un messaggio di Ella.

Dove sei?

In tutta onestà, non ne ho idea. «Milo, dove siamo?»

«A circa un'ora dal Tennessee.»

Comincio a digitare un messaggio di risposta per Ella, ma il segnale è debole. Mi rimetto il telefono in tasca. «Non fa niente.»

Milo annuisce e restiamo di nuovo in silenzio.

Che nervi!

«Ti va di fare un gioco?» Lui sembra sorpreso della mia domanda. «Per passare il tempo. Tipo un quiz o il gioco delle targhe o...» Lascio la frase a metà: mi sento un'idiota.

«Il gioco delle canzoni?» Non mi sembra che Milo mi stia prendendo in giro, eppure...

«Tanto per capirci, il gioco delle canzoni si fa cantando?»

«Sì.» Ora sembra divertito.

«Io non canto.»

«Nemmeno io, ma se vuoi lo faccio.»

Certo. Perché quelli che fanno teatro non hanno filtri, a differenza di me. Un attimo... ho detto "filtri"? La mia è più un'armatura. Una bolla protettiva. La Grande Muraglia cinese.

«Che ne pensi di verità o verità?» mi chiede Milo. Questa volta, mi lancia uno sguardo esitante.

«È tipo obbligo o verità?»

«Sì. Solo che siamo in macchina. E non abbiamo più dodici anni. Perciò non correremo per strada in mutande o roba del genere.»

È la seconda volta che mi immagino Milo in mutande. Non va affatto bene.

«Comincio io» dice. «Verità o verità?»

«Vuoi davvero che risponda?»

«Fa parte del gioco.»

«Senti» mi sposto in modo da avvicinarmi con le spalle alla portiera «quante volte hai giocato a questo gioco?»

«Mai.» L'Impala, nel frattempo, si sposta su un'altra corsia, e un'auto ci sorpassa sulla sinistra. «Dai, dillo.»

«Verità.» È assurdo, ma mi intriga pensare a cosa vorrebbe sapere Milo di me. E a cosa potrei scoprire io di lui.

«Hai fratelli o sorelle?»

«No. E tu?» Io aspetto, ma Milo non risponde. «Vuoi che ti faccia la domanda, eh?» Lui mi ricompensa con un gran sorriso, pur continuando a guardare la strada. «E va bene. Verità o verità?»

«Verità.» Milo sembra compiaciuto. «E sì. Una sorella, di tre anni più grande di me. Si chiama Cat. Frequenta la Chapel Hill University. Questa è la prima estate che non viene qui.»

Qualcosa nella sua voce mi spinge a chiedergli: «Ti manca?»

Milo fa segno di sì. «Anche se lei mi darebbe del bugiardo, se mi sentisse. Non abbiamo molto in comune. Anzi, siamo quasi agli antipodi.»

«Aspetta, fammi indovinare.» Penso a quale potrebbe essere l'opposto di Milo. Decido di non dire la prima cosa che mi viene in mente – ovvero che sua sorella dev'essere brutta, noiosa e stupida – e scelgo qualcosa di più innocuo. «Le piacciono gli sport?»

Milo sembra offeso. «A me piacciono gli sport.»

«Davvero? Cioè... scusa. È che non sembri un tipo sportivo.»

«Prima giocavo a calcio. Ora lo guardo praticamente solo in Tv. E vado a vedere le partite della scuola.» Poi alza la testa con aria orgogliosa. «E ricorderai che sono bravissimo con le freccette.»

«Mi ricordo che sei mediocre con le freccette.» Scruto il suo profilo, cercando ancora di capire com'è sua sorella. Soprattutto perché voglio cercare di capire com'è lui.

Eccomi qui, in macchina tra le montagne della Carolina del Nord con un ragazzo che non conosco. «A tua sorella piace la matematica o roba del genere?»

«No.» Milo sorride. «Volevo dire che lei... è sempre nei guai. Non roba di droga e feste, ma litiga sempre con qualcuno. È totalmente votata alla ribellione civile, alla lotta contro il sistema e al riparare le ingiustizie del mondo. Qualunque sia la cosa che le interessa al momento, lei ci si butta a capofitto.»

«E tu no?» Pensavo che nel mondo del teatro fossero tutti pieni di passione.

«Non così. Non come Cat. Lei è... una bomba a orologeria. Lei e mia madre...» Milo scuote la testa. «Una volta, Cat ha sbattuto la porta di camera sua così forte che ha fatto cadere un quadro in corridoio. Più tardi, quando è uscita, mia madre ha smontato la porta e l'ha portata in garage.»

«Che idea geniale!»

«Vero? Cat era furiosa.» Milo sembra ancora incredulo. «Ma la cosa mi fa impazzire. Alle superiori è stata sospesa da scuola cinque volte. Quand'ero al primo anno, gli altri ragazzi mi chiedevano perché mia sorella fosse sempre nell'ufficio del preside.»

Capisco che possa essere stato fastidioso. «Quindi tu sei quello buono?»

«Sì, credo di sì. Mi semplifica la vita, perché i miei mi

fanno fare quello che voglio. Forse pensano che qualunque cosa faccia, non potrò mai mettermi nei guai come Cat.» Poi mi dà un colpetto sul ginocchio. «Come funziona, invece, quando sei figlia unica? Devi fare la parte sia della buona che della cattiva?»

«Sì. Credo di sì.» Mi interrompo un attimo, prima di aggiungere: «In realtà, non sono nessuna delle due. Non mi sono mai messa nei guai, ma non sono nemmeno...»

Quella decisa.

Quella appassionata.

Quella interessante.

«...quella buona» concludo fiaccamente.

Milo non dice niente. Guida e basta.

Passiamo davanti a un vivaio di alberi di Natale, a una stazione di servizio con un cartello SOLO CONTANTI scritto a mano su un pezzo di cartone ed esposto in vetrina, e a una bancarella di frutta e verdura. Finalmente, quando superiamo un segnale che indica che siamo a 50 chilometri dal confine con il Tennessee, Milo ricomincia a parlare, questa volta con voce pacata. «Sembra che tu sia una buona amica.»

Mi passano davanti agli occhi immagini di Marin e Sarah che si rubano le patatine a vicenda, mi sorridono da sopra le loro tazze di caffè e mi trascinano nel bagno della scuola per spettegolare.

Ma Milo non ha mai visto niente di tutto questo. Conosce solo la parte di me che cerca di ambientarsi qui, che vive con Ella e rimugina su Tuck.

Rispondo solo: «Forse».

«Verità o verità?» mi chiede.

Questa volta rispondo sicura. «Verità. Assolutamente verità.»

Continuiamo a giocare per il resto del viaggio. Scopro che Milo ama la cucina italiana (specialmente i cannelloni), dov'è stato in vacanza all'estero (in Canada e in Messico), quando e dove ha dato il primo bacio (durante un ritiro spirituale di un gruppo giovanile, a tredici anni). Lui scopre che il mio animale preferito è l'ornitorinco, che quand'ero piccola volevo fare l'astronauta e che se potessi scegliere di fare una vacanza in qualunque posto del mondo, sceglierei la Nuova Zelanda. Una volta superata la fase strana, è divertente. E facile. Non sto cercando di fare colpo su di lui. Sono semplicemente… me stessa. Siamo nel bel mezzo di un dibattito acceso – costolette con salsa barbecue o senza – quando Milo mette la freccia ed esce dalla statale. Svoltiamo a destra su una strada più piccola e poi in un parcheggio. «Piccola sosta» mi dice.

Scendo dall'auto e guardo l'edificio a due piani che abbiamo davanti. Assi di legno sottili e bianche rivestono la parte anteriore, interrotte da finestre dalle intelaiature dipinte di un verde acceso. La doppia porta è dello stesso colore, e così anche il cartello appeso sopra: "Emporio Round Wheel".

«Forte, eh?» Guardo oltre il cofano dell'auto e vedo Milo che mi scruta. «Aspetta di vedere l'interno. Vieni.»

Lo seguo sulla ghiaia, passo davanti a un vecchio pastore tedesco che ci accoglie alzando la testa, ed entro dalle porte verdi. Quando mettiamo piede sul pavimento di quercia grezza, mi fermo a respirare l'aroma di legno, cuoio, zucchero e lievito. I granelli di polvere danzano nel sole che filtra dalla vetrina e una musica di violino si spande nell'aria da casse nascoste. Le pareti sono piene di mensole, alcune di metallo e altre di legno scuro. Al centro del negozio c'è una fila di schedari arrugginiti e vecchie casse. Da dove mi trovo, riesco a vedere un campione dei prodotti esposti: calzettoni di lana pesante, barilotti zeppi di bastoncini di zucchero candito come quelli di una volta, camicie di flanella, borracce di metallo, yo-yo, libri sui percorsi escursionistici. C'è un po' di tutto in questo posto. Dovrebbe sembrare un bazar confusionario, invece ha qualcosa di magico. Come se avessimo fatto un tuffo nel passato.

Mi volto verso Milo e lo sorprendo a fissarmi di nuovo. «È uno dei miei posti preferiti» dice.

Le sue parole mi rendono strafelice. Questo non è un vecchio negozio qualunque, rappresenta qualcosa di speciale per lui. E voleva che io lo vedessi. Come se per lui anch'io fossi speciale.

Ovviamente, non dico niente di tutto questo. Sorrido e basta.

Per un po' gironzoliamo tra gli scaffali, guardando cartoline, vecchie targhe della Coca-Cola e candele fatte a mano, prima di dividerci per andare in bagno. Ci rincontriamo alla cassa, dove Milo compra due bibite e io una busta di caramelle assortite da condividere.

Quando torniamo all'Impala, Milo tira fuori una cartina lacera dal vano portaoggetti. La apre sul volante e mette un dito sul punto in cui ci troviamo in questo momento, presumo. «Non ti preoccupare» mi dice. «Al sessanta per cento so dove stiamo andando.»

«Allora mi preoccupo solo al quaranta per cento.»

Milo mi sorride, poi torna a concentrarsi sulla cartina. Si avvicina al foglio, con le spalle che si curvano verso le orecchie, mentre traccia una linea con il dito. Una ciocca di capelli scuri gli pende sulla fronte e io cerco di resistere alla tentazione di sistemargliela dietro l'orecchio. Non posso provare sentimenti intimi per Milo. Non posso.

Eppure, il vero motivo per cui sono quaggiù con lui è – chiaramente – che li provo; e già da un po'!

Cavolo.

Con un gesto plateale, Milo ripiega la cartina in due e me la passa. Mette in moto e il motore dell'Impala torna in vita con un gemito roco. «Sono salito al settanta per cento.»

«Io credo di essere ancora al quaranta.»

Questa volta, lui scoppia a ridere.

È una bella risata.

Cavolo, cavolo!

Procediamo per altri dieci minuti lungo la strada, prima che Milo accosti di nuovo, questa volta in un'area sterrata accanto a una chiesetta bianca. «E ora preghiamo?» gli chiedo.

«No, parcheggiamo soltanto.»

Conficcato nel terreno c'è un cartello di metallo piegato, che dice che questa è la chiesa battista di Round Wheel. «Aspetta un attimo.» Mi volto a guardare Milo. «Questo paese… o quello che è… si chiama Round Wheel?»

«Sì.» Gli brillano gli occhi, mentre lo dice. «Carino, no?»

«Sì. E ridondante.»

«E ripetitivo.»

«E si ripete, anche.»

«Esatto.»

Questa volta, quando scendiamo dall'auto, Milo apre la portiera posteriore. Prende qualcosa e mi guarda da sopra il tetto. «Tieni.»

Prendo al volo il flacone di plastica che mi lancia. «Repellente per insetti?»

«A meno che tu non voglia farti mangiare viva.»

«Tiene lontani anche gli orsi?»

«No. Per quello ci sono io.» Milo si esibisce in quella che dovrebbe essere un'espressione feroce e io scoppio a ridere.

«Davvero spaventoso» gli assicuro. «Nessun orso oserà avvicinarsi.»

«Grazie.»

Dopo esserci spruzzati entrambi il repellente addosso, Milo si mette lo zaino in spalla e un borsone a tracolla. Io mi offro di portargli il cavalletto, poi imbocchiamo un sentiero che si addentra nella foresta. I cornioli al limitare del bosco lasciano subito spazio agli aceri, che ci riparano dal sole cocente. Il sentiero è stretto, perciò camminiamo in fila indiana. Milo indossa una maglietta nera, dei bermuda grigi con i tasconi e le solite All Stars nere. A un certo punto, si mette in testa la bandana viola. Lo osservo mentre se la annoda dietro al collo e, di nuovo, muoio dal desiderio di toccarlo. C'è qualcosa nella pelle scura delle sue nocche e nella lunga linea dei polpacci che si muovono ritmicamente sotto l'orlo dei bermuda. È… da toccare.

Camminiamo più o meno per altri venti minuti. Se non si contano il rumore dei nostri passi, il fruscio del vento tra gli alberi e il canto degli usignoli e di altri uccelli canori, nel bosco regna il silenzio. Poi gli alberi diminuiscono, e quando usciamo su un campo disseminato di zolle d'erba, il sole ci investe. Ora fa più caldo e mi scorrono rivoli di sudore lungo la schiena. Il cavalletto, che sembrava leggerissimo quando l'ho tirato fuori dall'auto, ora è diventato caldo e pesante. Continuo a passarlo da un braccio all'altro.

Davanti a me, Milo si ferma. Sta guardando un ruscelletto che ci taglia la strada. Non si potrebbe neanche chiamare ruscello, in realtà, ma Milo sembra scoraggiato. «Se ti preoccupi per me, sappi che ce la faccio a saltare mezzo metro d'acqua.»

«Abbiamo sbagliato strada.» Mi guarda. «Ce la fai a continuare a camminare?»

Anche se ho caldo, gli faccio segno di sì. Milo deve avermi letto nel pensiero, perché si toglie lo zaino e tira fuori una borraccia di metallo piena d'acqua. Svita il tappo e me la offre. Io faccio un sorso e per poco non mi viene un colpo per quanto è fredda. Ci sono ancora dei pezzetti di ghiaccio all'interno; devono essere i resti dei cubetti che Milo ci ha messo stamattina. Faccio ancora tre lunghi sorsi prima di ridargliela, così può bere anche lui. Continuiamo a passarci la borraccia, finché l'acqua non finisce. «A posto?»

Questa volta, quando annuisco, dico sul serio.

Torniamo indietro, seguendo lo stesso percorso. Siamo quasi arrivati al ciglio della foresta, quando inciampo contro qualcosa, ma ritrovo l'equilibrio prima di cadere. Milo si volta. «Tutto bene?»

«Sì, bene.» A parte il fatto che mi sento una stupida.

Ma Milo non mi sta guardando più in faccia. Ha gli occhi fissi sulle mie scarpe. «Aspetta.» Mi posa le mani sulle spalle e mi spinge indietro di un passo, così può scrutare il terreno sotto i miei piedi. Io resto dove sono e lo osservo perché… be', perché è proprio bello. A un certo punto, Milo sussulta e torna a guardarmi di scatto. «L'hai trovata!» In un unico gesto fluido, mi attira a sé e mi stringe tra le braccia lunghe. L'abbraccio dura solo un secondo, ma riesco comunque a sentire il suo torace contro il mio e i muscoli del suo petto sotto alla maglietta sottile. Quando ci separiamo, abbasso la testa per vedere cosa stava guardando.

E anche per nascondere il fatto che sono arrossita.

A malapena visibile sotto l'erba, ci sono delle barre di metallo e un'asse di legno spezzata. Sono i binari di una vecchia ferrovia che attraversano il campo. «Sei la numero uno!» Milo sembra entusiasta. «Andiamo, da questa parte.»

Camminiamo fianco a fianco questa volta, seguendo i binari che conducono al limitare della foresta. Qui non ci sono alberi enormi, ma solo alberelli e arbusti. I binari arrivano fino alla periferia, e noi li seguiamo finché Milo non indica qualcosa davanti a sé. «Ci siamo.»

Io mi riparo gli occhi dal sole e dopo un attimo vedo quello che lui sta osservando. Un edificio accovacciato all'ombra di grossi alberi alle sue spalle. Mentre ci avviciniamo, mi rendo conto che è solo parte di un edificio, in realtà. Il resto è crollato e col tempo è sparito.

«Era una stazione ferroviaria» dice Milo.

«Vuol dire che qui vicino c'è anche un paese?»

«C'era, un tempo. Andiamo a vedere cos'è rimasto.»

La stazione è minuscola, più piccola dell'appartamento di Annette. Una volta era gialla, ma ora gran parte della pittura è scrostata e sotto si vedono le doghe grigie. Si regge su una lastra di cemento che posa su delle fondamenta di mattoni decrepiti. Il tetto copre ancora il porticato. C'è spazio per due porte, ma ne è rimasta solo una e pende dai cardini, inclinata in avanti.

«Credi che sia sicuro entrarci?» Milo mi guarda e io aggiungo subito: «Non fare di nuovo quella faccia». Ma lui la fa, e dato che è tutt'altro che spaventosa, scoppiamo a ridere. Poi torno seria. «No, davvero, credo sia meglio non entrare.»

«Forse hai ragione. Ammesso che ci sia ancora il pavimento, dubito che sia stabile.» Si allontana per fare il giro intorno all'edificio. «E poi, non è questo che mi interessa.»

«E allora cosa?» gli grido. Lui non risponde, perciò raccolgo il cavalletto da dove l'avevo appoggiato e lo seguo.

Quando lo raggiungo alle spalle della costruzione, lo trovo che fissa qualcosa con aria incantata. «Guarda.» Indica il muro posteriore della stazione: un simbolo grezzo tracciato tanto tempo fa con della vernice nera. È un quadrato, ma senza il lato superiore, forse sbiadito dal sole e dal tempo.

Milo mi dà di gomito. «Lo sai cos'è questo?»

«Una… "U"?»

Fa segno di no. «Un simbolo disegnato da un vagabondo. Probabilmente di cento anni fa. Lo chiamano anche "codice degli hobo". "Hobo" è un termine dispregiativo per definire i vagabondi. Questo lo sai.»

In realtà non lo sapevo, ma ora sì.

«Breve lezione di storia.» Milo si inginocchia e posa lo zaino e il borsone davanti a sé, per tirare fuori l'attrezzatura. «I vagabondi erano persone senza fissa dimora. Si imbarcavano clandestinamente sui treni, girando il paese in cerca di lavori stagionali.»

Sembra una cosa romantica. Romantica e pericolosa.

«Avevano un codice d'onore» continua Milo. «Si aiutavano a vicenda, perché erano tutti sulla stessa barca, perciò lasciavano dei messaggi per chi arrivava dopo di loro. Solo che molti non sapevano né leggere né scrivere, o venivano da altri paesi e quindi parlavano lingue diverse. Perciò inventarono questi simboli. Come "State attenti ai cani da guardia" o "Qui qualcuno potrebbe darvi da mangiare".»

A questo punto, mi volto a guardare il quadrato incompleto. «E questo che cosa vuol dire?»

«Credo che voglia dire: "È sicuro accamparsi qui", ma controllerò su internet appena ritrovo il segnale.»

Osservo Milo mentre sceglie una lente e la monta con attenzione sulla macchina fotografica. La cosa mi intriga. Messaggi lasciati in bella vista. Informazioni che si potevano ottenere solo se si faceva parte della comunità. E tutti gli altri non avrebbero mai capito che quei simboli avevano un significato. «Come hai scoperto questa cosa?» gli chiedo.

Ora Milo sta accovacciato davanti al simbolo a scattare fotografie. «Il mio bisnonno era uno di loro.»

«Wow.» Cerco di immaginarmelo. Lasciare la famiglia per il sogno di una vita migliore chissà dove, senza poter comunicare con nessuno. E poi trovare una comunità di vagabondi. Fantastico.

Restiamo per ore nei dintorni della stazione ferroviaria, fermandoci solo una volta per mangiare il pranzo che Milo ha portato per entrambi. Nella foresta troviamo un gruppetto di altri edifici abbandonati e una serie di altri simboli. Molti si trovano in punti visibili delle costruzioni – in un angolo vicino alla ringhiera di un porticato, sulla trave di sostegno di una staccionata crollata, su un mattone di un vecchio muro – ma ce n'è anche uno nascosto da una grossa quercia, e un altro dipinto su una roccia. Quest'ultimo sembra fresco, perciò mi chiedo se sia originale o se non sia stato fatto di recente. «La gente li usa ancora, questi simboli?»

«Non lo so, forse.» Milo passa le dita sul simbolo della freccia dipinto sul masso. «Ma oggi non ci sono molti viaggiatori clandestini sui treni. Lo stile di vita hobo è cosa vecchia ormai.»

Mentre lo ascolto, il mio sguardo viene attratto da un mucchio di sassi della grandezza di un pugno, che si trovano alla base della roccia. Mi siedo a terra e ne prendo uno, poi lo mostro a Milo.

«Oh, wow.» Lui resta di nuovo incantato. «Ne hai trovato un mucchio intero.»

«Sono uova di hobo» gli dico, prima di continuare a frugare tra i sassi. Ce n'è uno con un triangolo disegnato sopra e un altro con una "X". Su uno sembra ci sia dipinto un cappello e su un altro un gatto stilizzato. «Credi che questo voglia dire che danno da mangiare anche agli animali?» domando a Milo, ma quando alzo lo sguardo, lui ha l'obiettivo puntato su di me. Istintivamente abbasso la testa, riparandomi con una mano.

«No, non ti nascondere.» Milo abbassa la macchina fotografica. «Sei una ragazza dei tempi moderni che osserva dei messaggi del passato. È poetico.»

Spero che nelle foto non si veda che sono rossa come un peperone.

Torno a guardare il mucchio di sassi e cerco di ignorare i clic che provengono dalla parte di Milo. Per un attimo, considero l'idea di portarmi via il sasso con il gatto, ma poi decido di lasciarlo dov'è. È un pezzetto di storia. Non ho il diritto di farlo.

Sulla via del ritorno, passiamo davanti alla stazione ferroviaria e Milo si ferma. «Aspetta, vieni qui.» Lo seguo fino al porticato, dove lui posa le borse sul gradino più basso. «Dovremmo lasciare anche noi un segno» mi dice. «Niente di permanente. Tipo disegnarlo nel terreno con un ramoscello.»

L'idea mi piace. Un segno provvisorio della nostra storia incompleta.

«Di cosa?»

Milo si volta verso di me e all'improvviso mi rendo conto che siamo vicinissimi, fermi accanto alla vecchia stazione ferroviaria. Lui mi prende la mano sinistra.

E io glielo lascio fare.

La gira e con un dito mi disegna un cerchio sul palmo. Il cuore comincia a battermi forte, tanto che non ho il coraggio di alzare lo sguardo. Tengo gli occhi fissi sulla mano, mentre Milo traccia una linea al centro del cerchio invisibile. «Che cosa significa?» Spero che la mia voce non risulti strana, perché tutt'a un tratto mi sento diversa. Mi sento accaldata, emozionata e terrorizzata.

«La strada è sicura» mi dice. Io riesco ad alzare la testa e guardarlo. Anche se i suoi occhi sono molto, molto scuri, qui al sole hanno delle pagliuzze più chiare. Sono occhi sorridenti. «*La strada è sicura* oppure *Scappa, è pericoloso.*»

«Forse dovremmo scegliere qualcos'altro, allora.» Incredibile, ho parlato con voce ferma.

«Mmm.» Lui torna a guardarmi la mano. «Va bene, questo me lo ricordo.» Posa il dito sul mio polso e comincia a disegnare quello che sembra un omino di neve accanto a tre triangoli. Mi fa il solletico, e anche quando mi lascia andare, sento ancora il contatto tra noi.

«Spala nella neve in cerca di cibo?» tiro a indovinare.

«No. Vuol dire che qui c'è una ragazza carina.»

«Stai dicendo che sono io la ragazza carina?»

«Niente affatto.» Però mi sorride.

«Perché i triangoli? Non capisco.»

«Perché il messaggio non è per te. Non dovresti sapere che cosa vuol dire. Così.» Passa la mano sinistra sul mio polso, fino ad arrivare all'interno del gomito, come se stesse cancellando l'omino e i triangoli. Sento il solletico dappertutto. Poi ricomincia a tracciare qualcosa lungo il braccio – forse sono parole. Il suo dito mi lascia una specie di bruciore sulla pelle, e devo fare un grosso sforzo per ritrovare la calma e chiedergli: «E questo che cos'era?»

Ma Milo non risponde e mi fa alzare il braccio ancora un po'. «Ferma così.» Faccio come mi dice, mentre lui prende la macchina fotografica e, clic-clic-clic, scatta foto alla mia pelle. Quando ha finito, mi fa un gran sorriso, luminoso come il sole. «Messaggi nascosti.»

* * *

Siamo entrambi stanchi per la camminata e il caldo, perché ascoltiamo musica per gran parte del viaggio di ritorno tra le montagne. Le poche stazioni su cui riusciamo a sintonizzarci vanno e vengono a intermittenza, perciò dobbiamo accontentarci di quello che c'è, canzoni pop anni Novanta e, purtroppo per un bel po', musica country. Quando attraversiamo il confine per entrare a Olympus, Milo smette di prestare attenzione alla musica. Me ne accorgo perché non tamburella più i pollici sullo sterzo e, mentre passiamo su Nine Muses Street – affollata e splendente nel sole pomeridiano – la radio si blocca e lui non cambia stazione. Quando superiamo l'insegna che recita "Blue Ridge University", la spengo. Milo non dice niente e neanch'io, perché ormai il silenzio è diventato un'altra presenza e riempie lo spazio tra noi. Imbocchiamo Crestline Drive, e quando il condominio grigio spunta all'orizzonte, Milo si schiarisce la voce. «Devo dirti una cosa.»

Un milione di pensieri mi passano per la mente, molti dei quali hanno a che fare con la scritta invisibile che Milo mi ha tracciato sul braccio e di quello che sa o non sa dei miei sentimenti per Tuck.

Anche se ormai neanch'io capisco più cosa provo per Tuck.

«Cosa?»

«Non sapevo che Ella se la fosse presa per l'estate scorsa. Non mi aveva neanche sfiorato l'idea.»

Oh, allora stiamo parlando di Ella.

«Senza offesa, ma mi sembra ridicolo.» Gli rivolgo un'occhiata severa. «Tu l'hai tradita. Chi non se la prenderebbe per una cosa del genere?»

«No, questo lo capisco.» Milo si toglie la bandana e la appallottola nella mano destra, mentre guida con la sinistra. «Solo che, quando è successo, io non pensavo di tradirla. Non stavamo insieme. Non eravamo certo fidanzati. Almeno, io credevo di no.»

Be', questo mi sorprende.

«Sul serio?»

«Sì.» Si infila la bandana sotto a una coscia, così può usare entrambe le mani per svoltare nel parcheggio. «Non abbiamo…» Si interrompe, per scegliere le parole con cautela. «Non abbiamo fatto granché. Insomma…» Lascia di nuovo la frase a metà, allora io decido di correre in suo aiuto.

«Fisicamente, intendi?»

«Sì.» Mi rivolge uno sguardo di gratitudine. «Insomma, davvero niente di che. Ed è successo solo due volte, più o meno.»

«Che vuol dire "solo due volte, più o meno"?»

«Non voglio...» Milo fa una curva larga e si ferma davanti al condominio. «Questa è una zona off limits, sai? Sono cose private e io non voglio fare lo stronzo.»

«Sei tu che hai tirato in ballo l'argomento.» Incrocio le braccia sul petto. «E sei tu che stai dicendo che non c'è stato niente di che, anche se lei pensa il contrario. Perciò, spiegati.»

Milo spegne il motore e si mette a fissare un punto distante, in direzione del nostro appartamento. Dopo un attimo, si gira verso di me e poggia un ginocchio sul sedile. «Va bene.» I suoi occhi scuri fissano qualcosa alle mie spalle. «Una volta, eravamo dietro le quinte, su quella panchina che sta accanto alla bacheca delle comunicazioni. Se n'erano andati quasi tutti a casa. Mio padre faceva il tecnico, e stava scrivendo la lista degli interventi da eseguire a fine stagione. Lo zio di Ella era impegnato negli uffici della compagnia, perciò eravamo entrambi bloccati lì. Stavamo aspettando e allora... ci siamo baciati.»

La scarica di gelosia è fulminante, infuocata e sorprendente. Sapevo già cos'è successo tra Milo ed Ella, ma allora perché mi sento così? Probabilmente perché ora che Milo l'ha descritto, riesco a immaginarmelo. La panchina. La pedana di legno vuota nel caldo della sera. La stanchezza del dopo spettacolo.

Scuoto la testa nel tentativo di scacciare la scena dalla mia mente.

Sono venuta qui per Tuck, sono venuta qui per Tuck, sono venuta qui per Tuck.

«E la seconda volta?» gli chiedo in tono piatto.

«Eravamo da McKay. Alcuni di noi erano andati lì a passare il pomeriggio prima dello spettacolo. Ella mi ha chiesto se mi andava di vedere i graffiti più belli di Olympus. Io avevo appena cominciato a fare fotografia, quindi le ho risposto: "Certo".» Milo tira fuori la bandana da sotto la coscia e se la rigira tra le dita sottili. «Doveva venire anche qualcun altro – credo fosse Paul – perciò non mi sembrava un appuntamento. Non era niente di che. Ma alla fine mi sono ritrovato da solo con lei. Mi ha detto che Paul non sarebbe più venuto, e fin lì nessun problema, solo che poi mi ha preso per mano, come per tirarmi nella direzione giusta. E non mi ha più lasciato. E io ho pensato che se l'avessi fatto sarei stato uno stronzo, perciò ho continuato a camminare tenendola per mano.»

La mia gelosia si trasforma in pena. Pena per Ella, che non è riuscita a interpretare i segnali di Milo. E per Milo… un po' cieco, un po' codardo. «E poi che è successo?»

«Abbiamo imboccato un vicoletto, abbiamo visto i graffiti e poi lei mi ha baciato. Avrei dovuto fermarla, ma non ho capito bene che cosa stava facendo. Pensavo che fosse solo una pomiciata, come succede a tutti. Stupido, eh? Insomma, stupido io.» Scuote la testa, irritato. «Non eravamo mica a una festa. Lei aveva deciso deliberatamente di restare da sola con me, e io... non l'avevo capito. Non pensavo ci fosse qualcosa tra noi, perciò niente di quello che stava succedendo mi è sembrato importante.» Finalmente, il suo sguardo vola verso di me. «Che ne pensi tu?»

«Non so che cosa dire.» Cerco di immaginarmi quali momenti abbiano spinto Ella a credere che tra lei e Milo ci fosse qualcosa di più. «Certe coppie nate qui sono durate, giusto? Alcuni restano insieme?»

«Forse, non lo so.» Milo ci riflette su. «Cioè... senti, io vengo qui da una vita. Quando sono diventato abbastanza grande da capire cosa succedeva dietro le quinte, mi sono reso conto che era sempre uguale tutti gli anni. È una cosa estiva. È così che funziona, quando sei qui. È come un hobby.»

«Ma è...» Mi interrompo, cercando di spiegare cos'è che non mi piace di questa storia. «È... come dire? Vano, inutile.»

«O divertente.» Milo si stringe nelle spalle. «I flirt estivi esistono dalla notte dei tempi, no? Baci la persona che ti ritrovi vicino e poi passi oltre. Non li hanno inventati mica a Olympus.»

Ripenso a quello che Tuck mi ha detto su lui e Gretchen. Voleva dire che tra loro non sarebbe durata, no?

«Avrei dovuto parlare con Ella, ora lo capisco.» Milo mi sfiora la gamba con le nocche. «Ma non pensavo che avesse tanta importanza. Parlare del fatto che ci siamo baciati un paio di volte e che io non volevo più farlo? Mi sembrava una cosa terribile. Per lei, intendo.»

Se Ella potesse ascoltare questa conversazione, morirebbe dall'imbarazzo. Non riesco a non pensarci.

«Io non l'ho tradita» continua Milo. «Almeno, non pensavo di farlo. Lei non era la mia ragazza. Non puoi tradire qualcuno con cui non stai.»

Su questo non si sbaglia.

Ma non ha nemmeno del tutto ragione. La cosa che mi sconvolge di più non è il suo comportamento o quello di Ella, ma la consapevolezza che se Ella ora ci sentisse, rimarrebbe inorridita. Si sentirebbe mortificata se scoprisse che Milo non l'ha mai considerata la sua ragazza. O, peggio ancora, niente di niente...

Ma ora le cose mi sono più chiare.

«Quando Ella ha detto quella cosa da McKay, che io ero il suo ex, è stato un campanello d'allarme.» Milo sonda la mia reazione. «Per questo ho voluto parlarle.»

Mi torna in mente la scena che ho visto dietro le quinte, Milo che abbracciava Ella. Ecco cosa stava succedendo, allora! Proprio come mi ha detto lei: lui si è scusato per la questione dell'estate scorsa.

«Sai cosa renderebbe la vita più semplice?» gli dico. «Se

tutti fossero onesti con gli altri.» Per esempio, se io avessi parlato a Tuck del suo stupido monologo a Dobbs, avrei capito subito che non aveva niente a che vedere con me, non sarei mai venuta fino a Olympus e ora non mi troverei coinvolta in questa stupida conversazione. «Di' quello che pensi, quando lo pensi. Così non ferirai i sentimenti di nessuno.» E le cose non sarebbero state così confuse tra Milo ed Ella, il che vuol dire che non sarebbero state così confuse tra me e Milo, in questo momento.

«Forse.» Milo mi scruta attentamente, come se mi stesse studiando. «Ma certe volte è necessario tenersi dentro certe sensazioni fino al momento giusto, non credi?»

«Fino al momento giusto» ripeto lentamente.

«Simboli nascosti.» Di nuovo quel sorriso. «Solo il diretto destinatario li capisce.»

Io lo guardo – gli zigomi alti e gli occhi scuri – e tutt'a un tratto l'aria nell'abitacolo diventa pesante. È carica di emozioni. Elettrica. Come se non fossi io a controllarla, la mia mano scivola lungo la gamba e si avvicina a quella di Milo, ferma sul suo ginocchio. Sto quasi per toccarlo, quando mi rendo conto che lui sta guardando di nuovo qualcosa alle mie spalle. Io mi volto e vedo…

Ella.

Sta accovacciata sulle scale di legno, mentre tenta di afferrare quelle che sembrano lattine o bottiglie o scatole o…

Cibarie.

È andata a fare la spesa e una delle buste le si è rotta, mentre stava per rientrare a casa. Ora sta cercando di recuperare tutti i prodotti, prima che cadano tra le feritoie delle scale.

In un battibaleno, mi sgancio la cintura e apro la portiera. Io e Milo ci guardiamo negli occhi per un istante.

«Vuoi che...» fa per dire lui, ma io lo interrompo.

«Vai.» Scendo dall'auto in un lampo e mi affaccio solo un attimo all'interno. «Grazie per...» Lascio la frase a metà, non sapendo per cosa ringraziarlo. «Grazie e basta.»

«Grazie a te.»

Sbatto la portiera e corro ad aiutare Ella a raccogliere la spesa.

CAPITOLO 17

È l'ultima sera di Del Shelby in teatro. Ci ha corretti, aggiustati e spostati fino alla perfezione, e ora se ne va. Mi sconcerta che il suo venga considerato un lavoro. Sembra così... facile.

Guardo Milo e do voce ai miei pensieri, mentre ce ne stiamo fermi a interpretare la foresta greca. «Per questo c'è Nikki» mi spiega lui. «Deve mettere in atto la visione di Del. In realtà è lei che ha il potere.»

«Potrebbe aspettare finché lui non se ne va, per cambiare tutto lo spettacolo.»

«Sì, potrebbe diventare una...» Milo si interrompe. «In realtà, non mi viene in mente niente di più strano di una tragicommedia musicale greca.»

Agito la mia carota. «Potrebbe diventare uno spettacolo improvvisato.»

«Praticamente lo è già.» Milo sbatte le ali. «Hai visto

che cosa è successo ieri sera, durante la battaglia? A Paul è caduta la spada di mano e uno dei cannoni non ha sparato. Tuck è inciampato mentre cercava di uccidermi e per un attimo ho pensato che sarei sopravvissuto.»

Un sorriso cerca di farsi strada sulle mie labbra. «Sì, ho notato che hai rischiato di sopravvivere.»

«Per poco i Troiani non perdevano. Saremmo stati più precisi dal punto di vista mitologico.»

All'improvviso, mi rendo conto che siamo praticamente soli. Le altre creature dei boschi si stanno avviando verso le quinte, mentre il buio cala sul palcoscenico. In alto, Zeus si sta arrampicando sul Monte Olimpo. Ci siamo persi. Io e Milo ci scambiamo un'occhiata sconvolta e subito scattiamo in direzioni opposte, io saltellando e lui svolazzando.

Mentre mi affretto a raggiungere le quinte, vedo Tuck in attesa di entrare in scena. Ha notato che io e Milo eravamo più concentrati l'uno sull'altra che non sullo spettacolo, e...

Sembra infastidito.

* * *

Oggi c'è l'Olympus Summer Festival, che, a quanto mi dicono, è la commemorazione del quarantatreesimo anniversario della sera in cui un gruppo di uomini d'affari del luogo, completamente ubriachi, decise che un teatro estivo specializzato in mitologia greca e situato sugli Appalachi era un'idea assolutamente geniale.

Su Nine Muses Street due isolati sono circondati da coni arancioni, in modo che i venditori ambulanti possano vendere cibo a tema olimpico, mentre gli adulti litigano con i bambini che vogliono partecipare al concorso per la più bella toga realizzata con la carta igienica. È una giornata afosa, perciò, quando nel tardo pomeriggio comincia a piovere, sembrano tutti felici, eccetto gli ambulanti, che si affrettano a mettere via gli hamburger Minotauro, le patatine Gorgone e le torce di carta piene di popcorn. I bambini sembrano non accorgersi nemmeno della pioggia. Continuano a spassarsela con le toghe che gli si appiccicano addosso. Io ed Ella guardiamo la scena dal cofano della mia auto, che stranamente sono riuscita a parcheggiare in una strada non lontana dal caos. Sono ore che sudiamo, e quando inizia a piovere la cosa non disturba né noi né i bambini. Dopo essere corse a mettere i cellulari al riparo in macchina, andiamo a stenderci sul cofano. L'auto è calda e i vestiti si adattano alle forme dei nostri corpi sotto la scarica d'acqua. Io ho ancora gli occhiali da sole, invece Ella se li è tolti e tiene gli occhi chiusi.

È una cosa stupida, ma sono felice. Non mi importa di Tuck. Non mi importa di Milo. Non devo andare da nessuna parte, non mi manca niente, non ho nessuna decisione da prendere. «Questa è vita» dico a Ella.

Lei non risponde, perciò non sono sicura che mi abbia sentita con la pioggia e le urla dei bambini che coprono tutto, ma non fa niente. Tanto parlavo perlopiù con me stessa. Mi porto le mani sopra la testa e le stendo sul parabrezza. Con la destra sfioro la sinistra di Ella e poi sento le sue dita che si stringono intorno alle mie.

Dopo un secondo, ricambio la stretta.

* * *

Stasera, dopo lo spettacolo, ci sono i fuochi d'artificio. Io, Ella e gran parte dei membri più giovani della compagnia ci siamo arrampicati su una strada residenziale ripidissima vicino a Nine Muses Street, raggiungendo a fatica un vicolo cieco dove, in gruppi di tre o quattro, siamo passati per un cortile privato e una superficie rocciosa, per raggiungere un prato poco distante. Ora che siamo sparpagliati su coperte e cuscini, aspettiamo che lo spettacolo cominci. Sotto di noi, Olympus è una boccia piena di luci scintillanti tra le montagne buie. Quassù, siamo illuminati dalla luna, le stelle e una manciata di lanterne assortite portate da chissà chi.

Molti hanno lattine di birra o fiaschette misteriose, ma io ed Ella facciamo a turno per bere dal nostro termos di cioccolata calda. Annette si è offerta di comprarci qualcosa di più "adulto", ma Ella le ha fatto giustamente notare che, oltre alla violazione di domicilio, era meglio non aggiungere anche ubriachezza minorile alla lista delle nostre trasgressioni. E poi, ora che il sole è calato da un po', comincia a fare freddo. Sono contenta di aver comprato la felpa di Olympus all'ufficio del teatro, la settimana scorsa.

Poco più in là, sentiamo una risatina sommessa. Faccio per voltarmi, ma Ella mi afferra per un polso. «Non guardare» mi dice.

Ovviamente io guardo comunque, e ovviamente vedo che la risatina proviene da Tuck e Gretchen, che se ne stanno accoccolati sotto una coperta. Data la situazione, Tuck non ha nessun diritto di guardarmi storto se parlo con Milo.

«Non lo staranno mica facendo qui?» domanda Ella.

Nella foschia, sbircio il bozzolo formato dai corpi di quelli che dovrebbero essere il ragazzo che mi piace e la sua ragazza. «Sarebbe disgustoso.»

«Cosa sarebbe disgustoso?» È Paul, che viene a sedersi in mezzo a noi. Ha in mano una busta di plastica. «Volete qualche liquirizia di Poseidone?»

«Che nome senza senso» gli dico, mentre accetto un bastoncino attorcigliato.

«Già, dovrebbero abbinare il nome del dio del mare a

qualcosa di più appropriato» commenta Ella, perplessa. «Tipo ai calamari.»

Paul tira fuori un accendino e lo accende. Poi lo avvicina alla busta, in modo da farci vedere la liquirizia all'interno. È blu.

«Ah.» Ella scrolla le spalle. «Be', farla del colore dell'oceano è già un passo nella direzione giusta.»

«Però sa di ciliegia» le dico.

Da lontano, sentiamo un sibilo e uno scoppio. Un lampo arancione viene sparato in alto da un punto oscuro che a quanto pare è il parcheggio del teatro. «Non ci sono alberi lì nelle vicinanze che possano prendere fuoco» ci ha spiegato Milo proprio oggi.

A proposito…

Milo viene a sedersi proprio accanto a me, perciò ora mi trovo tra lui e Paul. «Ciao.»

«Emilio.» Paul gli porge la busta passandomi davanti, ma Milo rifiuta con un gesto della mano e si indica la bocca.

«Gomma.» Poi mi sorprende a guardarlo. «Che c'è?»

«Emilio?»

«È un nome che si tramanda in famiglia.» Sorride e poi si allunga per chiamare Ella. «Ciao.»

«Ciao.» Lei gli rivolge un sorriso rapido e si volta di nuovo a guardare dei fuochi d'artificio bianchi che sbocciano e poi svaniscono nell'aria.

Io mi stringo nelle spalle – la solita Ella – ma Milo non sembra accorgersene. La sta ancora guardando con aria pensierosa. Poi si sporge verso di noi, pianta un braccio in mezzo a me e Paul, per tenersi in equilibrio, e prende la mano di Ella. Lei sembra sorpresa, ma lo lascia fare. Milo sbatte le ciglia – goffo da morire – e le bacia la mano. «Quando ti bacio, vedo i fuochi d'artificio» le dice con un terribile accento britannico.

Ella lo guarda sconcertata, poi ritrae la mano. «Cretino.» Ma non sembra arrabbiata, anzi sembra quasi che stia per sorridere.

Nel frattempo, io non riesco a concentrarmi minimamente su di lei, perché la mia attenzione è stata catturata dal peso del busto di Milo steso sopra di me. Per non parlare del profumo dei suoi capelli o del detersivo che usa per fare il bucato o di qualunque cosa gli dia quest'odore di fresco e pulito che mi fa venire voglia di affondare la faccia nei suoi vestiti.

Quando si rimette seduto, Paul agita una mano verso di lui e Milo la prende subito. «Quando ti bacio...»

Ma Paul la tira via immediatamente. «Cavolo, stavo scherzando.»

«Anch'io» dice Milo. Si volta verso di me e io resto senza fiato. In genere, al chiaro di luna siamo tutti più belli, e Milo non fa eccezione. I suoi occhi sono macchie scure contro la pelle color bronzo. Quando sorride, i denti sono un lampo di luce bianca. «Mano» mi dice, e io gliela porgo senza esitare. Lui si ferma un attimo e la gira dal lato del palmo. Poi mi posa un bacio sul polso. Le sue labbra sono calde e morbide, ma c'è qualcosa che punge anche, forse un accenno di baffi. Sopra al parcheggio, una tripla esplosione scarlatta incendia il cielo. Milo alza la testa, e chissà come, io mi trattengo dal seguire il movimento con la mano, per mantenere il contatto tra noi. Lui mi guarda negli occhi. «Quando ti bacio, vedo i fuochi d'artificio.»

Questa volta non lo dice con accento straniero. Questa volta parla con voce profonda e seria, che mi fa fremere.

È troppo.

Specialmente con Ella seduta poco più in là, accanto a Paul. Specialmente con Tuck e Gretchen a qualche metro di distanza che fanno cose disgustose sotto la coperta. Specialmente con tutte le scelte sbagliate che faccio, ogni santa volta.

Ritraggo subito la mano e la nascondo nella manica della felpa, incrociando le braccia sul petto. «Guarda, uno blu» dico, concentrandomi sullo spettacolo pirotecnico che illumina la cittadina di Olympus.

«Bello» dice Milo, e dopo un secondo, sento un fruscio: è lui che si sposta più in là. Non ci tocchiamo più, ma non importa. Tutto l'oceano di Poseidone non basterebbe a spegnere l'incendio che ho dentro.

CAPITOLO 18

Questo sabato c'è una festa (ovviamente). Dato che non si terrà nell'appartamento di quel cretino di Logan, io ed Ella ci mettiamo d'accordo per partecipare, anche se la padrona di casa è Gretchen. La sera, in scena, mentre aiuto a ricreare le onde del Mar Egeo in modo che Paride e il suo esercito possano solcarlo, sento Paul che chiede a Milo se verrà alla festa. Milo fa segno di no, e io vengo travolta sia dalla delusione che dal sollievo.

Quando arriviamo a casa di Gretchen – ho sentito dire che i proprietari sono i suoi genitori e che la lasciano vivere da sola con i suoi coinquilini – lei, Katrina e Finley sono contentissimi di vederci. Non siamo le prime, ci sono almeno altre dodici persone che bevono e mangiano pizza in giro per casa – ma loro ci salutano come se non ci vedessimo da mille anni.

«Siete arrivate!» urla Gretchen, gettandomi le braccia

al collo, mentre Katrina e Finley stringono Ella in un abbraccio-sandwich. «Che cosa volete bere? Birra?» Fa un passo indietro e mi squadra da capo a piedi. «No, tu hai molta più classe di così. Vino, ragazze? Venite, vi do qualcosa che vi piacerà.»

Io ed Ella ci scambiamo un'occhiata interrogativa, mentre seguiamo Gretchen su per le scale che portano in cucina. Sono sicura che il vino sia una scelta di classe, ma non ne ho mai bevuto uno che non mi abbia fatto fare una smorfia. «Come vuoi» dico a Gretchen, guardandomi intorno in cerca del solito bicchiere in cui mettere i soldi per le bevande. «Dove mettiamo le donazioni?»

«Ma smettila!» Gretchen liquida la domanda con un gesto della mano. «La festa è nostra e offriamo noi.» Prende bicchieri e bottiglia da un ripiano di marmo. «Passami il lime, per favore.» Dopo qualche minuto di gira, versa e affetta, ci presenta due calici pieni di un liquido color ambra. So che ci ha messo anche ginger ale e vodka, ma per il resto non saprei. «Siete venute a piedi, giusto?»

In effetti, sì, siamo venute a piedi, e dato che Gretchen ci tiene tanto ad assicurarsi che ci divertiamo, e specialmente dato che non c'è traccia né di Milo né di Tuck, accetto il drink. Ella fa lo stesso e insieme brindiamo. «Oddio, non usa nemmeno i bicchieri di plastica» mormora Ella, prima di fare un sorso.

Io la imito e… il drink è delizioso. Delizioso davvero.

«Che cos'è?» domando.

«Ti piace? L'ha inventato la migliore amica di mia madre. Lei si chiama Carol, perciò il drink lo chiamiamo "Il Carol".»

Ella alza il calice. «Fantasioso.»

«Vero?» Gretchen ci scocca un sorriso a trentadue denti. A quanto pare, il sarcasmo non ha alcun effetto su di lei. Un po' come i vampiri che non si riflettono negli specchi.

Sorseggio il mio drink, perché sarebbe troppo facile berlo tutto d'un fiato come una scema. Eppure, poco dopo che la casa si riempie di invitati e la musica ballabile risuona dalle casse, comincio a sentirmi la testa leggera, ma Gretchen mi mette un altro bicchiere in mano e fa lo stesso con Ella. «Anche tu, Ella-Bella.»

Evidentemente il nomignolo deve aver risvegliato in Ella il ricordo del ragazzo di Gretchen, perché le chiede: «Allora, dov'è Tuck?» e lei rimane di stucco.

«Sta arrivando» dice dopo un attimo. «Però – e ditemi se non sono una strega maniaca del controllo – doveva essere qui già da un po'.»

Ella mi guarda e io mi stringo nelle spalle. Non so davvero come rispondere.

Per fortuna, Gretchen non sembra aspettarsi una reazione. «Se sei il fidanzato della padrona di casa, devi arrivare presto, no? Per assicurarti che niente vada storto.»

Io ed Ella ci scambiamo un'altra occhiata. Impossibile – letteralmente – che una festa di Gretchen vada storta. Lei è troppo bella, popolare, sfrenata e divertente. «Certo» dice Ella. «Ma credo che tu te la stia cavando alla grande.»

«Magari le cose mi andassero *storte* come a te» le dico, per poi pentirmene immediatamente quando Gretchen scoppia a ridere.

«A lei ho insegnato il trucco della ciliegia.» Gretchen indica Ella. «A te posso insegnare qualcos'altro. Sono sicura che c'è una banana qui da qualche parte...»

«Non ti preoccupare» le dico.

Fortunatamente, Gretchen sembra scordarsi all'istante della nostra conversazione. Si porta una mano su un fianco. «Sapete cosa ravviverebbe la festa?»

«Degli spogliarellisti?»

Gretchen si volta a guardarmi e assume un'aria riflessiva. «Dove potremmo trovarli, degli spogliarellisti, a quest'ora?»

«Sto scherzando» le spiego. «Non c'è bisogno degli spogliarellisti. La festa è già perfetta così.»

«È la migliore di tutta l'estate» conferma Ella.

«Sì» aggiungo io. «C'è la musica. La gente beve e balla. Ci si diverte.»

Ma evito di dire che è ben riuscita anche grazie alla casa, che è fantastica. Non è uno schifo di appartamento per studenti come quello di Logan, ma una vera e propria villa. È una di quelle case che i miei genitori affitterebbero per andare a sciare in Colorado. Ci sono le candele color avorio, quadri incorniciati e tappeti orientali. Nemmeno l'ombra di locandine cinematografiche e piramidi di lattine di birra. Sul serio, è meravigliosa.

«Aspetta.» Mi rivolgo a Gretchen. «Cosa volevi dire? Cosa renderebbe la festa più movimentata?»

Lei mi posa le mani sulle spalle e mi guarda. Non riesco a capire se stia cercando di cogliere l'informazione nei miei occhi o se si sia dimenticata di quello che stava dicendo. Quando finalmente si decide a rispondere, spalanca gli occhi dalle ciglia lunghe. «Un gioco. Non credete che dovremmo fare un gioco?»

Mi torna in mente la prima volta che ho visto Gretchen. Ha urlato "Mi fido!", prima di lanciarsi alla cieca in mezzo a un mare di gente dai riflessi non molto pronti. Mi viene da pensare che qualunque gioco voglia fare potrebbe essere… pericoloso.

Ma prima che io possa farmi un'opinione a riguardo, capto un movimento con la coda dell'occhio. È Ella che fa segno di sì. «Io gioco volentieri.»

«Evviva!» Gretchen la abbraccia e poi, forse per educazione, abbraccia anche me. «Andiamo, diamoci dentro.»

Gretchen si fionda in soggiorno, immagino per chiamare a raccolta le truppe, e io domando a Ella: «Diamoci dentro?»

«Non chiedere a me» fa lei, bevendo un sorso dal suo calice. «Ma di qualunque cosa si tratti, scommetto che è più interessante che ballare.»

«Ci vediamo lì» le dico.

Dopo una puntatina in bagno, torno in cucina per svuotare di nascosto il mio bicchiere nel lavello. Ci manca solo che mi ubriachi alla splendida festa di Gretchen. Mi riempio il calice di ginger ale e faccio per tornare tra la folla, ma resto di stucco nel vedere Milo che viene verso di me. Mi fa un cenno di saluto tutt'altro che entusiasta, e io vado a salutarlo. «Pensavo che non saresti venuto.»

«Chi te l'ha detto?» Mi guarda incuriosito, e allora mi ricordo che in realtà non me l'ha detto nessuno, ho solo sentito che lo diceva a Paul durante lo spettacolo.

Ops.

«Insomma, non sapevo che fossi qui.» Il mio tentativo di chiarire lo rabbonisce. Eppure continua a starsene impalato con le braccia incrociate, a guardare la festa che ci circonda. Non posso metterci la mano sul fuoco, ma ho la sensazione che Milo sia diverso stasera. Non è solo l'ombra di barba che ha attorno alla bocca e sul mento, come se non si radesse da un po'. Ha un'aria cupa. Scontrosa. Forse perfino arrabbiata. «Stai… bene?»

I suoi occhi color terra si spalancano e guardano dritto nei miei. «Scusa. È solo...» Poi ci ripensa. «Niente.»

Mi sa che quell'unico drink ha preso a controllare le mie appendici, perché la mia mano si posa autonomamente sul suo braccio. È solido, come se lui stesse irrigidendo il muscolo. O forse è sempre così. In un caso o nell'altro, la cosa mi piace fin troppo. «Me lo puoi dire, se vuoi.»

Milo mi guarda, considerando le varie opzioni. Alla fine, si convince. «Si tratta di mia sorella.»

«Cat?»

«Sì.» Sembra sorpreso che io mi ricordi come si chiama. «È venuta per il fine settimana e... che stupidaggine! Si è messa a giudicarmi per il fatto che sto qui. E allora abbiamo litigato.»

«Qui alla festa?» Ho qualche difficoltà a seguire la conversazione. Il primo Carol era una bomba alcolica.

«No, a Olympus. Cat pensa che non dovrei fare la stessa cosa che ho fatto letteralmente tutte le estati da quando sono nato. Pensa che stia sprecando tempo, che sia stupido tornare qui, quando so che non aggiunge e non toglie niente alla mia vita e al mio futuro. Quando so che non mi piace.»

A essere onesti, non mi pare che Cat abbia torto. «E cosa pensa che dovresti fare?»

«C'era...» Milo si interrompe e si ravvia i capelli. «C'era un tirocinio di fotografia. Ho compilato il modulo di partecipazione a dicembre e... non l'ho mai spedito. Pazienza.»

«E perché no?» Milo mi fulmina con lo sguardo, allora cerco di spiegarmi meglio e di ammorbidire la domanda. «Cioè, se l'avevi già compilato, perché non l'hai spedito?»

«Non lo so.» Ce ne restiamo lì per un lungo istante. «Sì, invece. Insomma, lo so.» Sospira. «Non volevo mettermi in gioco, perché se non ce l'avessi fatta, forse avrebbe voluto dire che non ero abbastanza bravo.»

«E se invece ce l'avessi fatta?» Non lo dico per scherzo. È una domanda sincera. Non riesco a immaginare un mondo in cui Milo non ottiene quello che vuole. È sempre perfetto in ogni occasione. In grado di salire con nonchalance sul palco nei panni di un corvo o di un tragico troiano, non si fa problemi ad attaccare bottone con una ragazza che non conosce in un caffè. Non sembra il tipo che si preoccupa di prendere la decisione giusta. Si comporta come se sapesse sempre che cosa fare.

Mentre mi osserva, sembra riflettere su qualcosa. «Ti ricordi la sera della prima? Come ti sentivi?»

«Come se stessi per combinare un gran casino.» E cosa ben peggiore… «Davanti a tutti.»

«Sì.» Milo mi sorride con gli occhi, anche se appena appena. «Esatto.»

Io faccio segno di sì. Capisco…

Lo capisco.

Mentre ci guardiamo, la musica aumenta di volume. Qualcuno sfreccia verso il frigo e mi viene addosso. Io barcollo e Milo mi afferra per un gomito, per non farmi perdere l'equilibrio. «Ehi, sta' attento» dice a chiunque si sia precipitato a prendere altri alcolici. Poi guarda il mio bicchiere. «Cosa c'è dentro?»

Glielo offro. Lui fa un sorso e me lo restituisce. «Ginger ale e...?»

«Solo ginger ale.»

Milo annuisce e poi, come se la conversazione non si fosse mai interrotta, continua a parlare. «Onestamente non so cosa mi spaventa di più, se la possibilità di ottenere il tirocinio o quella di non ottenerlo. Mi sento molto uomo in questo momento.»

Rispondo al suo sorriso amaro con uno incoraggiante. «Sei semplicemente umano.»

«Forse. In ogni caso, non pensavo che mia sorella mi avrebbe criticato per questo. Dovevamo passare una serata carina – magari giocare a Scarabeo o a qualche altro gioco da imbranati – ma poi, all'improvviso, Cat ha cominciato a farmi il terzo grado. Non capisce che ci è mancata, che volevamo stare tutti insieme. Piomba in città e si mette a fare polemiche.»

«È per questo che sei venuto alla festa?»

«Sì.» Si china verso di me e tutt'a un tratto mi rendo conto che mi tiene ancora per il gomito. «E perché pensavo che ci saresti stata tu.»

«Io?» sussurro sorpresa.

«Perché hai coraggio da vendere.»

«Coraggio da vendere?»

«Quando sei andata nel panico, sei entrata in scena comunque.» Sorride. «Probabilmente lo scriveranno sulla tua tomba. "Qui giace Rainie Langdon, aveva coraggio da vendere".»

«Ma non è vero.» Il Carol mi spinge a essere onesta. «Chiedi in giro, chiedi a chiunque. Io dubito sempre di tutto. Non riesco mai a prendere una decisione definitiva.»

«Ma sei qui, no?» Milo mi lascia andare il gomito e allarga le braccia a indicare la festa, il teatro, la città. «Volevi provare una cosa nuova, e l'hai fatto. Sei arrivata marciando, come se il teatro fosse tuo.»

Io resto a fissarlo. Non è possibile – insomma, davvero non è possibile – che mi veda così. Macché marciando! Macché mio! Praticamente sono arrivata strisciando come un verme dietro a un ragazzo che non mi ha mai desiderata.

Ma ovviamente questo Milo non lo sa. Come potrebbe? Non ho fatto altro che raccontargli mezze verità da quando l'ho conosciuto.

Milo mi si avvicina. «Mia sorella ha detto: "Avevi una grande opportunità e non l'hai colta perché hai preferito la scelta più sicura. Olympus è facile e l'altra opzione è rischiosa. È ora di spiegare le ali e volare".» Poi mi tocca la clavicola, in basso, proprio dove la pelle diventa maglietta, e mi fa scivolare il dito lungo il braccio. «E io non riuscivo a smettere di pensare che conosco qualcuno che non fa sempre la scelta più sicura, qualcuno che se vuole qualcosa...»

O qualcuno...

«...la ottiene. Perciò, sì, sono stato uno scemo a non spedire quel modulo di adesione. Ma non me ne pento, perché quest'estate è migliore delle altre.» Il suo sguardo è di nuovo caldo e serio, come la sera dei fuochi d'artificio. «Perché ci sei tu.»

Ma si sbaglia.

Si sbaglia sul mio conto.

Perché sono io a essere sbagliata.

Ma ovviamente non dico niente di tutto questo. Piuttosto, evito di rispondere. Faccio un passo indietro e ritraggo il braccio. «Gretchen vuole che andiamo tutti di sotto a giocare a un gioco.»

«Ah-ah, uno dei giochi di Gretchen. Il che vuol dire bere o baciare. O entrambe le cose.» Milo mi rivolge uno sguardo indecifrabile. «Tu giochi?»

«Certo. Cioè... sì.» Un attimo, cosa mi sta chiedendo esattamente? Sta cercando di capire se mi bacerà?

«Va bene, allora.» Apre il frigo e ne esamina il contenuto, prima di prendere una lattina di birra. «Ti garantisco che mi servirà una di queste. Tu sei a posto con il ginger ale?»

«A posto» gli dico. Ed è vero, più o meno.

Di sotto, è in corso un'eccitante partita di "Non ho mai…", praticamente uno dichiara che non ha mai fatto una cosa e gli altri, se invece l'hanno fatta, bevono. Io e Milo scendiamo le scale fino alla stanza poco illuminata, dove ci accoglie uno scoppio di risate seguito dalla voce di Paul che si difende dicendo: «Solo perché miro a frequentare una delle università più prestigiose del Paese!»

Vado a sedermi accanto a Ella, che sta a gambe incrociate sul tappeto, con la schiena appoggiata al divano. Almeno una dozzina di altri membri del cast di Zeus! sono seduti a terra in posizioni simili. Ella indica Paul, che sta su un'ottomana di fronte a noi, dall'altra parte del tavolino. «Non ha mai saltato un giorno di scuola.»

«Nemmeno uno?» chiedo.

Sentendoci, Paul mi rivolge uno sguardo afflitto. «Università prestigiose!»

Milo raggiunge a passo lento un posto di fronte a me. Si appoggia al muro e incrocia le caviglie. Mi ricordo della prima volta che l'ho visto, alla festa di Wendell. Stasera, sembra una di quelle sagome di cartone di James Dean che si vendono nei negozi kitsch dei centri commerciali. Gli manca solo la giacca di pelle. E i capelli più corti, la carnagione più chiara, e tutto il resto…

«Quando è arrivato?» mi chiede Ella.

«Non lo so.» Ma, cosa più importante, perché vuole saperlo da me? «Dovevo andare in bagno. E quando sono uscita, lui era in cucina.» La mia risposta sembra calmarla. «Che mi sono persa?»

«Vediamo.» Fa un sorso del suo Carol. «Più o meno tutti hanno già fumato almeno una volta. La maggior parte ha provato anche l'erba. Sia Katrina che Jon hanno rubato un rossetto al supermercato. Tuck è l'unico a non essersi mai spogliato a scuola.»

«Niente di sconvolgente, inomma.» In ritardo, mi rendo conto che anche Tuck è arrivato. Sta appollaiato sul bracciolo del divano dietro di me.

Quando i nostri sguardi si incrociano, lui mi fa l'occhiolino e alza il bicchiere in un brindisi muto. Io ricambio il gesto, ma poi non ho il coraggio di tornare a guardare verso Milo.

Per fortuna, sentiamo un rumore provenire dalle scale: è Gretchen che arriva con una brocca e una confezione di birre da sei. «Chi ha sete?» canticchia.

Molte persone alzano la mano, compreso Paul, che tracanna quello che ha nel bicchiere, prima di chiedere un altro giro. Mentre Gretchen gli versa un po' di quello che immagino sia Carol, Ella mi dà un colpetto di gomito. «Mi sa che non andrà a finire bene.»

«Che vuoi dire?»

«È tipo il quarto che beve.»

Io abbasso lo sguardo sul mio drink – sempre e solo

ginger ale – e poi sul Carol di Ella. Sono entrambi ancora pieni. «Io sto bene così» le dico.

«Anch'io.» Facciamo di nuovo cin-cin, ma questa volta non beviamo.

Gretchen posa sul tavolino la brocca vuota e le tre birre che restano, poi agita l'indice contro la folla, prima di puntarlo su Paul. «Tu. Signor Sempre-Presente. Sei il prossimo.» Si arrampica sul posto vuoto alle mie spalle, accoccolandosi sulle gambe. Dato che mi sono girata a guardarla, sfortunatamente assisto al momento in cui lei getta le braccia al collo di Tuck e gli dà un bacio appassionato. Mi volto di nuovo di scatto e vedo che il sorriso di Paul rispecchia il mio. Immagino che sia per ragioni diverse, però. Dietro di me sento uno strano risucchio. A quanto pare è Gretchen che estrae la lingua dalla bocca di Tuck, perché subito dopo la sento parlare con Paul. «Dai, dinne una interessante, sul serio!»

«Okay, ci sono.» Paul si mette dritto. «Non ho mai baciato qualcuno dell'altro sesso.»

Un coro di lamenti attraversa la stanza. Qualcuno gli butta un cuscino addosso. Gretchen urla: «Pessima!» e beviamo tutti.

Paul fa l'indifferente. «Non si arriva subito al sodo» dice in tono pacato. «Esistono i preliminari. Bisogna procedere pian piano.»

Ella mi dà un altro colpetto. «Credi che Paul sappia

come si fa ad arrivare pian piano al sodo?» Io mi stringo nelle spalle e lei alza la mano. «Tocca a me» dice a tutti. «Non ho mai baciato Paul.»

Paul sembra divertito e scioccato, mentre tutti gli altri scoppiano a ridere. Io guardo Ella con gli occhi sgranati e lei fa spallucce. «Sono curiosa, va bene?» sussurra. «È carino.»

Do un'occhiata a Paul. Sta mezzo steso, mezzo seduto sull'ottomana, e sembra un po' ubriaco, ma...

«Sì, in effetti è molto carino» bisbiglio.

Mentre tutti si guardano intorno, capiamo che Paul non ha mai baciato nessuno dei presenti. Lui assume un'aria di finta disperazione, al che Gretchen si alza in piedi e si scosta i capelli dal viso. Poi guarda Tuck e gli dice: «Dovrai perdonarmi per questo».

Mentre Gretchen raggiunge Paul e si china verso di lui, la gente comincia a fischiare e applaudire, ma l'espressione di Tuck è indecifrabile. Lei gli stampa un bacio esagerato sulle labbra, standо attenta a non rovesciare il bicchiere che ha in mano. Dopo diversi secondi, durante i quali mi sforzo di non guardare Tuck, Gretchen si raddrizza e dà un sorso al suo drink.

Mentre la stanza esplode in risate e applausi, Paul guarda Tuck con aria apparentemente preoccupata. «Lo sai che non l'ho istigata io, vero?»

«Lo so» risponde Tuck. Non riesco a capire se è arrabbiato, geloso o se non gliene importa niente. In ogni caso, Gretchen gli si mette subito addosso a cavalcioni, cosa che immagino lo distragga da qualunque sentimento.

«È solo un gioco» gli cinguetta lei all'orecchio, ma abbastanza forte perché tutti possiamo sentire. Distolgo lo sguardo dalla loro improvvisa sessione di pomiciamento e la mia attenzione ricade su Paul, che sta guardando Ella.

«Grazie mille» le dice.

«Figurati» risponde lei.

Non è affatto chiaro se siano sarcastici o meno.

Ella indica Bianca, che sta appoggiata al muro di fronte a noi. «Bianca non ha ancora giocato.»

«Va bene, un attimo.» Bianca ci pensa, rigirandosi una lunga ciocca di capelli rosa tra le dita. «Ooh, ci sono! Non ho mai pomiciato con qualcuno dietro le quinte.» Poi pianta la birra sul tavolino con aria vittoriosa.

Ella mi lancia un'occhiata di traverso, prima di fare un sorso. Paul, Gretchen, Katrina e probabilmente altre sei persone bevono. Tra questi c'è anche Milo, e la cosa mi provoca una stretta allo stomaco, perché so che l'ha fatto con Ella. A questo punto, abbasso lo sguardo sul mio bicchiere di ginger ale. Mentre tutti gli altri fanno la corsa a chi arriva primo a Sbronzoville, io gioco da sola a Chi Piscia Prima Perde. Comincio a pentirmi di aver gettato via il mio Carol.

Joanna del reparto di scenografia alza la mano. «Non ho mai pomiciato con qualcuno sul palco.»

Parte un altro giro di risate e applausi. Questa volta, Milo non beve. Ma Gretchen e un'altra ragazza seduta sul divano sì. Quando mi giro, vedo che Tuck ha l'aria infastidita. Gli do subito le spalle, ma sono abbastanza vicina da sentire la domanda che mormora a Gretchen. «C'è qualcosa che non hai mai fatto?»

«Ma per favore» ribatte lei. «Senti chi parla.»

«E questo che vorrebbe dire?» le chiede Tuck.

Anche se continuo a non guardarli, sento che Gretchen si sistema sul divano. «Ragazzi» grida. «Ne ho una io.»

Non so perché, ma mi faccio piccola piccola.

La voce di Gretchen risuona alle mie spalle. «Non ho mai baciato Tuck Brady.»

Dopo uno scoppio di risatine, vedo un sacco di bicchieri che si muovono. Tutte le ragazze della stanza – eccetto me, ma inclusa Ella – bevono un sorso del loro drink. E così anche Jon e un ragazzo molto carino di nome Roy, uno dei pirotecnici. Ella non dice una parola, ma io la sento accanto a me. Abbassa il bicchiere, mentre io sono completamente paralizzata.

Allora lo faccio.

Mi porto il bicchiere alle labbra e bevo un sorso. È un gesto rapido, ma non abbastanza perché Milo non lo noti.

Sembra sconvolto.

E turbato.

E – forse – arrabbiato.

Perché anche se ho detto mezze verità per tutta l'estate, a quanto pare a questo gioco dico la verità. Potrei scegliere di ignorare le regole, ma non lo faccio.

Con "Non ho mai..." non si scherza.

Fantastico.

CAPITOLO 19

Quando arrivo al lavoro il giorno dopo, faccio le solite cose: parcheggio, vado dietro le quinte, compro qualcosa da mangiare. Milo mi evita ovunque. Ieri sera se n'è andato a metà del gioco. Non so nemmeno quando è successo. Un minuto prima chiedevo a Ella se secondo lei Gretchen si era accorta che tutte e due avevamo baciato il suo ragazzo (cosa che Ella ha fatto l'anno scorso a una festa del club di teatro), e quello dopo abbiamo alzato lo sguardo e Milo era sparito. So che la sua fuga ha avuto a che fare con il fatto che ho baciato Tuck – non sono mica scema – ma non riesco a capire perché. Tutte le ragazze nella stanza l'hanno fatto. Se pure Milo fosse innamorato perso di me (cosa che non è, ci scommetto), perché gliene dovrebbe fregare se ho baciato Tuck? In teatro è così, diciamolo chiaramente. Tutti qui si sono sbaciucchiati tra loro. L'ha detto anche Milo, è così che funziona. Se prova qualcosa per me, non può mica prendersela per il mio passato. Non può arrabbiarsi per cose che sono successe prima di lui. Non è giusto.

Dopotutto, lui ha avuto un flirt con Ella e io non gliela sto mica facendo pagare. E se è vero che prova dei sentimenti per me, non può infastidirsi, perché non ha fatto niente per dimostrarmelo.

E non dovrebbe farlo.

Non dovrebbe farlo mai e poi mai.

Finalmente lo incontro sulla pedana. E quando dico "incontro", voglio dire "incrocio". Lui sta dietro le quinte a destra – che è il punto più distante dai camerini delle ragazze, ovviamente – e io mi avvicino. «Ciao.» Lo dico di proposito in tono pungente.

«Ciao.» Lui mi guarda un attimo e poi distoglie lo sguardo.

«Perché te ne sei andato così in fretta, ieri sera?»

«Non è vero. Ho camminato a passo normale» risponde. Sorriderei, se non fosse che sta cercando di essere sarcastico e non simpatico. «Mia sorella se n'è andata stamattina. Non volevo dormire fino a tardi e rischiare di non salutarla.»

«Meglio andare a casa e fare un bel sonno ristoratore?»

«Qualcosa di simile.» Incrocia le braccia sul petto e mi rivolge uno sguardo serissimo. «Non lo capisci proprio, eh?»

«No» gli dico. «Non lo capisco.» Perché se è geloso di Tuck – se mi vuole – non sarò certo io a dirlo per prima. Sta a lui.

«Mi hai dato del traditore.»

Un attimo, che cosa?

«Tutta quella tirata sul fatto che tradire è sbagliato.» Milo sembra arrabbiato. «Mentre te ne andavi in giro a pomiciare con Tuck.»

«Io non ho "pomiciato" con Tuck. C'è stato soltanto un bacio, va bene? Un bacio solo.» Incrocio le braccia, imitando la sua posa. «E comunque perché ti interessa tanto?»

Sì, perché? Dimmelo.

Ti prego.

Ma lui niente.

«Una pomiciata, un bacio, quello che è.» Milo mi si avvicina e abbassa la voce. «L'avete fatto mentre lui stava con Gretchen.»

«Milo, non è stato niente...»

«Sei stata perfida.» Mi fulmina con lo sguardo. «Mi hai detto che ho sbagliato a tradire Ella, quando in realtà non stavamo neanche insieme, e nel frattempo facevi l'amante di Tuck!»

L'accusa mi lascia senza fiato. Incredibile che sia tanto arrabbiato con me. Con le guance in fiamme e il cuore che mi batte forte, osservo i tratti infuriati del suo viso.

«Quello che faccio non sono affari tuoi» ribatto. Milo non può pretendere niente. Non sono sua. «Non darmi dell'oca!»

«Ah!» La sua risata è forte e sprezzante. Rimbomba contro il muro che separa il sentiero dal teatro. «Puoi baciare chi vuoi. Puoi pomiciare con chi vuoi. Non ti sto dando dell'oca, ti sto dando della bugiarda. Ti sto dando dell'ipocrita. E sai una cosa? Te lo meriti.»

«Aspetta.» Qualcosa non mi torna, dev'esserci dell'altro. «Io e Tuck frequentiamo la stessa scuola. Magari l'ho baciato in prima superiore. Magari l'ho baciato all'asilo. Perché dai per scontato che io non l'abbia mai fatto prima di quest'estate?» Non che si sbagli, ma voglio sapere come fa a esserne tanto sicuro. Come fa a saperlo. Perché se Milo sa della mia storia con (o senza) Tuck, vuol dire che deve averlo saputo da qualcuno. Deve averlo saputo da...

«Me l'ha detto Tuck.» Milo sembra quasi vittorioso. «Alla festa di Wendell.»

Mi porto le mani ai fianchi. «E perché mai Tuck ti avrebbe detto qualcosa sul mio conto?»

«Perché gliel'ho chiesto io, va bene?» Milo ha lo sguardo infuriato. «Eri carina e non ti conoscevo, così gli ho chiesto se eri un tipo interessante.»

Io resto a fissarlo. Finalmente arriviamo al punto. Finalmente ammette di provare qualcosa per me. Finalmente...

«Ma a quanto pare non lo sei.» Ha l'aria severa e il peso della sua disapprovazione mi schiaccia come un macigno. «Sei solo l'ennesima ragazza che insegue il protagonista dello spettacolo e dispensa giudizi morali su chiunque, eccetto che su se stessa. Sei proprio un bell'elemento, Rainie.»

«Sei geloso.» Non che sia granché come replica, ma è l'unica cosa che riesco a pensare nella confusione dolorosa in cui si trova la mia mente adesso. E poi sono sicura che è vero.

«Sì, forse lo sono stato per un secondo.» Milo mi osserva cercando di soppesarmi. Mi sta squadrando. «Ma non ce n'è motivo.» Fa l'indifferente. «Cat aveva ragione. Non sarei dovuto tornare quest'anno.»

Parla con voce aspra e, questa volta, prima che distolga lo sguardo, vedo dolore nei suoi occhi, a malapena visibile dietro la rabbia. Mi ricorda l'espressione che fa nell'ultima scena dello spettacolo, quando estrae la spada dalla ferita e stramazza al suolo, nella polvere. Vorrei tanto poterlo stringere tra le braccia, sentire il calore della sua pelle e la forma del suo corpo. L'ho ferito, e ora assistere al suo dolore ferisce anche me.

Prima ancora di rendermene conto, lo tocco. Lui abbassa lo sguardo sulle mie dita strette intorno al suo polso, e poi mi guarda negli occhi. Io mi avvicino. «Milo, ti prego. Ascolta.»

Ma lui non vuole proprio saperne e si ritrae. «Credo di essere stanco di ascoltare.»

E se ne va via.

* * *

Oggi il teatro è mezzo vuoto, e fortunatamente non c'è quasi nessuno ad accorgersi che nella terza scena del primo atto, un certo corvo e un certo coniglio non si parlano, quando si incontrano in mezzo alla foresta greca.

CAPITOLO 20

Marin e Sarah arrivano tre giorni dopo, e insieme ci esibiamo in un tripudio di urla, abbracci e risatine nel parcheggio del condominio. Quando abbiamo finito, Marin indica i cassonetti con i graffiti. «Ti prego, dimmi che quelli sono i simboli di una gang.»

Io seguo il suo dito. «Sì. Anche se non ho mai visto attività illegali...»

Ma Marin e Sarah si stanno già piegando in due dalle risate. Alla fine, Sarah si ricompone e mi spiega. «Quelli sono i simboli di qualche confraternita, scemotta.»

«Mai sentito parlare dell'alfabeto greco?» chiede Marin.

Ehm... be', buono a sapersi.

«Io ho fatto spagnolo» faccio notare. Ancora una volta, ho davanti agli occhi dei simboli che gli altri riescono a leggere chiaramente, ma che io non so decifrare.

Sarah indica l'appartamento. «È fantastico. Vivi da sola, come una persona adulta.»

«Già.» Marin sorride. «Che fortuna!»

Io guardo il condominio – le candele e le campane a vento, il lenzuolo multicolore – e mi sforzo di sorridere. Se non avessi un peso sul cuore per via di Milo, probabilmente sarei entusiasta anche io!

Lo zio di Ella, Rob, è stato molto gentile e ha riservato due biglietti per le mie amiche, ma sfortunatamente in teatro non si possono prenotare posti. Quindi, Sarah e Marin sono volute arrivare presto. Manca poco all'inizio dello spettacolo, e io sto sulla pedana dietro le quinte, a sbirciare dalla fessura tra due assi di legno. Individuo le mie amiche in terza fila: stanno mangiando hot dog e patatine. Per tutto il giorno mi sono chiesta quali saranno le loro reazioni. Decine di persone hanno investito tempo ed energie in questo spettacolo, ci hanno messo il cuore. Spero che Marin e Sarah non saranno troppo severe.

Per gran parte del primo atto riesco a prestare attenzione alla terza fila. Durante la scena nei boschi, mentre le tre dee bisticciano per il pomo d'oro, mi avvicino al pubblico più del solito. Faccio qualche saltello in più e agito un po' la carota, suscitando qualche gridolino divertito da parte di Marin e Sarah. Con la coda dell'occhio, vedo Milo che sbatte le ali al centro del palco.

Alla fine dell'intermezzo, la terza fila è diventata invisibile, perché il sole è calato. Il fuoco delle torce e i riflettori illuminano la terra immaginaria che sto calpestando, cosa che mi dà sempre l'impressione di trovarmi nell'antica Grecia. Quando Milo e Tuck non sono altro che cadaveri, ormai, e noi altri ci esibiamo nella marcia funebre, mi sento rapita dal dramma. Dopo, tornando sul palco con il resto del cast per salutare il pubblico, scorgo le facce delle mie amiche e rivolgo loro un gran sorriso, prima di inchinarmi insieme a tutti gli altri.

Anche se stasera non devo partecipare all'incontro con il pubblico dopo lo spettacolo, salgo sul palco, ancora in costume. Marin e Sarah mi corrono incontro e mi abbracciano.

«Non ci avevi detto che ti saresti travestita da coniglio» dice Sarah.

«Già, e non sapevamo che ballassi!» Marin mi fa il solletico. «A proposito, che cosa indossi sotto la toga?»

«Mutandine greche» rispondo.

«Ma qui c'è tutta Dobbs!» È la voce di Tuck che tuona alle mie spalle, ed eccolo che arriva a dispensare abbracci a Marin e Sarah. «Siete venute fin qui per vedere me, giusto?»

Sta scherzando… credo.

«Ma certo» gli assicura Marin.

«Non lo sapevamo nemmeno che ci fosse anche Rainie» risponde Sarah.

«Stasera da McKay» mi dice Tuck. Io non rispondo, perché sono distratta dalla vista di Milo. Sta andando dietro le quinte e nel frattempo si sta togliendo l'armatura. I muscoli scolpiti e sodi sono chiaramente visibili sotto la casacca di lino sottile, che ora è impregnata di sudore e gli si incolla alla schiena.

«Rain?» Mi volto di scatto verso Tuck, che mi sta fissando.

«Giusto, da McKay.» Guardo Marin e Sarah. «Certo, se per loro va bene.»

«Devi portarcele. Fa parte dell'autentica esperienza di Olympus.»

Mi ricordo vagamente che anche il discorso sull'autenticità mi ha convinta a mettermi in questo casino, ma scaccio via il ricordo della festa di Wendell, insieme all'immagine di Milo che si allontana.

* * *

«Ho un sacco di domande da farti» dice Sarah, mentre io, lei, Marin ed Ella entriamo nella bolgia ormai familiare di McKay.

«Sì, insomma, dovremmo davvero credere che la bella pollastrella si è innamorata di un cigno?» Marin è chiaramente divertita dalla trama dello spettacolo. «E che ci abbia fatto sesso?»

«Ha fatto sesso con il re degli dei dell'Olimpo» le faccio notare. «Solo che in quel momento lui aveva assunto le sembianze di un cigno.»

«Ma dai! Com'è possibile?» Marin non riesce a capire. «Chi dei due stava sopra?»

«Io ho sempre pensato che ci stesse lui» dice Ella.

«E tutte quelle piume?» domanda Sarah. «Come ha fatto a trovargli il...»

«Che schifo!» Le do una gomitata prima che possa concludere la frase. «Non dimentichiamo che conosco il tizio che interpreta Zeus.»

«Già, e ha più o meno un milione di anni» interviene Ella. «Preferiamo non pensare a dove trovare il suo coso.»

«Magari ha un becco di un certo talento» dice Sarah, e noi altre ci lamentiamo schifate.

Io ed Ella le guidiamo all'interno del ristorante – dove conosciamo gran parte delle persone sedute ai tavoli – fino al nostro posto preferito. Quando mi siedo, Ella scivola immediatamente accanto a me. Marin e Sarah si siedono di fronte a noi e afferrano subito i menù. «Cosa si mangia di buono qui?» chiede Sarah.

«La specialità di McKay» dice Ella, prima che io possa rispondere, il che mi infastidisce. Dopotutto, sto cercando di passare un po' di tempo con le mie due migliori amiche. Ella è qui solo perché la riaccompagno sempre a casa dopo lo spettacolo e mi sembrava scortese non invitarla. «Ce ne vorranno almeno due.»

Sarah mette da parte il menù. «Va bene, fatemi capire una cosa. Dato che la pollastrella va a letto con il cigno, i loro figli nascono dalle uova.»

«Ti prego, smettila di chiamarla pollastrella» dice Ella. «È una metafora che confonde parecchio.»

«Non capisco perché quei due nascano già adulti, quando le uova si schiudono» si chiede Marin.

«Tecnicamente, sono dei semidei» rispondo io, ma a giudicare dall'espressione di Marin e Sarah, non basta come spiegazione.

«Va bene, allora rispondi a quest'altra domanda: come mai i Troiani non ci pensano due volte a portare il cavallo all'interno delle mura della città?» prosegue Sarah. «Non hanno mai sentito parlare del cavallo di Troia?» Poi si interrompe e io e Marin scoppiamo a ridere. «Non importa. Domanda stupida.»

Quando il cameriere ci porta le due specialità di McKay con quattro forchette, Marin tira in ballo l'argomento più ovvio. «Allora, possiamo chiederti di Tuck?»

«Sì, dov'è?» dice Sarah. «Pensavo che l'avremmo trovato qui.»

In effetti, mentre andavamo alla macchina, ho visto

Tuck nel parcheggio del teatro, ma me ne sono completamente dimenticata. Ora, ripensandoci, mi rendo conto che stava discutendo animatamente con Gretchen. «Non lo so» dico alle mie amiche. «Forse ha cambiato idea.»

«Con Tuck va bene.» Ella si sporge sul tavolo verso le mie amiche. «Non siamo ancora al punto in cui lui le chiede di andare al ballo insieme, ma di sicuro stanno cominciando a conoscersi meglio.»

«È fico con la toga» dice Marin. «E lo sai che in genere non mi piacciono i ragazzi in toga.»

Lancio un'occhiata a Ella prima di rispondere io stessa alle mie amiche. «Niente di che. È ancora fidanzato, quindi… pazienza. Chi vivrà vedrà.»

Ma la cosa è strana. Tuck è il motivo per cui ho messo in pausa la mia vita e sono venuta qui per l'estate, e ora non ci penso neanche più a lui. Piuttosto, penso all'ex ragazzo traditore di Ella, arrabbiato e ferito. Ed è di questo che vorrei parlare con Marin e Sarah, se Ella non fosse qui.

Uffa!

Tuck non si fa vedere da McKay (e nemmeno Milo), perciò alla fine torniamo all'appartamento. Quando entriamo in soggiorno, di Annette non c'è traccia, come al solito. Marin si inginocchia accanto al suo zaino, che sta ancora a terra dove lei e Sarah l'hanno buttato quando sono arrivate stamattina. «Ti ricordi Zeva del corso d'arte? Fa la cameriera in quel ristorante italiano in centro.» Marin tira fuori una bottiglia di vino rosso. «Glielo vende il barista.»

Sarah mi dà di gomito. «Sì, e Marin ha una cotta per Zeva.»

«Ma piantala» fa Marin. «Non è vero. Comunque, questo dovrebbe essere buono. È un Chianti. Lo bevono in Italia.»

Mi ci vuole un minuto per trovare un apribottiglie in uno dei cassetti della cucina, e quando torno in soggiorno con tre bicchieri, Ella sta seduta a terra a gambe incrociate. «Ops.» Poso i bicchieri sul tavolino e le chiedo: «Ne vuoi uno anche tu?»

Ella guarda prima me, poi Sarah e Marin sedute sul divano, e poi di nuovo me. «In realtà, no. Sono stanca.»

«Va bene.» Spero che dal mio tono non si capisca che sono sollevata. Vorrei stare un po' da sola con le mie amiche, non mi sembra di chiedere troppo. «Vengo a prendere il piumone e il cuscino, così dopo non ti sveglio.»

Ella sembra sorpresa. «Dormi qua fuori?»

«Sì.» Colgo il suo sguardo di sorpresa, ma non so che farci. Non vedo le mie migliori amiche da sei settimane. Perché non dovrei voler dormire con loro?

Più tardi, quando Ella ci lascia sole, e ormai ci siamo lavate i denti, dopo essere riuscite a buttare giù mezzo bicchiere di vino a testa tra una smorfia e l'altra (il Chianti era molto forte), me ne sto stesa a terra sul mio piumone, accanto a Sarah. Marin sta già dormendo sul divano.

«Allora.» Sarah si alza su un gomito. «Tu e Tuck. Niente?»

«Non proprio niente» le dico. «Ma nemmeno qualcosa. Credo che ora siamo amici, ma lui sta con quest'altra ragazza che sa annodare il gambo di una ciliegia con la lingua.»

«La cosa della ciliegia si impara. Non è difficile.» Nella penombra riesco a vedere il sorriso di Sarah. «Potrei insegnartelo.»

«Gesù, lo sanno fare tutti tranne me?!»

«È una tecnica di sopravvivenza. Come saper nuotare.»

Mi tolgo il cuscino da sotto la testa e comincio a picchiarla. Sarah grida e io le dico subito di fare silenzio. «C'è gente che dorme.» Dopo una pausa, decido di dirle la verità. «Forse tra me e Tuck potrà esserci qualcosa. Magari più in là. Dopo l'estate.»

«Eh?» Sarah sembra sorpresa. «L'ha detto lui?»

«Più o meno. Cioè, abbiamo ammesso che tra noi c'è un interesse reciproco.» Mentre racconto, mi accorgo di quanto sia assurda questa cosa. «Ma c'è un altro ragazzo e… non so che fare.»

«Quale altro ragazzo?»

«Non importa. È l'ex di Ella e...»

«E allora?»

«E allora non si esce con gli ex delle amiche.»

Sarah resta un attimo in silenzio e poi mi dà una spintarella. «Tu ed Ella siete amiche adesso?»

«Sì?» Sembra una domanda. Ci riprovo. «Sì, credo di sì. Comunque, questo ragazzo è amico pure di Tuck, e credo che a Tuck sembrerebbe strano se uscissi con lui, perciò...»

«Forse è una cosa positiva.» Sarah mi dà un'altra spintarella. «Fa' vedere a Tuck che cosa si sta perdendo. Lo sai come sono i ragazzi, quando entrano in competizione.»

È più facile trovare lavoro, quando hai già un lavoro.

È più facile farsi una vita, quando hai già una vita.

Ma è più facile trovare un ragazzo, quando hai già un ragazzo?

«Forse» le dico. «Ma comunque non voglio rovinare il rapporto con Ella.»

Sarah sbuffa. «Ella è strana.»

Due mesi fa sarei stata d'accordo con lei. Ma stasera no. Aspetto un secondo prima di rotolare su un fianco e accoccolarmi sul cuscino. «Buonanotte» dico a Sarah.

CAPITOLO 21

La nostalgia di Marin e Sarah mi passa dopo circa una settimana che loro due sono andate via. Forse perché martedì sarà il mio compleanno e non l'ho mai trascorso lontano da casa. O forse è per quello che mi hanno detto le mie amiche prima di tornare. Eravamo tutte nel parcheggio e avevamo appena finito di scambiarci baci e abbracci. Sarah mi ha stretto forte il braccio e mi ha detto: «Sembri diversa».

Marin l'ha sentita e mi ha sorriso. «Sembri felice.»

Ripensandoci, non so chi delle due avesse ragione. Mi manca Milo. Mi manca fare la stupida con lui sul palco durante lo spettacolo. Questa settimana, tutte le volte che ci siamo incrociati durante la scena della foresta greca, eravamo entrambi in imbarazzo e ci siamo scambiati a malapena qualche parola. Siamo… formali. Non so come far tornare le cose com'erano prima, quando era tutto facile, bello e divertente. Forse perché non so nemmeno come ci eravamo arrivati.

Nel frattempo, Tuck cerca in tutti i modi di parlare con me. Questa settimana, l'ho trovato spesso davanti ai camerini delle ragazze, prima dello spettacolo. Una volta ci siamo divisi un toast al formaggio. Non ha fatto niente di romantico – o almeno non mi è sembrato – e lui e Gretchen stanno ancora insieme, però lo vedo più spesso del solito.

Sabato, quando arriviamo al teatro, sta piovigginando. Dietro le quinte, trovo tutti gli altri sulla pedana di legno, a chiedersi se andremo in scena o no. Qualcuno sta appollaiato sulla ringhiera che ci separa dal bosco. Quelli abbastanza fortunati da essere arrivati prima si sono accaparrati le panchine. Tutti gli altri stanno in piedi o seduti a terra. Tuck – naturalmente – sta seduto accanto a Gretchen su una panchina, il che fa evaporare tutti i dubbi che avevo su loro due.

Mi metto in ginocchio sulle assi di legno e solo dopo mi accorgo di essermi seduta vicino a Milo. Lui mi fa un cenno, ma non dice una parola.

«Ciao.» Mi sforzo di trovare qualcosa per fare conversazione, e alla fine scelgo di andare sul sicuro, prendendo spunto dai discorsi degli altri. «Credi che andremo in scena stasera?»

«Non saprei. C'è già qualche spettatore seduto sugli spalti.»

«Ridicoli.»

«Di solito il teatro non annulla lo spettacolo, a meno che non piova tanto.» Proprio in quel momento, il tamburellio della pioggia che cade sulla tettoia di lamiera diventa più forte, dando il via a un coro di grida intorno a noi. Milo mi rivolge un sorrisetto ironico, che mi provoca un tuffo al cuore, e io ricambio con un sorriso incerto. Poi mi guarda negli occhi per un secondo, prima di darmi un buffetto sul ginocchio. «La buona notizia è che ci pagano comunque.»

Quello sguardo, quel buffetto, quel sorriso… mi fanno venire voglia di sistemare le cose tra noi. Rivoglio quello che avevamo, qualunque cosa fosse.

Gli do una spintarella con il gomito. «Mi dispiace. Avevi ragione a essere arrabbiato.» Milo non risponde, ma abbassa la testa per ascoltare meglio. «Ma tanto per dirtelo, la storia con Tuck… davvero è successo una volta sola. È stato…» Mi interrompo, cercando le parole più adatte. «Un piccolo atto di cattiveria.»

Milo ci riflette un attimo, poi mi sorride appena appena. «Forse l'autore ti ha descritta bene.»

«Eh?»

«Forse le migliori eroine compiono almeno un piccolo atto di cattiveria.»

«A essere onesti» gli dico «io ne ho compiuti parecchi. Ma solo uno di questi riguarda Tuck.»

«Va bene.» Milo mi osserva a lungo e fa un sospiro, come se si stesse preparando a dire qualcosa. Ma prima che io possa scoprire di che si stratta, veniamo interrotti da qualcuno che si mette a cantare la sigla di *Dora l'esploratrice* con una vocina acuta e dolcissima. Mi rendo conto che è Gretchen. Dopo qualche secondo, altri attaccano a cantare, ma anche se volessi, io non potrei unirmi al coro, perché non mi ricordo le parole. Di fronte, vedo Ella che si muove su uno spicchio di panca accanto a Paul. Sta cantando anche lei.

Quando la canzone finisce tra le risatine, torno a guardare Milo. Lui se ne accorge e si porta le mani alla bocca, come a formare una specie di megafono, e grida: «Chi vive in un ananas sott'acqua?»

La risposta è immediata ed esuberante, e ora praticamente tutti si mettono a cantare la sigla di *SpongeBob*. Quando finisce, qualcun altro parte con quella di *Scooby-Doo*, subito seguita da quella della pubblicità di un mangime per gatti. Io batto le mani a tempo, e quando cominciano a cantare la sigla della pubblicità del prosciutto, canto anch'io. In effetti, ognuno fa qualcosa: c'è chi canta, chi accompagna con qualche verso, chi batte le mani, chi tamburella sulla pedana. Non ci importa nemmeno che quei pochi spettatori seduti in teatro sentano cosa sta succedendo dietro le quinte. È assurdo e ridicolo, ma è anche un momento divertente, di gioia. In effetti, è da un po' che non mi divertivo così. Più o meno da quando...

Da quando ho scoperto del codice dei vagabondi.

Mi volto a guardare Milo, ma lui non sta cantando più. Anzi, a mano a mano tutti smettono di cantare e cominciano a zittirsi gli uni con gli altri. Cala il silenzio e tutti ci giriamo a guardare nella stessa direzione.

Sulla pedana, Nikki avanza a grandi falcate. Ha l'aria serissima.

«Ops» dice Milo, alzandosi in piedi. Mi porge la mano, io la afferro e mi alzo prima ancora di capire cosa sta succedendo. «Ci avranno sentiti dalle gradinate» mi dice. «Un bel problema.»

Lo sguardo di Nikki vaga su di noi, finché non cessa anche l'ultimo mormorio. «Annuncio per tutti: ritardiamo lo spettacolo di venti minuti, per vedere se smette di piovere.» Restiamo tutti immobili. Chissà quanto è arrabbiata! Dopo tutto, se abbiamo davvero fatto tanto chiasso, il teatro può decurtarci la paga. Ma poi lei ci sorride appena appena. «Continuate pure.»

Io, Milo e tutti gli altri scoppiamo a ridere. Mentre Nikki si allontana a passo svelto, qualcuno si mette a cantare la canzone della serie Tv *Le amiche di mamma*, e tutti ci uniamo al coro, a gran voce. Ce ne stiamo su questa pedana di legno umida, con la pioggia che ci cade addosso, a cantare per puro divertimento. Per una volta, non mi censuro. Voglio godermi il momento. Fingere di farne parte e non di essere una cosa a parte. Perché ora come ora è questo che voglio: essere una di loro.

Quando Nikki ritorna venti minuti dopo, sappiamo già cosa vuole dirci, perché stiamo praticamente urlando le canzoni al di sopra del rumore della pioggia che batte sulla tettoia. «È ufficiale: lo spettacolo è annullato per via della pioggia.» Nikki aspetta che esultanze e applausi finiscano. «Ci vediamo domani alla solita ora. Avete la serata libera.»

Mi alzo in piedi e sto per tornare nei camerini, quando all'improvviso mi ritrovo davanti Paul ed Ella che sorridono contenti. «Sul palco» dice Paul. «Subito.»

«Cosa? Ma lo spettacolo è stato annullato.»

«Lo spettacolo» ribatte lui. «Ma noi no.»

Mi volto a guardare Ella. Lei sorride e mi afferra la mano. «Coraggio.» Mi lascio trascinare verso il palco di corsa, mentre intorno a noi tutti fanno la stessa cosa. Mi arrischio a gettarmi un'occhiata alle spalle e vedo che Milo ci segue.

Sul palco i riflettori sono accesi, quindi anche se la pioggia viene giù a secchiate, è tutto illuminato. Il palcoscenico è un mare di fango, e qui e lì ci sono diverse pozzanghere, come scopro infilando intelligentemente il piede in un fosso bello grande. L'acqua mi entra nella scarpa e mi schizza fino al polpaccio. Per fortuna indosso le All Stars più malandate, quelle rosse, che probabilmente dovrò comunque buttare entro la fine dell'estate.

Nel giro di pochi secondi divento zuppa come una spugna. La pioggia calda mi incolla addosso il top e i pantaloncini, e i capelli mi si appiccicano al viso e al collo. Lascio andare la mano di Ella per sfilarmi l'elastico che porto sempre al polso e legarmi i capelli in una crocchia bagnata e scompigliata. Quando ho fatto, Ella è sparita. La cerco sotto la pioggia. Sono tutti qui che schizzano, saltano e corrono, quindi mi ci vuole un attimo per individuarla. La vedo vicino alle rocce insieme a Paul. Lui l'ha presa per la vita e le sta facendo fare una giravolta. Sorrido e faccio per raggiungerli, quando Gretchen mi intercetta. «Catena umana!» urla, prendendomi per mano. Con l'altra tiene quella di Tuck, e lui quella di Mandy. Gretchen guarda qualcuno alle mie spalle. «Catena umana!» grida.

Ovviamente sta parlando con Milo, e ovviamente – dopo pochi secondi – la mano di Milo è stretta intorno alla mia.

Un attimo dopo, siamo tutti in fila sotto la pioggia, con metà del cast da un lato del palco e l'altra metà dall'altro lato. Dopo esserci consultati per qualche secondo, Gretchen si mette a urlare: «Catena umana, catena umana...» e noi ci uniamo alla cantilena: «ELLA, LA SQUADRA TI CHIAMA!»

Nonostante la pioggia, vedo lo sguardo comico che

Ella ci rivolge prima di lasciare la mano a Paul e Bianca, e di fiondarsi verso di noi, correndo nel fango. Un attimo prima che possa raggiungere la nostra fila, scivola. Poi recupera l'equilibrio, ma ormai ha perso lo slancio e non riuscirà a passare nel punto che aveva scelto, proprio tra Gretchen e Tuck. Dopo qualche risata e qualche urlo, i due si lasciano la mano e fanno spazio a Ella.

Dall'altra parte del palco, la fila avversaria si consulta prima di mettersi a cantilenare: «Catena umana, catena umana...» Sento che Milo stringe forte la mia mano, ma non trovo il coraggio di guardarlo. Però ricambio la stretta, proprio mentre l'altra squadra grida: «MILO, LA SQUADRA TI CHIAMA!»

E allora lui scatta verso l'altro lato del palco, tra la pioggia e il fango, e mi lascia qui impalata a pensare a com'era bello stringere le sue dita umide e scivolose.

CAPITOLO 22

Nel nostro giorno di riposo non vedo Milo, ma vedo Ella. Soprattutto perché non mi lascia un minuto da sola. Vorrei tanto passare del tempo per conto mio, ma a quanto pare lei non lo capisce. Cerco di rannicchiarmi sul divano, sotto a una coperta, per guardare una serie Tv al computer, ma lei continua a trafficare per la stanza. A volte mette la musica dal cellulare, a volte canta a cappella (certo, perché quello non è fastidioso). Quando non fa nessuna delle due cose, sistema i piatti in cucina. O forse sono xilofoni e campanelle a vento, perché è tutto un susseguirsi di crash e bang. Provo a mettermi gli auricolari, ma non serve. Cerco di spostarmi in camera da letto, ma nemmeno questo serve, perché subito dopo arriva lei e si mette a piegare la biancheria, a rifarsi il letto e rimettere in ordine la stanza. Mi chiede se mi va di pranzare al ristorante di Annette, ma io declino il più gentilmente possibile, e lei si irrita comunque. Mi chiede se mi va di andare in biblioteca... e al supermercato... e a fare un giro... e io dico di no a tutto quanto.

Ho solo bisogno di un po' di tempo per me stessa, accidenti! Perché è così difficile da capire?

Quando arriva martedì sera – ovvero la sera del mio compleanno – non vedo l'ora di andare al lavoro. Giuro solennemente che lunedì prossimo starò tutta la giornata fuori, anche se vorrà dire mettermi a guardare film sul computer in biblioteca. E anche se Ella si mette a fare l'acida quando di lunedì me ne sto per i fatti miei.

Mentre raggiungiamo il teatro in macchina come al solito, restiamo tutte e due in silenzio, e poi ci separiamo non appena arriviamo dietro le quinte. Io vado a mettermi il costume di scena e lei...

In realtà, non ho la più pallida idea di dove vada.

Un minuto dopo, però, me la ritrovo davanti nei camerini. «Ti conviene dare un'occhiata là fuori» mi dice.

«Là fuori dove? Sul palco?»

«Macché!» fa tutta spazientita. «Sulla pedana.»

«Perché?»

«Cavoli tuoi» sbotta. «Io te l'ho detto, va bene? Ho fatto il mio dovere di amica.»

Sì, infatti, sono cavoli miei.

Comunque, mollo la toga sulla panca gialla e mi rimetto le infradito ai piedi, così posso andare a vedere che succede sulla pedana. All'inizio non noto niente di strano – il solito via vai di cast e troupe che si preparano per lo spettacolo. Poi, però, faccio qualche passo e la vedo: la bacheca di sughero appesa al muro. Con un grosso cartellone attaccato sopra. C'è scritto il mio nome in viola, decorato con mille stelline di carta di alluminio. Sotto, il cartellone è pieno di dediche e firme.

Rimango immobile a guardarlo con un sorriso enorme stampato in faccia. Mentre la gente mi passa accanto, spingendomi a destra e a manca nella corsa verso i camerini o gli armadietti dei pirotecnici o il banco cucina, io resto impalata a sorridere come un'ebete. Mi saltano all'occhio vari nomi: Paul... Bianca... Katrina. La dedica di Gretchen è – letteralmente – gigantesca, e sta proprio al centro del cartellone: "Tanti auguri, bellissima!"

Anche quella di Milo è facile da individuare. Dice: "Buon compleanno" sopra al disegnino di una donna. Sotto c'è la parola "da" e poi qualcosa che potrebbe sembrare una lapide o un cappello – impossibile a dirsi. Tiro fuori il cellulare e, dopo una breve ricerca su internet, scopro che è il simbolo dei vagabondi per "gentiluomo".

Sia il disegno che la dedica mi strappano un sorriso. È un minuscolo gesto di amicizia in codice. Perché di questo si tratta. Questo dev'essere.

La firma di Ella è piccola e sta in basso, ma almeno c'è. Vicino ci sono disegnate due figure che, a giudicare dai capelli lunghi e ricci di una e dalla frangetta dell'altra, direi che siamo io e lei. Le due figure tengono in mano dei cucchiai vicino a un croissant enorme – la specialità di McKay, ne sono certa – e stanno sorridendo. Sembrano molto più felici di quanto siamo state noi negli ultimi giorni. Un'ondata di gratitudine mi travolge. Non so se è Ella che ha avuto l'idea del cartellone, ma non importa. Mi ha fatto venire qui, dove qualcuno l'ha affisso, e questo è fantastico.

Solo più tardi, nei camerini – dopo aver trovato Ella e averla abbracciata, e dopo il suo sguardo di sorpresa e il suo «prego» imbarazzato – mi rendo conto che non so se Tuck ha firmato o no il cartellone di compleanno. Non ci ho nemmeno fatto caso.

* * *

Durante lo spettacolo, decido di lasciare io stessa un messaggio. Dopo la marcia funebre, corro a cambiarmi e mi fiondo fuori dai camerini. Faccio il corridoio di corsa e mi fermo davanti agli spogliatoi dei ragazzi, in attesa che esca Milo. Il cuore mi batte forte, il che è stupido. Non sta succedendo niente di che. Non sta succedendo niente, non vuol dire niente…

Eppure…

Quando Milo esce dalla porta a spinta, con la maglietta nera e i bermuda arrotolati, il cuore mi batte ancora più forte. E le cose peggiorano quando lui mi vede e gli si illumina lo sguardo. «Ciao, grazie per essere venuta così in fretta.»

«Sì... figurati.» Mi sento un attimo confusa. «Aspetta, come?»

«Non hai ricevuto il mio messaggio?»

«No.» Cerco il telefono ed eccolo lì, un messaggio da parte di Milo.

Devo chiederti una cosa.

Lo metto via e mi accorgo che lui ha l'aria divertita. «Allora come mai sei venuta?»

Accidenti.

Ma già che ci sono, speriamo bene...

«Ho parlato con un tizio, qualche giorno fa. In centro. Un signore anziano. Molto anziano.» Me la sto cavando. Sto farfugliando esattamente quello che pensavo di dirgli. «Mi ha raccontato di una stazione ferroviaria abbandonata, proprio al confine con il Tennessee. Ha detto che è impossibile trovarla con il GPS, ma mi ha dato delle indicazioni scritte.»

Milo sembra riflettere. «Chissà se fa parte della Virginia Creeper. È una linea che è stata chiusa quaranta o cinquant'anni fa.»

«Pensavo che forse potremmo andare a vedere.»

Milo esita un attimo, e io comincio a disperare. Pensa che gli stia chiedendo un appuntamento. Peggio ancora, forse gli sto chiedendo davvero un appuntamento, e ora lui sta cercando di rifiutare educatamente, vuole trovare un modo gentile per dirmi di no…

Ma poi fa spallucce. «Certo. Mi farebbe comodo qualche altro scatto di te in mezzo alla foresta.»

«No, intendevo per i simboli dei vagabondi!» Oddio, pensa che voglia un servizio fotografico nella natura selvaggia: che cosa mortificante!

Solo che ora gli brillano gli occhi e mi sorride. «Lo so. Comunque si può fare.»

«Allora va bene.»

A questo punto, non aggiunge altro e neanch'io, forse perché tutt'a un tratto mi sono persa nei tratti spigolosi del suo viso e nella curva bronzea del suo collo. Cerco di ricordarmi la prima volta che l'ho visto, alla festa di Wendell a Dobbs. All'epoca non avevo notato quant'era bello? Lo prendo come un segno della mia grande maturazione degli ultimi mesi…

«Rainie.» Milo interrompe i miei pensieri. «Stavo per chiederti se ti va di fare una cosa lunedì, ma è una richiesta opportunista e forse ti annoieresti pure… si tratta di un grosso favore.» Gli faccio segno di continuare. «Ti va di andare a Greensboro?»

Non è quello che mi aspettavo. Tutt'altro. «La città?»

«Sì. In particolare, ti va di accompagnarmi in macchina? Mia cugina, che abita a Washington, ha allestito una mostra in una galleria, ma dura fino al prossimo fine settimana. È tutta l'estate che mi riprometto di andarci. Pensavo di farlo lunedì, ma l'auto che guido di solito, quella di mia madre, al momento ha l'aria condizionata rotta. Abbiamo preso un appuntamento per farla riparare. Non posso prendere quella di mio padre, perché gli serve. Mi sentirò in colpa se non riuscirò ad andare a questa mostra e...»

«Ti ci porto io.» Una galleria d'arte? Roba sofisticata.

Milo non sembra accorgersi che ho appena accettato. «Ti pago io il pieno...»

«Non ce n'è bisogno.»

«E ti offro la cena...»

«Hai pensato tu al pic-nic, quando siamo andati...»

«Sarà una cena vera e propria. Niente a che vedere con i toast al formaggio che mangiamo qui.» Gli occhi di Milo sono scuri e sinceri, fissi nei miei. «E poi, e questo è un valore aggiunto, ti prometto di intrattenerti con commenti sagaci durante tutto il viaggio, A/R.»

«A/R?»

«Sta per "andata e ritorno"» mi spiega con un sorriso. «Allora, ci stai?»

«Ero già d'accordo quando hai detto: "Ti va di andare".» Stare lontana da Olympus per un giorno mi sembra un'idea fantastica e, a dire la verità, farlo con Milo la rende ancora più speciale. Sembra… quasi un appuntamento.

O forse sono solo pazza. A questo punto, tutto è possibile.

* * *

La settimana passa lentamente. Molto lentamente. Sembra prolungarsi all'infinito. Fatta eccezione per i momenti in cui sono in scena insieme a Milo e c'è di nuovo alchimia tra di noi. Questi momenti in particolare volano in un lampo.

Certo, l'ultima volta che mi sono sentita così, ho scoperto che era tutto frutto della mia immaginazione.

Quindi forse non è niente.

O forse è tutto.

Non lo so più.

* * *

Finalmente arriva lunedì. Spero con tutta me stessa di riuscire a sgattaiolare fuori dall'appartamento senza dover spiegare a Ella dove sto andando, ma so che ho scarse possibilità di riuscita, dato che incontrerò Milo solo dopo pranzo. Mi viene in mente che potrei alzarmi presto e andare da Barney, ma poi capisco che sarebbe assurdo. Ho tutto il diritto di avere una vita mia, che non includa Ella.

Perciò, dormo fino a tardi: una delizia. Quando finalmente mi alzo, Ella è ancora un bozzolo tra le lenzuola, perciò riesco ad arrivare in punta di piedi fino al bagno, senza incontrare nessuno. Tuttavia, sia lei che Annette si svegliano mentre sono sotto la doccia, e quando sono vestita e pronta per uscire con lo zaino in spalla, le trovo a sorseggiare caffè sul divano.

«Stai bene» dice Ella. «Dove vai?»

«Oh, a fare un giro. Forse in centro, chissà.» Sì, le mie mezze verità si sono evolute in vere e proprie bugie. Perfetto. Specialmente dato che Ella si è già accorta che mi sono dedicata più del solito alla cura di capelli, trucco e vestiario…

«Se mi dai dieci minuti, vengo con te.» Fa per alzarsi, ma io le faccio segno di no.

«No.» Ella mi guarda con aria irritata e io mi affretto a spiegare… o meglio, a mentire. «Cioè, non ho un programma preciso. Credo che andrò al caffè a leggere un po'.» Non voglio dirle la verità. Non voglio condividere questa giornata con lei, né con nessun altro. Non voglio condividere Milo con lei.

Non ho fatto altro che condividere Milo con lei.

Ella sembra offesa, ma non posso farci niente. Non è

invitata a partecipare al mio viaggio in macchina verso l'amicizia, che in effetti potrebbe essere anche un mezzo appuntamento.

Annette mi saluta con la mano. «Torni per stasera, vero?»

«Sì» le dico, e un po' ci credo.

«Danno una festa vicino Sugar Mountain. Dovreste venirci. Una ragazza che lavora al ristorante fa parte di una band e stasera suonano.»

«Sembra bello.» Ma non tanto quanto stare con Milo.

«Gli invitati sono tutti universitari o anche più grandi» continua Annette. «Ma voi due potete venire comunque.»

«Okay.» Mi stringo nelle spalle. «Forse.»

O forse no.

Faccio un cenno di saluto a entrambe e me ne vado.

Milo mi ha chiesto di incontrarci al teatro. Ci arriva a piedi dalla casa che i suoi hanno preso in affitto per l'estate. Gli ho detto che potevo passare a prenderlo lì, ma lui voleva prima ritirare la busta paga. Non sia mai che la brava gente del reparto contabilità di Zeus! si accorga che viviamo nel Ventunesimo secolo e scopra il meraviglioso mondo dei bonifici bancari.

Svolto nel parcheggio quasi vuoto. Ho lo stereo a tutto volume, e quando Milo esce dall'edificio basso e marrone, sto ballando a tempo di musica. Lui si è messo la bandana viola in testa e – da questa distanza – somiglia di nuovo a un pirata. Sembra proprio uno di quei bucanieri alti, magri e con il viso spigoloso. «Ti manca solo un cerchietto all'orecchio» gli dico, quando sale in macchina.

«Come, scusa?»

«Per completare il look.» Mentre lui si allaccia la cintura, metto in moto. «E magari un pappagallo.»

«Ah, di nuovo la storia del pirata.» Annuisce con aria d'intesa. «Dimenticavo che ti piacciono tanto.»

«Veramente io non ho mai detto che mi piacciono. Ho solo notato una certa somiglianza tra te e loro.» Esco dal parcheggio e mi immetto sulla strada. Non ho capito se stiamo flirtando. Prima lo capivo quando flirtavo con un ragazzo, ma ora – con *questo* ragazzo – non ci capisco più niente.

«Ah, e io che pensavo che ti piacessero.» Milo tira fuori dalla tasca un'altra bandana, ma questa volta è rosa. «Credevo che volessi darti alla pazza gioia e diventare anche tu un pirata.»

Non ho mai desiderato diventare un pirata, ma l'idea di indossare una bandana rosa intonata alla sua viola è... non saprei. Carina. Un po' com'era portare l'anello scolastico di un ragazzo negli anni Cinquanta. Mi smuove qualcosa dentro. Tendo la mano e Milo mi consegna la bandana. «Non me la posso mettere finché non ci fermiamo.» Me la poggio in grembo. «Ma accetto di darmi alla pazza gioia.»

Scendiamo dalla collina con il teatro alle spalle, superiamo il campus e imbocchiamo la strada che porta verso Greensboro. Restiamo entrambi in silenzio finché non raggiungiamo la periferia della città e finalmente possiamo andare più veloce. Milo mi dà un buffetto sul ginocchio. «Pazza gioia. Non l'ho mai capita, quest'espressione.»

«Vuol dire fare qualcosa fuori dall'ordinario, no?»

«Sì, ma perché si dice così? Da dove viene questo modo di dire?»

Ci rifletto un attimo. «È come se un giorno il tuo coniglietto impazzisse, uscisse dalla gabbia e si mettesse a fare i salti di gioia. Come se vedessi tutto in modo diverso. Invece di andare avanti normalmente con la tua vita, ora ti dai alla pazza gioia.»

«Aspetta un attimo...» Con la coda dell'occhio vedo che Milo si gira verso di me. «Tu credi che sia gioia, come il sentimento?»

«Be'... sì.» Mi sbaglio? «Perché, come dovrebbe essere?»

«È Gioia, come il nome di donna.»

«Ma non ha senso.»

«Perché invece la tua versione del coniglio pazzo sì?»

Va bene, forse mi sbaglio. Ma... «Allora, come sarebbe la tua?»

«Vedi, forse c'era una donna che si chiamava Gioia e che era un po' pazzerella. Una pazza Gioia...» si interrompe e scoppia a ridere, al punto che contagia anche me. Ci mettiamo un po' a calmarci, e alla fine Milo parla di nuovo. «Nessuna delle due ha senso.»

Sono talmente presa dalle risate e dalla conversazione – subito dopo parliamo delle nostre scuole e ci domandiamo quale delle due abbia la mascotte più ridicola (la mia è una lontra, la sua una mela) – che passiamo da Yadkinville prima ancora che io mi ricordi perché indosso quello che indosso. «Senti, Milo, ti piace come mi sono vestita?»

Lui mi squadra da capo a piedi: l'abitino estivo, il cardigan leggero e un paio di Vans bianche a rendere tutto più casual. «Sento puzza di trappola.»

«Rispondi alla domanda.»

«Certo. Mi piace.»

«Grazie.» Faccio un gesto plateale con la mano per indicare il mio abbigliamento, come se stessi mostrando un'auto nuova di zecca in un quiz a premi. «Milo, di che colore è il mio vestito?»

«Blu.» Dice lui in un lampo, e allora capisco che è già due passi avanti a me.

«Grigio!» Gli do un buffetto sul braccio. «Lo sai che è grigio!»

«Invece è blu.» Distolgo lo sguardo dalla strada appena il tempo di vedere l'occhiata furbetta che mi sta rivolgendo. «Come la sera che ti ho conosciuta.»

Scoppio di nuovo a ridere, non solo perché è ridicolo,

ma anche perché il cuore mi si riempie di gioia e di speranza quando ripenso al fatto che Milo quella sera mi ha notata, mi ha osservata attentamente. Che anche adesso se ne ricorda. Significa qualcosa, giusto?

Ci mettiamo due ore buone ad arrivare a Greensboro, ma sembra molto, molto meno, quando svolto in un parcheggio davanti a un grosso edificio di mattoni. Entriamo da una porta di vetro satinato che dà sull'ingresso, e Milo insiste per offrire una "piccola donazione" da parte di entrambi. Mentre camminiamo sul pavimento di legno lucido e ci addentriamo nella galleria vera e propria – un'ampia sala divisa da pareti bianche – la prima esposizione che incontriamo comprende delle grosse coperte dipinte, con dettagli ricamati. Non ho mai visto niente del genere. Sono rappresentazioni inquietanti di case abbandonate, attraversate qua e là da frasi scritte con i ricami. «Mi piacciono queste» gli dico.

Ma lui fa solo un cenno con la testa. Ha un'espressione immobile e triste. «Stai bene?» gli chiedo.

Lui sembra sorpreso. «Sì, scusa. È solo...» Lascia la frase a metà e si guarda intorno. «Questo posto è fichissimo.»

«Infatti.» A dire la verità, è molto più fico di me. Grande e arioso, con i faretti che pendono dalle travi del soffitto, puntati sulle opere appese ai muri o esposte sui tavoli. Ci sono collage, gioielli e sculture testurizzate. Ovunque io guardi, vedo cose che non capisco. Mi rivolgo a Milo. «Anche tu potresti mettere su una mostra. Le tue fotografie qui ci starebbero alla perfezione.» Il suo sguardo si perde nel vuoto. Capisco immediatamente di aver detto qualcosa di sbagliato e mi affretto a rimettere a posto le cose. «Insomma, potresti provarci. Hai talento e…»

«Tu questo non lo sai.» Le parole sembrano severe, ma la voce non lo è. «Mi hai solo visto fare qualche fotografia. Ma non hai mai controllato il risultato.»

«È vero.» Cerco di dare un senso a quello che provo: sono sicura che Milo sia fantastico e speciale. «Ma il modo in cui guardi il mondo… non lo fai come tutti gli altri. Perciò, quando ne catturi un pezzo, dev'essere in maniera unica e interessante. Deve tradursi in qualcosa di bello. Deve…» Mi fermo perché lui mi sta fissando. «Che c'è?»

«Niente.» Sorride ed è come se il sole fosse spuntato da dietro una nuvola. «Grazie.»

Qualche minuto dopo, troviamo l'esposizione di sua cugina. La presentazione dice che lavora con "tecniche miste". Il che vuol dire che fa dipinti di paesaggi a olio, ma anche sculture in ferro battuto, stagno e materiali di riciclo. Mentre osservo una delle sue creazioni, qualcosa mi salta all'occhio. È un pezzo di filo spinato piegato a forma di…

«Questo non vuol dire uomo disonesto?» chiedo a Milo, indicando l'opera.

«Credo di sì.» Lui si trova dietro di me e si sporge per osservarle più da vicino, poggiando il petto contro la mia spalla. La sua cugina artista deve far parte del ramo vagabondo della famiglia. «Siamo tutti molto legati alla nostra storia familiare.»

«Il tuo bisnonno per quanto tempo ha fatto il vagabondo?»

Mi giro a guardare Milo, ma la sua pelle abbronzata e i suoi occhi scuri sono talmente vicini che sono costretta a voltarmi di nuovo verso l'opera d'arte. Lui non fa solo fotografie di cose strane e belle. Ha investito in un pezzo di storia profondamente complesso e personale. Ancora una volta mi ritrovo davanti la prova lampante che gli altri possiedono una profondità che io non ho ancora trovato in me stessa.

«Circa quindici anni. Ha attraversato gli Stati Uniti in lungo e in largo. Non so quante volte.» Io continuo a guardare l'esposizione e la voce di Milo mi raggiunge alle spalle. «Si spostava in cerca di lavoro, perché era una necessità. Non credo che seguisse un programma.»

Avverto un legame istantaneo con l'antenato ormai defunto di Milo. Dopotutto, so cosa vuol dire barcamenarti nella vita come meglio puoi, perché è quello che tutti si aspettano da te, senza però avere la minima idea di dove stai andando.

«Si è mai fermato per mettere radici?» gli chiedo.

«Sì.» Milo mi guarda. «In Carolina del Nord. Per questo la mia famiglia vive qui adesso. Dicono che è il primo posto dove si è sentito a casa.»

Capisco anche questo. Il desiderio di fermarsi e di piantare bandiera sulla terra che hai scoperto. Se trovi un posto che senti tuo, perché mai dovresti lasciarlo?

Mentre ce ne stiamo fermi ad ammirare le opere della cugina di Milo, un altro cliente... o ospite... o come cavolo si chiamano quelli che frequentano le gallerie... ecco, una di quelle persone si mette tra noi e l'opera che stiamo guardando. Io arretro di un passo, ma Milo... no.

Mi ritrovo con le spalle a un soffio da lui. Anche Milo dovrebbe fare un passo indietro, perché è così che si fa. O forse dovrei fare io un passo avanti, perché anche questo si fa. Ma lui non si muove, e nemmeno io. Ce ne stiamo fermi lì come statue.

Solo che non siamo statue, perché le statue sono fredde, rigide e insensibili, e in questo momento io sono tutt'altro. Con il corpo di Milo che sfiora il mio appena appena, sento tutto – il suo petto che va su e giù, il suo respiro tra i capelli, le ginocchia che mi tremano e la pelle che diventa sempre più calda – e vorrei sentire ancora di più. Mi inclino all'indietro appena appena, quasi come per sbaglio, e penso – penso – che Milo avanzi un po'. Forse. I nostri movimenti sono quasi impercettibili, quindi è difficile dire con certezza cosa sta succedendo...

Poi, a un certo punto lui si allontana. Fa un passo indietro, mette un po' di distanza tra noi, e la delusione mi travolge. A essere onesti, probabilmente è un bene che io riesca a respirare di nuovo, perché l'ossigeno è un elemento vitale. Eppure non volevo che lui smettesse di toccarmi…

Ora, però, mi sta toccando di nuovo. E questa volta non con tutto il corpo, ma solo con la punta di un dito. Lo sento sulla scapola sinistra, che traccia una linea verso il basso – direi di otto o nove centimetri – lungo la schiena. Prima che io possa reagire, Milo solleva il dito e lo posa un po' più a destra. Ora non traccia una linea dritta, ma una serie di curve, come se stesse disegnando un quadro.

O scrivendo una parola.

È la stessa cosa che mi ha scritto sul braccio alla stazione ferroviaria, ma ora va piano. Procede con tutta calma.

Il dito disegna un cerchio sulla schiena, impigliandosi nel cardigan leggero che porto sopra al vestito grigio (o blu). Resto immobile. Il contatto con lui mi trasmette piccole scariche elettriche. Quando raggiunge la sagoma curva della gabbia toracica, solleva di nuovo il dito e lo posa più in basso. Io alzo le spalle appena appena, curvando la schiena impercettibilmente verso la sua mano. Voglio sentire le sue mani ancora di più. Voglio sentirle ovunque.

Ma poi lui smette di toccarmi e fa un altro passo indietro. Gli chiedo, perché devo: «Che cos'era?»

«Un simbolo del codice dei vagabondi.»

«Quale?» Mi sembra troppo lungo e complicato per essere un simbolo – proprio come quando me l'ha disegnato la prima volta sul braccio.

«È un segreto.» Dalla sua voce capisco che sta sorridendo, perciò mi volto a guardarlo, ma il momento è passato. Milo sta già indicando un'altra opera di sua cugina. Mi avvicino per dare un'occhiata, e allora ricominciamo a parlare di arte. Quello di cui non parliamo, invece, è cosa sta succedendo tra noi. Forse perché fingiamo entrambi che non succeda niente.

O almeno io.

Milo non mi tocca più per il resto del pomeriggio, né alla galleria, né quando ce ne andiamo e ci mettiamo a passeggiare per il centro di Greensboro. Per cena, finiamo a prendere un paio di panini a un chioschetto, cosa che per Milo non corrisponde alla cena vera e propria che mi aveva promesso. Ci rimettiamo in viaggio solo al tramonto, quindi è già sera quando risaliamo la collina e arriviamo a Olympus. Milo mi spiega come raggiungere casa dei suoi, e mentre guido, mi accorgo che non voglio che la giornata finisca. È stato tutto così semplice, divertente, diverso. Non sono costretta a camminare sulle uova, come faccio con Ella e la sua aggressività passiva. Non mi sto struggendo per Tuck. Sono semplicemente… me stessa.

Parcheggio davanti a casa di Milo, mi volto verso di lui, e in un attimo l'atmosfera cambia. L'aria è viva, come quando lui mi ha toccata nella galleria, è come se fosse in trepidante attesa. Come me.

O forse no. Forse non c'è niente nell'aria, niente nel fatto che Milo mi abbia toccato la schiena. Se c'è una cosa che so fare bene è leggere segnali dove non ce ne sono. Vedere quello che voglio anche dove non c'è.

Forse non lo saprò mai, perché prima che possa chiedergli se gli va di andare a mangiare un dolce da McKay… o ringraziarlo per la bella giornata… o saltargli addosso…

…il mio telefono si mette a squillare.

Guardo il display. Ella. Ovviamente. Decido di lasciarlo squillare, ma prima che io possa rifiutare la chiamata, Milo la vede e mi dice di rispondere. In effetti, mi sentirei in colpa se non lo facessi. Perciò…

«Pronto?»

«Oddio, finalmente.» La voce di Ella arriva cupa e disturbata, come se stesse telefonando da un hangar o da un anfiteatro. «Dove sei?»

Non so se Milo riesce a sentirla dal posto passeggero, ma dato che è possibile, dico la verità. «Sto lasciando Milo a casa sua.»

Silenzio. Allontano il telefono dall'orecchio e guardo il display. Sì, è ancora in linea. Provo a parlare di nuovo. «Ella?»

«Puoi venire a prenderci? Me e Annette, intendo. Ti mando un messaggio con l'indirizzo.»

«Un attimo, che cosa?» Alzo la voce e Milo mi guarda preoccupato. Gli faccio segno di avvicinarsi, così può sentire anche lui. «Dove siete?»

«Alla festa. Annette non è in condizione di mettersi al volante e io la sua auto non la so guidare. Ha il cambio manuale. Puoi venire a prenderci?» Fa una pausa. «Per favore?»

Sembra... disperata. Ella, sempre un baluardo di sicurezza, sembra spaventata e disperata. «Ma certo» le rispondo. «Parto subito.»

«Grazie.» Avverto il sollievo nella sua voce. «Il Gps è poco affidabile nelle vicinanze della casa. Quando ti dice di svoltare a sinistra su Cedar Hills Lane, devi ignorarlo e svoltare a sinistra due strade più avanti. Se ti perdi, prova a chiamarmi. Qui il segnale è debole.»

«Okay.» Riaggancio e guardo Milo. Addio momento romantico. «Insomma... ci vediamo presto.»

Ma lui fa segno di no. «Vengo con te.»

«Non sei costretto.» Lo dico solo per cortesia, ma spero tanto che lui non mi dia retta.

Infatti non lo fa. «È buio e non conosci le strade di montagna. Non ti faccio guidare fino a Banner Elk senza delle indicazioni precise.»

«Grazie.» Mi sento sollevata almeno quanto Ella.

CAPITOLO 23

La festa è a mezz'ora da Olympus, e quando troviamo la casa, sono ancora più grata che Milo sia venuto con me. Se fossi stata da sola, non so come avrei fatto a trovare questo posto. Infatti, abbiamo sbagliato più volte e siamo dovuti tornare anche sulla strada principale per cercare segnale, in modo da poter ricontrollare l'indirizzo sulla cartina.

La musica anni Novanta arriva a tutto volume dalla casa, mentre io e Milo percorriamo il vialetto di ghiaia, pieno zeppo di auto parcheggiate. Un mucchio di persone stanno sul portico a fumare e bere. È un po' come arrivare a una delle feste di Wendell… o di Logan… o di Gretchen. A quanto pare, ovunque siano, le feste sono tutte uguali.

Mando un messaggio a Ella per farle sapere che siamo arrivati, ma non sono sicura che lei lo riceva, perciò io e

Milo entriamo in casa. La musica qui è più alta e – anche se ci sono delle chitarre e un microfono in soggiorno – arriva da un set di casse gigantesche. Passiamo in mezzo a folle di ubriachi in una cucina che ospita due fusti di birra e un bong ad acqua, ma di Ella non c'è traccia. «Se vuoi partecipare, fa' pure» grido a Milo. «Tanto guido io.»

«Tranquilla» urla lui in risposta, scrutando la folla in cerca di Ella. «Ti servirà una persona sobria che ti aiuti a tornare a casa. Forse laggiù?»

Sta indicando una tenda di perline che pende davanti a una delle uscite della cucina. La attraversiamo e raggiungiamo un corridoio stretto, dove – circa a metà – troviamo Ella seduta a terra davanti a una porta chiusa. «Eccovi qua» ci dice, mentre un po' di gente arriva dall'altro lato. Lei li guarda e gli fa segno di andarsene. «Usate il bagno al piano di sopra.» Quelli si allontanano, borbottando tutti allegri, ed Ella si rimette in piedi. Poi ci rivolge un sorrisetto furbo. «Questa casa non ce l'ha un piano di sopra.»

«Dov'è Annette?» le chiedo.

«Tu stai bene?» domanda Milo, e ora capisco che forse avrei dovuto chiederlo anch'io, solo che mi fa innervosire l'idea di essere a un'altra festa del cavolo, invece che da sola in macchina con lui.

«Sto bene» gli risponde Ella. E a me: «Non è un bello spettacolo» e poi bussa alla porta. «È ora di uscire» grida. «Sono venuti a prenderci.»

Il pomello si muove, il lucchetto scatta, la porta si apre ed esce Annette. Ha un abbigliamento molto sexy – minigonna, camicetta rosa a spalle scoperte e sandali alla schiava con il tacco alto – ma ha il mascara sbavato e gli occhi rossi. Le si riempiono di lacrime, quando mi vede. «Ciao.» Si appoggia allo stipite della porta. «Devo andare a casa.»

«Per questo sono venuta» le dico.

«Non posso più stare in mezzo a questa gente» farfuglia Annette. «Sono amici suoi.»

«Tranquilla» dice Ella. «Andiamocene.»

Annette barcolla al punto che ci mettiamo un quarto d'ora a portarla fuori di casa e a farle percorrere il vialetto fino alla macchina. Milo ci aiuta a caricarla sul sedile posteriore, prima di dire a Ella: «La sua auto la riporto indietro io. Voi seguitemi».

Sembra che Ella stia per ribattere, ma poi ci rinuncia, si mette a frugare in una tasca e tira fuori un mazzo di chiavi. Seguiamo Milo, e quando raggiungiamo la strada principale, Annette è già crollata. Ella sta seduta accanto a me in silenzio, con le braccia incrociate. Alla fine, le chiedo: «Era l'aiuto cameriere?»

«Il vicedirettore.» Scuote la testa, incredula. «Quel ragazzo che ci ha fatte accomodare quel giorno a pranzo. Vic.»

Mi ricordo a malapena di Vic. Gilet rosso, gentile

dopo aver saputo che eravamo ospiti di Annette. E anche... «Quanti anni ha?»

«Ventotto. Con una fidanzata in Ohio.» Ella parla in tono aspro e severo. «Che si è presentata stasera.»

«Oh, porca paletta, sul serio?»

«Sì. Non sapeva niente di Annette.» Ella se ne esce con una risatina. «E ancora non lo sa. Ma gli amici di Vic sì. È stato tremendo. Vic ballava con lei, ma guardava Annette. Ho provato a portarla via prima, ma uno degli amici di Vic ha cominciato a farle bere cicchetti per tirarla su.»

«Ricetta perfetta per un disastro.» Umiliazione pubblica, cuore spazzato e alcol? Perfino io so che è una pessima combinazione. «Perché non se n'è voluta andare?»

«Non lo so.» Ella sospira. «Continuava a dire che gliel'avrebbe fatta vedere, che si sarebbe dimostrata superiore, ma onestamente... penso che fosse solo ubriaca e volesse stare vicino a lui.» Poi si ferma. «Ma poi, dai, Vic. Non è mica così bello. Non capisco proprio.»

«Non è che uno sceglie di chi innamorarsi.»

«Ma puoi sempre scegliere che fare.» La voce di Ella si fa più severa. «Puoi decidere come agire.»

A questo punto, restiamo in silenzio per il resto del tragitto.

Quando arriviamo a casa, Milo ci aiuta a portare Annette su per le scale, fino all'appartamento. Lei ha gli occhi socchiusi e mormora parole di gratitudine e di scuse.

«Shh» fa Ella. «Va tutto bene.»

«No, non va tutto bene» dice Annette, prima di entrare in casa barcollando.

Ella mette un piede oltre la porta, poi si ferma e si volta verso Milo. «Accetto le tue scuse.»

Lui resta a fissarla. «Quali scuse?»

«Per l'estate scorsa. Non volevo dartela vinta subito. Volevo che penassi un pochino.» Accenna un sorriso. «Grazie per aver riportato la macchina di Annette fino a qui.»

Poi sparisce dentro. Sono confusa. Ha ringraziato Milo ma non me? Non la spunterò mai con Ella.

«Ehi.» Milo mi dà di gomito. «Quel panino non conta come cena vera e propria. Ti devo una cena.»

«Ma dopo tutta questa storia» – indico l'appartamento – «mi sa che la devo io a te.» Anche se non si è trattato di un mio programma, di mia sorella o di un problema mio.

«Naa.» Milo fa segno di no. «Ne è valsa la pena, così ora non sono più sulla lista nera di Ella. Perciò ce ne andiamo a cena comunque. Va bene?»

«Benissimo» gli dico, l'eufemismo dell'anno.

«È un appuntamento.» Mi sorride e i suoi denti sono un lampo bianchissimo al chiaro di luna. «Va bene?»

«Va bene» rispondo un po' in imbarazzo.

Lo sguardo di Milo diventa di nuovo cupo e serio. «Bene.»

Lo guardo allontanarsi con passo tranquillo lungo la balconata. Chissà se intendeva un vero e proprio appuntamento o se era solo un modo di dire. E chissà a cos'è che ho detto di sì.

CAPITOLO 24

Annette passa tutto il giorno seguente tra il bagno e camera sua. Ci dice che non vuole mangiare niente, ma prima di andare al teatro, Ella le porta un po' di zuppa e dei crostini. «Come sta?» le chiedo mentre saliamo in macchina.

«È stata meglio.»

Dato che a quanto pare Ella non ha voglia di parlare, non insisto. Solo quando parcheggiamo e ci avviamo dietro le quinte mi rivolge di nuovo la parola. «Mancano solo altre tre settimane.»

Un tuffo al cuore. Non sono ancora pronta. Non finché non avrò capito cosa fare: con Milo, con Tuck, con la mia vita.

A quanto pare, essere così confusa non è positivo per lo spettacolo. Nella prima scena, inciampo nella toga e per poco non cado. Paul – che entra proprio dietro di me – mi prende per un braccio, ma poi inciampa anche lui, e quindi Bianca gli va a finire addosso. Una scenetta da spettacolo comico.

Mi sento scombussolata, ma il peggio arriva durante la scena nei boschi, quando incontro Milo al centro del palcoscenico e i suoi occhi si posano prima sul mio corpo e poi sulle mie orecchie pelose. «Mi sono appena reso conto di una cosa» bisbiglia. Mi fa un sorrisetto. «Sei un coniglio che si dà alla pazza gioia.»

Io scoppio a ridere e mi becco varie occhiatacce, più uno starnazzo di disapprovazione da parte di una comparsa-attrezzista vestita da tacchino inzaccherato. Milo mi fa l'occhiolino e se ne va nella direzione opposta. Avrei preferito che accennasse al nostro potenziale appuntamento, ma c'è tempo. Insomma, tre settimane.

Solo che non ne fa parola nemmeno durante la sesta scena, quando siamo coperti di pittura verde, a braccetto e appiccicati in fila sul palco. E non dice niente neanche quando ci incontriamo sul proscenio, dopo il primo scontro greco-troiano. E nessuna delle volte che ci incrociamo vicino al cavallo di legno... né prima della battaglia finale... né quando comincia il lamento funebre.

Né per il resto della settimana.

Quando lo spettacolo di venerdì si avvicina, non sono solo confusa. Sto cominciando a credere – di nuovo – di aver letto segnali inesistenti. Mi sono inventata che un ragazzo è interessato a me. Dopotutto, Milo è stato gentile. È stato amichevole. È stato carino. Ma non è mai stato romantico. Nemmeno un po'.

Non so se Ella se n'è accorta, perché negli ultimi giorni mi ha praticamente evitata. Quando torniamo a casa la sera, va a letto subito, e non mi chiede più di fare cose insieme, come al solito. Non nego che è stato piacevole non avere più la sensazione di deluderla continuamente, però mi mancano le nostre chiacchierate a letto e i pranzi insieme giù in centro.

Oggi, mentre guido verso casa dopo lo spettacolo, mi chiede: «Stasera non vai da McKay?»

«No.»

«Ci vanno un sacco di ragazzi. Bianca. Katrina.» Poi, anche se non la vedo direttamente, sento che si gira a guardarmi. «Tuck.»

«Non sono stata invitata.» Lo dico più stizzita di quanto non sia in realtà. In effetti, sono più sorpresa che arrabbiata. «Tu ci vai?»

«No.»

Poi non apre bocca finché non arriviamo a casa. Mentre saliamo le scale di legno scheggiate, Ella si ferma. «Senti, Rainie.» Mi fermo anch'io e la guardo. Si sta sfregando le mani ed evita il mio sguardo. «Di solito Annette non fa così.»

Non so bene che risposta si aspetti da me, perciò dico solo: «Okay».

«So cosa avrai pensato. Ubriaca, che piange per il ragazzo di un'altra.» Ella scuota la testa. «Non voglio che pensi che è fatta così. O che per me sia normale comportarsi in questo modo.»

«Non lo penso affatto.» Ancora non capisco cosa voglia da me, ma a quanto pare la mia risposta la soddisfa, perché annuisce.

«Bene.» Si sistema lo zaino sulle spalle e riprende a salire le scale. Io aspetto un attimo prima di seguirla.

* * *

Sabato succedono due cose. La prima è che Tuck viene a parlarmi prima dello spettacolo. Io sto appollaiata sulla ringhiera della pedana, quando i nostri sguardi si incrociano in mezzo allo sciame di gente che corre in tutte le direzioni, chi per andare a cambiarsi, chi per prendere le attrezzature, chi facendo programmi per la serata. Mi saluta con la mano e io mi aggrappo forte al palo che ho di fianco, mentre lui si fa largo tra la folla. Quando mi raggiunge, il suo sorriso potrebbe accecare un auditorium di ragazze innamorate. Mi viene quasi voglia di ripararmi gli occhi. Obiettivamente, Tuck Brady è bellissimo.

«Ciao.» Il suo sguardo scivola sulle mie gambe – poggiate sulla parte bassa della ringhiera, per mantenermi in equilibrio – e poi torna a posarsi sul mio viso. «Sembri un uccellino nel suo nido.»

«Cip, cip» faccio io, perché Milo avrebbe detto così.

Tuck mi sorride divertito. «Ho sentito dire che lunedì sei andata a farti un giro fuori città. Ti sei divertita?»

«Sì.» Chissà se è stato Milo a dirgli della nostra gita. «È bello cambiare aria per qualche ora.»

«Lo so.» Tuck si avvicina di un passo, abbastanza da sfiorarmi le ginocchia. «Ti va di rifarlo?»

Io rimango impietrita. «Che cosa?»

«Un campeggio alla Gola di Linville. Siamo un bel gruppetto. Logan, Paul, Milo...»

Milo.

«...Richie. Tutta gente simpatica. E anche le ragazze. Tu ed Ella dovreste venirci.»

«Ci penserò» gli dico, saltando giù dalla ringhiera.

Tuck non si allontana, il che vuol dire che ora siamo l'uno di fronte all'altra, i nostri corpi a un centimetro di distanza. «Bene» dice, come ha fatto Milo sulla balconata di casa mia.

Ma perché questi ragazzi di Zeus! non imparano a essere più espliciti?!

* * *

La seconda cosa che è successa è che ho perso un dente.

O meglio, ho finto di averlo perso. La settimana scorsa, durante la scena delle uova che si schiudono, Ella e Bianca si sono infilate dei cuscini sotto le toghe e sono salite sul palco fingendo di essere incinte. Nikki si è arrabbiata di brutto, ma come si è giustificata Ella più tardi, quando metti in scena lo stesso spettacolo sei volte alla settimana, ogni tanto devi ravvivare un po' le cose, per non morire di noia.

Dato che anch'io ultimamente ho sempre più voglia di ravvivare le cose, colgo al volo l'opportunità. Dopo essermi messa le orecchie e la coda, rubo una goccia di pittura a olio dal carrello di Mandy. Quando raggiungo Milo saltellando nella foresta greca, gli faccio un gran sorriso e lui riesce a stento a trattenere una risata.

«Sottile» dice, guardandomi la bocca, dove mi sono scurita un incisivo.

«Sto solo ravvivando un po' le cose» gli dico.

Milo sbatte le ali. «Ehi, ti ricordi la sera della prima? Ti saresti mai immaginata che un giorno saresti arrivata a fare questo in scena?»

«No.» Dimeno la coda, saltellando.

Milo sorride. «Ora non hai paura di niente.»

Osservo il suo viso spigoloso e per un attimo resto senza fiato. Non so perché, ma stasera è più bello. «Ci sono ancora molte cose che mi spaventano» gli dico, quando riesco a ritrovare la voce.

Milo mi guarda come se volesse aggiungere qualcosa, ma le tre dee hanno quasi finito di ballare e bisticciare, perciò dobbiamo separarci e correre in direzioni opposte.

* * *

La volta successiva che lo incrocio sul palco, Milo si china verso di me. «Dovresti fare almeno una delle cose che ti spaventano» sussurra. «Io lo farò.»

Mentre ce ne stiamo in fila, ho il braccio dipinto di verde incastrato tra la sua gabbia toracica e il suo bicipite. Sento i muscoli tesi contro i miei. «Quando?» Respiro e spero, spero che…

«Lunedì. E tu sarai la prima a saperlo.»

Gli sorrido, anche se in questo momento dovrei essere un albero senza sentimenti.

Il campeggio.

«Mi sembra un buon programma» gli dico. «Anch'io farò una cosa che mi spaventa.»

«Affare fatto» mi dice Milo.

«Allora è un appuntamento» rispondo io.

* * *

Ella dice che dovremo andarci con una macchina tutta nostra, e non c'è modo di smuoverla. Ci è voluto molto per convincerla a venire, e ce l'ho fatta solo perché le ho promesso che quando vorrà andarsene, ce ne andremo. «Se diventa una cosa per coppiette e a noi tocca reggere il moccolo, scappiamo via» mi ha detto.

«Va bene» ho risposto io.

Ora, mentre seguiamo l'auto di Bianca che svolta in un parcheggio, spero tanto che questo non accada. Mi sono depilata le gambe, mi sono messa il mascara e sono pronta a fare la cosa di cui ho tanta paura: dire a Milo quello che provo. Dirgli che non voglio essere solo amici. Che penso che siamo già più di questo. E poi, subito dopo, passerò alla cosa più spaventosa di tutte…

Dirlo a Ella.

Paul salta giù dall'auto di Bianca e indica l'altra macchina parcheggiata poco più in là. «Tuck è già arrivato, e anche Logan. C'è l'auto di Gretchen. Penso che Milo sia venuto con lei. Invece non so se Katrina e Finley ci raggiungeranno.»

Cerco di non pensare al fatto che Milo fosse in macchina con Gretchen o al perché lei e Tuck siano venuti separatamente.

Devo rimanere concentrata sui miei programmi.

Il percorso è abbastanza semplice – la strada gira tutt'intorno alla montagna – ma dev'essere lungo tre chilometri, se non di più. E dato che è in discesa, non mi sfugge il fatto che domani dovremo risalire la china.

Quando arriviamo finalmente alla gola, non è molto diverso dalla Colonia di Blue Ridge Rock. Gli alberi coprono un pavimento terroso che si stende fino a un torrente, solo che qui l'acqua scorre più veloce e il letto non è punteggiato di massi.

Ci sono tre tende già montate, e Logan e un ragazzo che non conosco ne stanno sistemando una quarta più grande e, a giudicare dalla quantità di parolacce che sento, più difficile da assemblare. C'è una grossa catasta di legno al centro, ma nessuno ha acceso ancora il fuoco, il che è positivo, perché sono tutta sudata per la camminata. Ci mancano solo il fumo e il calore.

A proposito di roba bollente...

Tuck sta seduto su un ceppo e si alza per salutarci. I capelli brillano nei punti in cui i raggi del sole filtrano tra le foglie e li illuminano. Sembra Ken, il fidanzato di Barbie, il classico americano perfetto. Agita un braccio nella nostra direzione e grida: «Ciao!»

Noi ricambiamo il saluto. Quando si fionda verso di noi, Ella mi si avvicina e mi sussurra all'orecchio: «Qualcuno è felice di vederti».

«È felice di vederci tutti» ribatto io, un attimo prima che Tuck arrivi e mi stringa in un abbraccio caloroso che mi solleva letteralmente da terra. Guardo Ella da sopra la sua spalla e lei mi rivolge un'occhiata d'intesa.

«Sono contento che siate venuti» mi dice Tuck, mettendomi giù. Poi ci sorride e abbraccia Bianca, Ella e Paul – il che mi permette di restituire lo sguardo a Ella. «Guardate le tende. Richie ne ha comprata una nuova. È stato un casino montarla, ma ci si dorme in sei.»

«Se dici così, me la faccio sotto per l'emozione» ribatte Paul, e tutti facciamo versi schifati e gli lanciamo dei ramoscelli. Lui e Bianca si avviano verso il torrente, e dopo avermi lanciato un'occhiata, Ella li segue.

Io resto a osservarli un attimo e poi mi giro verso Tuck, che mi sta guardando con un sorrisetto stampato in faccia. «Ci credi che ci restano solo due settimane?»

Oddio, perché tutti continuano a ricordarmelo?

«Già. Due settimane e si torna a Dobbs.»

Lui continua a sorridermi, ma io distolgo lo sguardo, perché mi sembra un momento stranamente intimo. Quindi finisco per guardare Logan e il suo amico che montano la tenda. «Chi altro viene?» chiedo a Tuck.

«Nessuno. Ci siamo tutti.»

Mi guardo intorno, ma non c'è traccia di Milo. «E dov'è Gretchen? Ho sentito che lei e Milo sono venuti insieme.» Cerco di fare l'indifferente e spero che la mia curiosità passi inosservata.

«Milo non viene» risponde Tuck con indifferenza, come se a stento si accorgesse di aver parlato. Io, invece, mi sento come se mi fosse caduta una bomba addosso. Una bomba di delusione.

Umiliazione.

E fallimento.

Mi sono sbagliata ancora una volta. Qualunque cosa dovesse fare Milo di tanto spaventoso, non ha niente a che fare con me, poco ma sicuro. Sono venuta fin qui per niente. Sono venuta fin qui per inseguire una bugia che ancora una volta mi sono raccontata.

Come sempre.

«Rainie.» Tuck non sorride più. Mi sta guardando con aria intenta e seria. Non sa che tumulto ha scatenato dentro di me. «Credo di doverti dire una cosa.»

«Che cosa?» gli chiedo, perché è il modo più educato di reagire.

«Io e Gretchen abbiamo rotto.» Tuck mi tocca il braccio, come se riuscisse a prevedere il "mi dispiace" frettoloso che sto per pronunciare. «Tranquilla. Non ci siamo lasciati male. Siamo in buoni rapporti. Rimarremo amici.»

«Congratulazioni?» Detto così, sembra quasi una domanda. Se fosse successo all'inizio dell'estate, anziché alla fine, sarebbe stato tutto diverso. Forse sarebbe stato tutto perfetto.

Tuck mi fa un gran sorriso. «Ti va una birra?»

È l'ultima cosa di cui ho bisogno. «Magari un po' d'acqua.»

«Sei proprio una brava ragazza.» Mi scocca un sorrisetto. «Una ventata d'aria fresca.»

Sembra un insulto velato rivolto a Gretchen e la cosa stranamente mi infastidisce. «Non so se mi definirei così.» Mi pento subito di averlo detto, perché sembra quasi che io voglia flirtare.

«Qualunque cosa tu sia, mi piace.» Il vento soffia tra gli alberi sopra di noi. Il sole illumina gli occhi di Tuck, rendendoli più azzurri del solito. Mi sta guardando come se fossi l'unica ragazza sulla faccia della terra e... la cosa mi lusinga. Meglio di niente.

Meglio di nessuno.

«Vieni» mi dice, e io lo seguo. Lo so che dovrei fare i salti di gioia per la notizia che mi ha appena dato, ma non è più una vittoria. Mi sento solo intontita.

Mentre raggiungiamo gli altri, Logan caccia un grido di conquista. La tenda grande è pronta, finalmente. Dietro di lui, l'acqua scintilla sotto il sole estivo. Per un attimo la mia mente vola lontano, ai ricordi di un altro torrente, di un altro ragazzo con i capelli scuri, che salta sulle rocce.

Torno al presente e trovo Tuck che sorride per una battuta che ha fatto su Logan e la tenda che ha tirato su. In un nanosecondo, decido che l'unica cosa da fare è stare al gioco. Butto la testa all'indietro e scoppio in una risata fragorosa.

Ma che mi prende?

* * *

Le ore successive sono confuse e tutte uguali: chiacchiero con Tuck, guardo dov'è Ella, mi chiedo che fare…

Qualcuno dei ragazzi tira fuori erba e sigarette – nessuna delle due cose mi attira – da fumare mentre bevono birra. Ovviamente, non è che io non abbia mai visto erba, sigarette o birra, ma in questo momento siamo lontani dalla civiltà. Sembra che tutto abbia un equilibrio più precario. Un po' pericoloso.

Ella partecipa, ma sono piuttosto certa che abbia preso solo una birra, che divide con Paul. A quanto pare stanno discutendo animatamente di musica, entrando e uscendo dal mio campo visivo. Tuck sta un po' con i ragazzi e un po' con me. Cerco di prestare attenzione a quello che dice – parla soprattutto dell'ultimo anno di scuola alla Dobbs che si avvicina – ma io continuo a distrarmi e a pensare a Milo. Chissà qual è la cosa spaventosa che sta facendo?

Eppure, quando il sole è alto e il fuoco è stato acceso, permetto che accada l'inevitabile.

Tuck mi raggiunge e mi offre un hot dog. È avvolto in un tovagliolo e condito con mostarda e ketchup. «Ho tirato a indovinare sulle salse. Ti piacciono?»

In realtà, la mostarda non la sopporto, ma dirlo mi sembra scortese, dato che è stato così gentile. «Grazie» gli dico e faccio un morso minuscolo.

Per un po', ce ne stiamo seduti in silenzio a mangiare, poi lui si china verso di me. «Rainie.»

Io deglutisco il boccone e lo guardo negli occhi. Sono azzurrissimi. E molto, molto vicini. Tuck si guarda un attimo intorno – una dozzina di persone sta giocando a frisbee, mentre la carne cuoce sulla griglia. Poi, senza il minimo preavviso, mi bacia. Ha la bocca fresca per la birra e unta per il burro di cacao. Quando si ritrae, sento ancora il sapore di cocco che mi ha lasciato sulle labbra.

«Non avrei dovuto aspettare tanto per farlo» dice. «Avevi ragione fin dall'inizio.»

Ah, sì?

«Ma come dicevo nel mio monologo» continua «non riesci a vedere il sentiero, finché non lo imbocchi.»

Peccato che io non faccia altro che camminare in tondo, senza capire un'acca di quello che faccio.

Dato che sbaglio di continuo e che a quanto pare possiedo l'incredibile capacità di imboccare sempre il sentiero sbagliato, scelgo di cambiare tattica. Decido – ancora una volta – di ravvivare le cose. Questa volta, faccio l'esatto opposto di quello che mi sembra giusto e opportuno.

Afferro Tuck per la maglietta, lo attiro a me e lo bacio. Un bacio lungo e profondo, con un sacco di lingua. Quando finalmente lo lascio andare, sembra sconvolto.

«Wow.» Mi guarda sorpreso. «Sei fantastica.»

«Grazie» rispondo, perché ho appena confermato il fatto innegabile che ho sbagliato tutto da quando ho sentito Tuck recitare sul palco della scuola.

Io non voglio lui.

Non lo voglio affatto.

«Mi dispiace» dico a Tuck Brady. «Ma devo andare.»

CAPITOLO 25

Ella – che cammina come una furia davanti a me – è arrabbiata di brutto. «Immagino di doverti anche ringraziare.»

«Per averti aiutata a scappare da un posto in cui non avresti mai voluto venire? Sì, esatto, non mi dispiacerebbe un po' di gratitudine.»

«Ti avevo detto che ora volevo restare.»

«Avevamo un patto» le ricordo. «Se una delle due decideva di andare, l'altra l'accompagnava.»

«Non era questo il patto. Avevamo concordato che se io me ne volevo andare, ce ne saremmo andate. Ma ovviamente chi è che ha l'ultima parola?» Getta le mani in alto. «Rainie! Sappiamo tutti chi fa le regole. Rainie!»

«Ma per favore! Quali regole avrei mai stabilito, io?»

«Oh, fammici pensare.» Non ho bisogno di vedere la faccia di Ella, per capire che è furiosa. Perfino la sua schiena sembra tutta rigida e arrabbiata. «Tu decidi quando andiamo al lavoro, quando torniamo a casa, quando usciamo o non usciamo… E non usciamo praticamente mai, perché tu odi da morire uscire.»

«Io non odio affatto uscire.» Questa è la cosa più stupida che abbia mai sentito. «Perché mai dovrei?!»

«Oh. Scusa. Non sono stata abbastanza precisa.» Mi sorprende quasi che la voce di Ella riesca a raggiungermi, dato che è così carica di sarcasmo. «Volevo dire che odi uscire… con me.»

«Non ho problemi a uscire con te!» La frase sembra una specie di esplosione. «Almeno quando lo decido io. Quando non mi ricatti. O mi fai sentire in colpa per qualcosa. Ho passato tutta l'estate insieme a te!»

«Sul serio? Non lo capisci proprio quello che hai fatto, eh? Oddio, tu non capisci niente.» La sua risata riecheggia nell'aria. «Te ne vai in giro con le tue cinquanta paia di scarpe, la macchina figa, e fai quel cavolo che ti pare…»

«La mia macchina non è figa!» Ma che dice?! Mio padre l'ha comprata usata da un tizio che conosceva. «E senti da che pulpito viene la predica, poi! Tu vuoi solo controllarmi.» Mi lancio in un'imitazione esagerata di Ella, con la voce acuta e piagnucolosa. «"Rainie, dove stai andando?", "Rainie, quando torni?", "Rainie, possiamo stare appiccicate tutto il tempo?"»

«Oh, ma che carina che sei!» Ella si ferma un attimo per

scoccarmi un'occhiataccia, prima di svoltare su un altro sentiero. «Io ti ho aiutata a ottenere un lavoro, ti ho aiutata a farti degli amici, e non appena hai ottenuto quello che volevi, tu sei sparita. Sarebbe stato carino se ti fossi comportata da essere umano e avessi collaborato di tanto in tanto.»

«Collaborato?» Alzo la voce. «Chi ti porta in macchina al teatro? Chi ti porta in macchina ovunque?»

«Io non ce l'ho una macchina!» Ella si mette a gridare. «E non è colpa mia. Ma tu ce l'hai e non te ne importa nemmeno. Te ne vai in giro e la lasci parcheggiata lì, senza una spiegazione e senza chiavi, così io devo andare a fare la spesa a piedi!»

«Io non ti ho mai chiesto di andare a fare la spesa!»

«Perché non ce n'è bisogno! Perché ci vado sempre io, mentre tu vai chissà dove insieme a Milo.»

«Ah, ecco il problema.» Per poco non scoppio a ridere. «Milo. Non mi è permesso fare amicizia con Milo.»

«È così che la chiami? Amicizia?» Ella è incredula. «Però è molto divertente il modo in cui gli sbavi dietro...»

«Cosa?! Io non...»

«...fin dall'inizio dell'estate, con la tua storia strappalacrime su Tuck. Dato che non ti manca niente, volevi anche il ragazzo che vogliono tutte. E magari vuoi anche gettarlo via, eh? Così come getti via tutti. O magari vuoi provare a prenderti Milo, perché un trofeo solo non ti basta?»

«Ma di che accidenti stai parlando?» Accelero il passo finché non la raggiungo, e ora camminiamo l'una di fianco all'altra a tutta velocità. «Quale trofeo avrei mai ottenuto? Non posso farci niente se ho la macchina...»

«E una stanza tutta tua. E non hai mai dovuto trovarti un lavoro. Non hai bisogno di niente.» Ella è diventata tutta rossa. «Pensavo che finalmente ti servisse qualcosa, anche solo una minima cosa. Ma no. Sei sempre la solita Rainie. Non hai mai bisogno di niente. Non hai mai avuto bisogno di...»

Lascia la frase a metà, svoltando ancora su un altro sentiero, per trovarsi di nuovo davanti a me. La seguo per diversi minuti. Il percorso è in salita e ora fa ancora più caldo di prima, se possibile. Una goccia di sudore mi scorre lungo la schiena. Mi scosto la frangetta sudata dagli occhi, cercando di capire perché Ella è tanto arrabbiata con me. Sì, forse non mi sono sempre posta il problema della macchina, d'accordo. Però lei poteva dire qualcosa. Se mi avesse chiesto in prestito la macchina, gliel'avrei data. Figuriamoci. E per quanto riguarda Tuck...

«Ho fatto un casino» le dico, anche se lei mi dà le spalle. «Ho seguito Tuck fin qui senza riflettere. È stato stupido e mi sentivo in imbarazzo, perciò sono salita sul suo furgone e praticamente mi sono gettata ai suoi piedi e...» Sono furiosa, perché mi salgono le lacrime agli occhi. «Tu lo sapevi. Lo sapevi come funzionavano le cose qui. Lo sapevi e te ne sei ben guardata di avvisarmi. Mi hai fatta venire fin qua a rendermi ridicola e... perché? Pensavi che sarebbe stato divertente? Ero una barzelletta ambulante per te?»

«No!» Ella si ferma di scatto e per poco non vado a sbatterle addosso, poi ricomincia a camminare. «Pensavo che sarebbe stato bello averti qui. Sapevo che Annette non sarebbe stata mai con me. E tu...» Ora la sua voce ha assunto un tono incerto. «Una volta noi uscivamo insieme.» Non so cosa dire, perciò continuiamo a camminare in silenzio. Dopo un po', Ella si passa le mani sugli occhi, come se si stesse asciugando le lacrime. «E poi tu mi hai mollata. Sei sparita.»

Va bene, ora non so più che pensare. Sta parlando di quando eravamo in seconda media. O in terza. Insomma, chi se lo ricorda quand'è che abbiamo smesso di frequentarci. «Non ti ho mollata» le dico. «Siamo cambiate. Succede di continuo, sai.»

«Io non sono cambiata.»

«Sì, invece!» E non è giusto che adesso si comporti da martire. «Hai cominciato a partecipare alle audizioni e a frequentare il club di teatro. Ti vestivi tutta di nero e uscivi con Bradley, Traymor e quella ragazza con il piercing al naso...»

«Sabrina.»

«Sì, quella.» Mi ricordo come mi sentivo all'epoca, quando Ella ha smesso di interessarsi a tutte le cose di cui parlavamo sempre, tipo quali erano i ragazzi più carini o il gioco del "Chi...?". Lei pensava ai fatti suoi, così io ho cominciato a pensare ai fatti miei. Ho fatto amicizia con Marin e Sarah perché loro mi hanno trovato simpatica. «Tu mi trattavi come se ogni cosa che dicevo fosse una stupidaggine, come se *io* fossi stupida.»

«Avevo bisogno di distrarmi» dice Ella. «I miei genitori stavano...» Si interrompe per asciugarsi di nuovo le lacrime. «Mia madre ha tradito mio padre. Si sono lasciati.»

«Cosa?» È una notizia scioccante. «Ma mi sono sembrati molto uniti, quando sono venuti qui...»

«Ora va tutto bene. O almeno fingono che sia così.» Ella scuote la testa. «Ma all'epoca no. Non all'inizio. Per un po' è stata dura. Urlavano e piangevano in continuazione. Con mia sorella ne parlavamo spesso – con Annette, perché Olivia era troppo piccola – ma io volevo parlarne con qualcuno che non facesse parte della famiglia, che fosse esterno alla cosa, ma...» Si interrompe. «Tu eri sempre con Marin e Sarah.»

«Avresti dovuto dirmelo.» Insomma, non sono mica una sensitiva!

«Se solo ci fossi stata, te ne avrei parlato.» Questa volta, Ella si ferma di botto. È una cosa talmente repentina che per poco non vado a finirle addosso. «E allora ho pensato che se volevi venire a Olympus in parte era anche perché volevi che tornassimo a essere amiche.» Si ferma e fa una risatina. «Che stupida.»

«No, non è vero.» Lo dico automaticamente, ma un attimo dopo averlo detto mi rendo conto che è vero. «Noi siamo amiche.»

Ella si volta. «Sì?»

La guardo negli occhi grigi e lei ricambia lo sguardo da sotto la frangia spessa. Restiamo a fissarci per un bel po', con il sole che picchia, anche se sta sparendo dietro al profilo della montagna.

Finalmente, riesco a trovare le parole. Finalmente, dico la verità.

«Sono nel panico» le dico. «Sembra che tutti abbiano dei progetti. Fanno foto a quello che mangiano, ai vestiti che indossano, ai posti dove vanno in vacanza, e le pubblicano su internet, come se fosse tutto perfetto. Come se quelle fossero le cose giuste da fare. E io non so come si fa a fare le cose giuste. Ogni volta che provo a fare qualcosa di nuovo, poi cambio idea. Magari perché non è come me l'aspettavo, o perché faccio schifo, o perché era semplicemente la scelta sbagliata. Sono stufa di fare sempre la scelta sbagliata.»

«Perché ce ne siamo andate dal campeggio?» chiede Ella. «Perché non vedevi l'ora di andartene da lì?»

«Perché Tuck ha rotto con Gretchen.» Sospiro. «E quindi l'ho baciato.»

«E non ti è piaciuto?»

«No.» È strano, ma mi viene da ridere. «Non mi è piaciuto.» Poi la risatina diventa una vera e propria risata. Dopo un attimo, anche Ella scoppia a ridere.

«Aspetta, aspetta un attimo» dice, cercando di riprendersi. «Bacia male? Possibile che Tuck Brady baci così male?»

«Tu dovresti saperlo» le ricordo. «L'hai baciato una volta.»

«Lo so, ma… Non mi ricordo com'è stato.»

«Se non te lo ricordi, mi sa che non è stato così indimenticabile» le dico, e allora scoppiamo di nuovo a ridere.

«Ehi, indovina che ho fatto laggiù?» mi dice Ella tra una risata e l'altra.

«Che hai fatto?»

«Ho baciato Paul.»

«Cosa?!» La guardo fisso. «E com'è stato?»

«Molto bello!»

Quando arriviamo al parcheggio, stiamo ancora ridendo.

CAPITOLO 26

Ieri sera, io ed Ella avevamo talmente tanta fame che ci siamo fermate a cena fuori, prima di tornare a casa. Abbiamo preso in considerazione il Bel Giardino (sconto famiglia!), ma poi abbiamo visto una catena di steakhouse fuori città e non abbiamo saputo resistere. Quando siamo arrivate all'appartamento, eravamo esauste e siamo crollate per il sonno in un istante.

Non abbiamo puntato neanche la sveglia, infatti abbiamo dormito fino a mezzogiorno. Ella entra in doccia per prima, perciò io mi metto a giocherellare con il telefono finché non ha finito. Poi tocca a me: mi lavo, mi vesto e perdo un po' di tempo a sistemarmi i capelli. Probabilmente, quando arriveremo al teatro, Milo mi racconterà della cosa coraggiosa che ha fatto ieri. Anche se ho il cuore spezzato, perché pensavo che si trattasse di me, non posso lasciarglielo intuire. Ascolterò quello che ha da dirmi. Gli starò accanto... ma come amica.

Solo come amica.

* * *

Io ed Ella siamo sedute alle due estremità del divano a sorseggiare caffè, quando succede tutto. Prima, Annette esce dalla sua camera, sbadigliando. Poi sparisce in bagno. Sentiamo l'acqua scorrere, e poco dopo la vediamo riemergere in accappatoio, con i capelli bagnati. «Buongiorno» ci dice, mentre torna in camera sua. Dopo un secondo fa di nuovo capolino. «Rainie, hai visto quel coso che ha lasciato quel tipo?»

Quale.

Coso.

Quale.

Tipo.

Guardo Ella e un secondo dopo saltiamo su entrambe. «Dove?» chiediamo insieme.

«L'ho messo in cucina» dice Annette, e poi torna in camera sua.

Io ed Ella ci guardiamo intorno freneticamente, ma non vediamo nulla. «Dov'è?» grida lei.

Dalla camera di Annette arriva un mormorio in risposta, ma non importa, perché ho già individuato un foglietto di carta blu sul pavimento, che spunta dallo spazio tra un mobile della cucina e il frigorifero. Mi chino a raccoglierlo…

Volantino.

È un volantino che pubblicizza un'inaugurazione di una mostra fotografica nel retrobottega di Barney: la mostra è dell'artista Milo Cabrera.

Sussulto e giro subito il volantino. Sull'altro lato, scritto con un pennarello nero, c'è il mio nome, seguito dal simbolo dei vagabondi che vuol dire "posto sicuro". In fondo alla pagina si leggono le parole "Me la faccio sotto dalla paura" e poi la firma di Milo.

Ella mi strappa il volantino di mano, e in quello stesso momento il mio telefono si mette a vibrare. È un messaggio… ma non da parte di Milo. È di Tuck.

Sono tornato dal campeggio. Posso passare da te?

Guardo Ella in preda al panico. Lei agita il volantino. «L'inaugurazione di Milo era ieri.»

Accidenti.

Scrivo un messaggio al volo per Tuck:

No, sto per uscire per un caffè. Ci vediamo al teatro.

Più tardi mi occuperò delle conseguenze del nostro bacio. Ora devo andare a vedere la mostra di Milo.

* * *

Quando io ed Ella entriamo, la campanella sopra la porta di Barney fa il suo familiare tin-tin. Speravo che nessuno dei membri della compagnia fosse qui, invece c'è Gretchen che prende un caffè al banco. Quando ci vede, viene da noi. «Ciao, ieri ve ne siete andate presto.»

«Ci siamo ricordate che odiamo la natura» dice Ella e si fionda al bancone, lasciandomi da sola con Gretchen.

«Ehi.» Gretchen mi dà un colpetto con il gomito. «Lo sai che è tutto a posto tra noi, no? Per la storia di Tuck, intendo. Non mi piace la competizione tra ragazze.» Il panico mi sale alla gola, quasi fino a strangolarmi. A quanto pare, Tuck ha raccontato in giro del nostro bacio. O forse lei ci ha visti. Non che ci stessimo nascondendo. Gretchen sorride. «Va' con Dio. Sul serio. Quel ragazzo è uno spasso.»

«Grazie.» Mi sforzo di farle un sorrisetto, mentre guardo la porta sul retro, quella con il cartello "Galleria" scritto sopra. «Vado a dare un'occhiata alla mostra» le dico con una voce che al mio orecchio suona acuta e stridula.

«Ci vediamo in scena» dice Gretchen con un altro sorriso.

Non aspetto che Ella prenda il suo caffè. Corro e basta.

La galleria nel retrobottega è piccola, ma c'è abbastanza spazio per delle pareti vuote, proprio come in quella di Greensboro. Passo in mezzo all'esposizione di vasellame all'ingresso, supero una fila di gioielli in argento e arrivo alla parete in fondo. Eccoli, gli scatti di Milo, tutti in fila al centro. Parto da sinistra, dove c'è un misto di piccole fotografie in bianco e nero organizzate a forma di stella: ciascuna è un primo piano di una pietra su cui è disegnato un simbolo con i gessetti. Non ne riconosco nessuno. Milo deve averli inventati e disegnati sui sassi. Raccontano una storia in un linguaggio che nessuno sa interpretare.

Più avanti, ha allestito una sezione diversa. Ci sono varie foto di nuvole, solo che ha usato un programma apposta o forse una specie di vernice fotografica per inserire figure tra le formazioni nuvolose. Ce n'è una con una ballerina e un'altra con una sposa senza volto che tiene in mano un bouquet di fiori. In un'altra, c'è una figura che sembra un ragazzino a cavallo. Sotto, la targhetta dice che il gruppo porta il titolo di "Sogni a occhi aperti", il che ha senso. Sono tutte immagini di cose su cui si potrebbe fantasticare guardando il cielo. Mai, nemmeno in un trilione di anni, mi sarebbe venuta in mente un'idea altrettanto creativa, ma come ho imparato quest'estate, la mente di Milo funziona in modo diverso.

Più interessante.

Migliore.

Passo lentamente davanti alle altre fotografie, assimilandole tutte: un ponte, una chiesa in rovina, una strada deserta…

Finché non raggiungo l'ultima.

La più importante di tutte.

Anche questa è in bianco e nero, ma è più grande delle altre. Ha una cornice di legno grigio e sta lontana da tutto il resto, perciò bisogna camminare un po' per raggiungerla. Mi ci piazzo davanti e respiro lentamente, osservandola con attenzione.

Milo ha scattato questa foto davanti alla stazione ferroviaria abbandonata che abbiamo visitato insieme. Lo capisco dalle fondamenta fatiscenti di mattoni visibili sullo sfondo, e anche perché in un angolo si intravede un laccio del suo zaino di tela. Ma soprattutto, lo so perché sono io la protagonista della foto. C'è il mio braccio steso in primo piano. Le mie dita chiuse, due unghie con lo smalto sbeccato. Il braccialetto di cuoio attorno al polso.

Ma lungo il braccio c'è una scritta con la calligrafia di Milo.

Mi ricordo il momento in cui mi ha chiesto di stare ferma per poter scattare. Mi ricordo che mi ha scritto qualcosa sul braccio con un dito, che il contatto tra noi mi bruciava la pelle. Ora che ha catturato quel momento e l'ha esposto qui, perché tutti possano vederlo, riesco a leggere il messaggio nascosto in bella vista. Eccolo, scritto sulla foto a lettere di un blu brillante:

“Voglio baciarti”.

Proprio qui, davanti a tutti, solo che io sono l’unica a sapere che quel messaggio è per me, e per me soltanto. Un messaggio che Milo ha cercato di trasmettermi per tutta l’estate e che io ho cercato ogni volta di ignorare, fingendo di non avere niente da nascondere a mia volta. Lo sguardo mi cade sulla targhetta sotto la foto.

“Messaggio nascosto”.

Certo.

Me ne sto qui, distrutta nel sapere che lui prova queste cose per me e ha avuto il coraggio di metterle in mostra così, quando tutt’a un tratto, alle mie spalle, un paio di mani mi scivolano intorno alla vita e una voce familiare mi parla all’orecchio. «Ciao.»

Mi volto e mi ritrovo – come immaginavo – tra le braccia protettive di Tuck. Mi sta guardando, con il suo viso perfetto e i denti bianchissimi. «Volevo vederti prima dello spettacolo.»

Mi sento in difficoltà, non riesco a muovermi. E comunque, non so dove potrei andare.

Sento la voce di Ella. È forte e tesa, e viene da non troppo lontano. «Credo che sia tornata alla macchina. Forse dovremmo andare a controllare...»

E la bocca di Tuck si posa sulla mia. Ha le labbra calde e l’alito che sa di caffè. Accade così in fretta che non ho neanche il tempo di reagire prima che sia finito, prima che lui si ritragga e mi sorrida. Poi entrambi ci giriamo a salutare Ella, che sta dall'altra parte della sala...

Accanto a Milo.

Tuck mi tiene un braccio intorno alle spalle, e per questo – sebbene la cosa sia paradossale – gli sono grata, perché mi aiuta a non perdere l'equilibrio. Con Tuck che mi sostiene, sono sicura che non cadrò.

Ma ora che ci penso, se il parquet si aprisse sotto ai miei piedi e mi ingoiasse in un attimo, non sarebbe poi tanto terribile. Perché in quel caso Milo non mi guarderebbe così.

Sorpreso.

Confuso.

Devastato.

CAPITOLO 27

Sono confusa, non so come ho fatto a svincolarmi da Tuck, Milo e da tutta quella situazione imbarazzante, ma sono piuttosto certa che sia stata Ella a correre in mio soccorso. E chissà come, a un certo punto, mi ritrovo nella mia auto, seduta dal lato passeggero, con Ella che guida verso il teatro. «Non posso andare in scena» le dico, mentre svoltiamo nel parcheggio del teatro. «Stasera non voglio recitare nello spettacolo.»

«Devi. È il tuo lavoro.»

«Ho la nausea.»

«No, non è vero.» Ella spegne il motore e si volta a guardarmi. «Non hai la nausea. Sei solo un po' incasinata con i ragazzi.»

«Sono troppo incasinata» le dico. «La gente incasinata come me non dovrebbe mostrarsi in pubblico.»

«Ma per favore.» Ella alza gli occhi al cielo. «Hai mai

letto una di quelle riviste da due soldi? C'è gente molto più incasinata di te nell'occhio del ciclone, quindi datti una regolata. Hai due ragazzi che ti vengono dietro. Scusa, ma non ce la faccio proprio a compatirti.»

«Ti odio» le dico.

«Anch'io.» Poi lei apre la portiera. «Dai, andiamo. Vedrai che andrà tutto bene.»

* * *

Ma non va tutto bene. È un disastro. Quando entriamo in scena con le tuniche bianche, Milo si rifiuta di guardarmi. Durante la scena delle creature dei boschi, non viene verso di me al centro del palco. Quando faccio per raggiungerlo, come ho fatto per tutta l'estate, lui cambia direzione sbattendo le ali. Io lo seguo, ma lui si sposta di nuovo, e dato che non possiamo rincorrerci così davanti al pubblico, alla fine mi fermo e me ne resto tutta sola. Sono il coniglio più triste sulla faccia della terra.

Tuck, invece, ha proprio la reazione opposta, cosa che mi sarei dovuta aspettare. Non fa altro che guardarmi. Quando Afrodite gli offre la donna più bella del mondo, lui si rivolge a me, prima di concedere il suo drammatico consenso. Più tardi, quando salpa per la Grecia, mi guarda dritto negli occhi per tutto il tempo, mentre io aiuto gli altri membri del cast a muovere le onde del Mar Egeo sul palcoscenico. Non era questo che speravo di ottenere, quando mi immaginavo quest'estate? Ma ora che siamo qui, è terribile.

E anche un tantino ridicolo.

È così che i ragazzi di teatro dimostrano il loro amore?

Gesù mio.

Finalmente, quando tutti escono di scena dopo l'ultimo inchino di gruppo, riesco a fermare Milo. Non ci sarei riuscita, se non avessi rinunciato a cambiarmi, come invece dovremmo fare. Me ne vado dritta ai camerini dei ragazzi e mi metto ad aspettarlo lì fuori. Milo esce dopo qualche istante. Quando mi vede, è molto contrariato. «Non è così che si fa, capito? Non puoi comportarti di merda e poi tendermi un'imboscata per spiegarmi perché ti sei comportata di merda.»

«Va bene, mi sono comportata di merda» gli dico, solo che la cosa non mi va giù. Forse ero confusa, ma questo non fa di me una merda. «Però potevi dirmelo, lo sai?»

«Dirti cosa?» Lo sguardo di Milo è più cupo del solito. «Di smettere di sfruttarmi? E magari ringraziarti per avermi usato come trampolino di lancio per Tuckville?»

«Questa è pessima. Non c'è niente tra noi. Tuckville non esiste.» A proposito, l'ultima cosa al mondo che vorrei in questo momento è che Tuck uscisse dai camerini e ci vedesse litigare a causa sua. «Milo, possiamo andare a parlare da un'altra parte?»

«No.» Lui incrocia le braccia e mi fulmina con lo sguardo. «Non sono arrabbiato perché ti piace lui. Per quanto mi riguarda, puoi andare dietro a chi vuoi. Ma la cosa che mi fa incazzare è che all'inizio pensavo di aver letto male i segnali. Che ci fosse un codice nascosto, che la verità non sta mai in superficie e tutte queste stronzate qua.» Poi gli scappa una risatina. «No. Non c'era niente di nascosto. Era tutto alla luce del sole. Hai fatto di tutto per venire qui, anche se non avevi idea di quello che stavi facendo e non te ne fregava niente di niente.»

«No, invece!» In questo momento, me ne frega tanto da starci male. «Ero confusa. Io non voglio stare con Tuck.»

«Congratulazioni.» Milo mi rivolge un sorriso amaro. «Che bella cosa da dire. Siamo proprio due ragazzi fortunati.»

«Se solo mi avessi detto cosa provavi...»

«Che avremmo fatto?» Mi interrompe e fa un passo avanti. «Avremmo scopato un paio di volte? Avremmo pomiciato a una festa o due? Già fatto, Rainie. Lo faccio di continuo. Ma stavolta no. Stavolta avrei aspettato...» Si ferma e mi guarda in cagnesco. «Ma lo sai che sei proprio un cliché? Rincorrere il protagonista. È così... scontato.»

Ma certo.

È questo che sono.

Scontata e tutt'altro che interessante.

Come al solito.

Guardo Milo allontanarsi a grandi falcate lungo il sentiero. Poi Tuck esce dai camerini e mi guarda con aria confusa, allora io scappo. Mi confondo tra la folla, supero la ringhiera e raggiungo gli alberi. E resto lì, al buio, da sola, finché Ella non mi manda un messaggio per chiedermi dove cavolo sono finita.

* * *

Credo di non aver dormito affatto, almeno non di notte: quando è sorto il sole, ero ancora sveglia. Ma poi a un certo punto devo essermi addormentata, perché quando riapro gli occhi, Ella non è a letto e l'orologio sul muro dice che è pomeriggio inoltrato. Sento dei mormorii provenire dal soggiorno, allora vado di là barcollando e trovo Ella e Annette sedute sul divano. Ella agita un mano. Ha le unghie dipinte di giallo. «Annette mi ha messo lo smalto sulla mano sinistra» mi dice.

«E lei l'ha messo a me.» Anche Annette mi mostra le dita dello stesso colore.

Ella si alza e mi raggiunge. «Vestiti» mi ordina. «Voglio farti vedere una cosa.»

«Per caso è l'inferno?» le chiedo. «Perché l'ho già visto. Praticamente ci vivo, ormai.»

«Oddio, quanto sei drammatica!» mi dice spazientita. «Sei diventata un'attrice tragica?»

Mezz'ora dopo, Ella mi accompagna su Nine Muses Street. «Annette ha lasciato il lavoro al Bel Giardino» mi dice mentre superiamo le tende verdi di McKay. «Ha già restituito il grembiule. Ora deve solo passare a prendere la busta paga. La bibliotecaria del campus le ha offerto un posto e lei ha accettato. Non guadagnerà molto, ma magari la spronerà a studiare di più.»

«E magari non dovrà più farsi recuperare alle feste universitarie.»

«Già.» Ella scuote la testa. «Credo che per un attimo abbia perso la bussola. A volte capita, sai? Credo che sia successo anche a mia madre, quando ha tradito mio padre.»

Io annuisco. Forse è successo anche a me quest'estate.

E forse non l'ho ancora recuperata, la bussola.

Do un colpetto di gomito a Ella. «Speriamo che questa cosa della bussola non sia genetica.»

«Infatti.» Passiamo davanti a un parcheggio e a una galleria d'arte, poi Ella mi prende per il braccio. «Di qua.» Mi trascina fino all'imbocco di un vicoletto.

«Ehm...» Lascio che mi porti davanti a un cassonetto blu mezzo arrugginito e piazzato contro un muro. «Non sarà rischioso stare qui?»

«Siamo a Olympus» risponde lei. «Qua non c'è mai niente di rischioso.»

La mia esperienza mi suggerisce il contrario.

Superiamo una scala antincendio, passando sopra a una vecchia coperta e a degli avanzi di cibo da fast food, poi ci fermiamo. «Guarda.» Ella mi mette le mani sulle spalle e mi fa girare di novanta gradi. «I più bei graffiti di tutta Olympus.»

Guardo il muro di mattoni. Ci sono quattro parole scritte a caratteri cubitali con la vernice spray:

HAROLD, NON SONO INCINTA.

Sotto, c'è un'enorme faccia sorridente.

Resto a fissare il messaggio per un lungo istante – questo messaggio spudorato, essenziale e poco delicato – e poi scoppio a ridere. Ella si unisce a me. Alzo le braccia in segno di apprezzamento. «Ma... è geniale.»

«Dice tutto, no?»

«È una storia completa.»

«Non c'è modo di fraintendere.» Ella torna a guardarmi. «E a proposito, voglio chiarire una cosa riguardo a Milo.» Mi guarda dritto negli occhi. «Non hai bisogno del mio permesso per stare con lui. Ma per la cronaca, te lo concedo.»

«Grazie.» Credo che il mio sorriso dimostri tutta la tristezza che provo. «Ma penso di aver perso il treno, ormai.»

«I treni non li perdi mai, a meno che qualcuno non li porti fuori dalla stazione.» Ella imita un macchinista che aziona il fischio. «Ciuf, ciuf.»

«Questa frase non ha senso» le dico.

«Lo so.» Mi fa un mezzo sorriso. «Io ci ho provato.»

«Grazie.»

* * *

Ella resta a casa, mentre io vado al Bel Giardino. Dice che ha paura di poter pugnalare Vic con un coltello da bistecca. In effetti, se ci vado da sola è meglio per tutti. Mentre svolto nel parcheggio di ghiaietta alle spalle del ristorante, inizia a piovigginare. Nei giorni feriali, il Bel Giardino chiude tra pranzo e cena, e infatti adesso non ha ancora riaperto.

Quando salgo i gradini sul retro, Cory Bello sta giusto aprendo la doppia porta che conduce a una rampa di metallo coperta. Lo saluto con la mano e – dopo un attimo – lui mi riconosce e ricambia. Mentre mi avvicino, la pioggia mi bagna il viso. «L'amica di Annette, giusto?»

«Sì, sono venuta a ritirare la sua busta paga.»

«Te la vado a prendere» dice. «Come sta?»

«Bene» rispondo. «Ha trovato lavoro alla biblioteca.»

«Fantastico.» Cory mi fa un gran sorriso. «Appena ricominciano i corsi, vado a trovarla.»

«Le farà piacere.» Lo guardo entrare nel ristorante e poi mi metto a osservare la pioggia che picchia sulla mia auto. Questo po' d'acqua non basterà a lavarla, né ad annullare lo spettacolo. Serve solo a creare umidità e a dare fastidio.

Un attimo dopo sento un rumore provenire dalla rampa metallica alle mie spalle. Mi volto e non trovo Cory Bello, ma Vic. Tiene in mano una busta con il nome di Annette scarabocchiato sopra. La mia reazione di disprezzo dev'essere evidente, perché lui ha l'aria da cane bastonato. «Mi credi uno stronzo.»

«Solo perché sei uno stronzo» faccio io.

«Forse sei troppo giovane per capire.» Vic sembra pensieroso. «Forse perfino Annette è troppo giovane. Ma è stato meglio che sia andata a finire così. Poche chiacchiere e niente storie tirate per le lunghe. Non si è fatto male nessuno.»

Io lo guardo fisso. «Annette si è fatta male.» Ma evito di concludere la frase con "brutto coglione".

«Lo so, ma Annette è la vittima. In un certo senso, è più facile per lei. È libera. Sono io che dovrò convivere con quello che ho fatto. Lei può andare avanti con la sua vita.» Mi guarda. «Ti posso rivelare un segreto?»

«Se proprio devi.» Ma dato che ha in mano la busta paga di Annette, incrocio le braccia e aspetto.

«Sei ancora abbastanza giovane da credere che un giorno avrai tutte le risposte.» Vic scuote la testa. «Il segreto è che non è vero. Non c'è un'età magica in cui capirai tutto. Non ti aspettare nessun incantesimo. La magia non esiste.»

«Grazie.» Gli tolgo la busta dalle mani. «Oltre che traditore sei pure filosofo. La tua fidanzata è proprio una donna fortunata.»

Poi mi giro e me ne vado; mi allontano dalla rampa e mi immergo nella nebbia. Nonostante Vic sia uno schifoso – e senza dubbio lo è – mi ricordo di cosa dice sempre Milo. I cattivi non sanno di essere cattivi. Quindi, anche se questo ragazzo – questo poveraccio di un vicedirettore di ristorante di provincia che è stato in grado di fregare ben due donne – è il cattivo della storia di quest'estate, non sa di esserlo. Non può saperlo.

Però, mentre mi allaccio la cintura di sicurezza, mi viene in mente un'altra cosa che Milo dice sempre: i cattivi hanno almeno una qualità positiva. Forse quella di Vic è il segreto che mi ha rivelato. Non il messaggio che pensava di comunicarmi, piuttosto qualcosa che ha detto prima. Qualcosa sulle vittime. Qualcosa sulla libertà.

* * *

A questo punto, ho ancora il tempo di passare a prendere Ella a casa e di andare al teatro. Quando arriviamo nel parcheggio, non apro la portiera. Lei sta frugando nella borsa in cerca di non so cosa, ma si ferma quando si rende conto che la sto guardando. «Che c'è?»

«Grazie.»

«Di cosa?»

«Di tutto. Di quest'estate.»

«Tu sei proprio strana.» Ma mi sorride. «Comunque, non c'è di che.»

Scendo dall'auto e metto in atto il mio piano. Quello che ho ideato dal nulla un'ora fa.

Io ed Ella scendiamo le lunghe gradinate di cemento del teatro, superando una dopo l'altra le file di panche di alluminio. Imbocchiamo il sentiero sterrato che porta dietro le quinte, e poi Ella si avvia nei camerini. «Vado a prendere un toast al formaggio» le grido, ma poi me ne resto lì a guardarla mentre si allontana. Se non altro, posso dire di aver recuperato la mia amicizia con lei, quest'estate. Sono contenta.

A questo punto, mi avvio lungo la pedana di legno, che non è deserta, ma nemmeno troppo affollata, ancora. Mi fermo davanti alla bacheca di sughero, dove c'è appesa una locandina nuova per la serata, e scribacchio un rapido "Tanti auguri" per Bianca. Faccio qualche passo indietro, poi mi fermo, prendo di nuovo il pennarello e aggiungo le parole "bomba sexy" al mio augurio. Se Gretchen può permettersi di fare complimenti a tutti, perché non posso farlo anch'io?

Dalla cucina proviene l'odore untuoso di formaggio fuso. Mi avvio in quella direzione, ma proseguo dritto. Svolto davanti ai camerini dei ragazzi, supero la ringhiera che costeggia il fianco del teatro ed esco nel parcheggio. Grazie al cielo, riesco a raggiungere la macchina senza incontrare né Tuck né Milo. Poi spengo il telefono e me ne vado.

CAPITOLO 28

Tornando all'appartamento, mi fermo al supermercato per rifornire il freezer di Annette con tre barattoli di gelato alla fragola e il frigorifero con una dozzina di yogurt dello stesso gusto. Riempio i bagagli con le mie cose – vestiti e prodotti da bagno – e poi faccio quattro viaggi per portare borsoni e valigie in macchina. Metto sul cuscino di Ella tutti i contanti che mi restano – più che sufficienti a coprire la mia parte delle spese d'affitto e bollette – e sfilo la chiave dell'appartamento dal portachiavi. Per ultimo, lascio il mio smalto blu elettrico sul tavolino in soggiorno. Poi esco, metto il lucchetto alla porta e me la chiudo alle spalle.

Una volta in macchina, finalmente riaccendo il telefono. Come avevo previsto, ci sono vari messaggi di Ella, due di Tuck e una chiamata persa da parte dell'ufficio della produzione. Ma stasera risponderò a un solo messaggio, e solo perché so dove si trova il destinatario in questo momento: in un giardino greco, a baciare Gretchen. Collego gli auricolari al cellulare, per poter telefonare mentre guido.

«Avevi ragione» dico alla segreteria telefonica di Tuck, mentre lascio Olympus. «Hai detto che quest'estate sarebbe stata rischiosa ed era vero. Tutto, lo spettacolo, vivere con Ella, tu. Ma ora basta. Tu sei un tesoro e lo so che sono una codarda a dirti queste cose al telefono, ma non credo ci sia niente tra noi. E non voglio tornare a Dobbs e fare finta che sia così. Sono venuta qui per via del tuo monologo. Che era stupendo, tra l'altro, e mi ha cambiato la vita...» Mi interrompo, riflettendo su cosa dire. «Ma sono state le tue parole a spingermi a farlo, non tu. Perciò grazie per averle pronunciate.» Svolto sulla strada che porta fuori città. Lo sto facendo davvero. Sto per schiacciare il tasto del telefono, ma poi mi fermo. Ho un'ultima cosa da dire. «Scusa ancora.»

Riaggancio e alzo il volume della musica. È difficile guidare giù per una montagna, di sera, quando hai gli occhi annebbiati dalle lacrime, ma – in un modo o nell'altro – io ci riesco.

* * *

Sento bussare e mi sveglio. Mi raddrizzo sul sedile e pian

piano cerco di alzare la testa tenendo gli occhi chiusi. È difficile perché, a quanto pare, mi è venuto il peggiore torcicollo dell'universo a dormire in macchina così. Mentre sbadiglio e stiracchio le braccia, urto contro il centro dello sterzo. Il rumore del clacson mi riscuote e mi fa aprire gli occhi. Mi sento stordita e cerco di capire chi ha bussato.

È Marin. Sta in piedi accanto alla mia macchina – che è ferma dove l'ho parcheggiata, davanti a casa sua – e mi fissa. Apro la portiera. «Ciao.»

«Che ci fai qui?» Marin indossa un completino da corsa arancione e una fascia per capelli. «Sei stata qua fuori tutta la notte?»

«No.» Ruoto il collo e comincio a massaggiarmelo per sciogliere i muscoli. «Ho guidato per tutta Dobbs finché non sono rimasta quasi a secco di benzina.»

Marin spalanca la portiera. «Dentro» mi ordina. «Subito.»

* * *

Quando mi sveglio di nuovo, ore e ore dopo, sono rintanata nel letto di Marin. Sarah si è presentata a casa sua poco dopo che Marin mi ha trovata. Mi hanno preparato i waffle e fatto fare una doccia, forse perché non riuscivo a smettere di piangere, e a un certo punto non sapevano più che fare. Marin mi ha dato un paio di pantaloncini fucsia, un top corto abbinato e una pillolina bianca. «È a base di erbe» mi ha detto. «Melatonina. Farmaco da banco.» Non so se sia stata la pillola o il fatto che non dormissi bene da giorni, ma ora che guardo l'orologio di Marin, mi rendo conto che all'Olympus è quasi ora di andare in scena. Ho dormito tutto il giorno.

Mi alzo dal letto e raccolgo i jeans sporchi dal pavimento, così posso infilarmeli sopra ai pantaloncini, prima di andare in soggiorno. Là trovo Marin e Sarah accoccolate l'una accanto all'altra sul divano, a sfogliare riviste scandalistiche.

«Finalmente» dice Sarah quando mi vede.

«Tra venti minuti ti avremmo svegliata noi» mi informa Marin. «Come ti senti?»

«Meglio.» Ma poi mi salgono le lacrime agli occhi. «Forse non tanto meglio.»

Le mie amiche saltano in piedi. Mi prendono ciascuna per un braccio e mi fanno sedere in mezzo a loro. «Che è successo?» chiede Marin.

«Dobbiamo picchiare qualcuno?» domanda Sarah.

«No.» Sorrido tra le lacrime. «C'è un ragazzo che mi piace, tutto qui.»

«Be', questo lo sapevamo.» Sarah mi stringe la mano.

«Non Tuck.» Mi metto dritta. «L'altro ragazzo. È dolce, simpatico, intelligente e troppo, troppo carino e...»

Lascio la frase a metà e nascondo il viso tra le mani. «E io ho rovinato tutto.»

Sarah e Marin si trasformano immediatamente in due galline e si mettono a chiocciare intorno a me. «No» fa Marin. «Sono sicura che non hai rovinato niente.»

«Se non gli piaci è proprio un cretino» interviene Sarah. «Il più stupido del pianeta.»

«No, io gli piacevo in realtà» le dico. «Ma ho mandato tutto all'aria e...» Mi fermo, cercando le parole per spiegarlo, per descrivere quest'estate. «Credo che mi abbia spezzato il cuore. È così che ci si sente, quando si insegue qualcosa fino in fondo? Quando ti lasci andare e ti innamori di una persona? Ti incasina così e ti fa sentire malissimo?»

Marin e Sarah si scambiano un'occhiata. Marin mi guarda negli occhi. «Insomma... qualche volta.»

Sarah insiste. «Te lo ripeto, se dobbiamo picchiare qualcuno, nessun problema.»

«È uno schifo» dico.

«I tuoi genitori lo sanno che sei tornata a casa?» mi chiede Marin.

«Per carità, no.» Mi passo le mani tra i capelli spettinati. «Si arrabbierebbero da morire. Posso nascondermi qui per un po'? Non lo verranno nemmeno a sapere. Penseranno che sono ancora a Olympus.»

«Fino a domenica, sì.» Marin lancia un'occhiata a Sarah. «Poi i miei tornano da Las Vegas. Potremmo strappare un altro paio di notti, ma poi dovremo dargli una spiegazione. Sarah?»

«Ai miei non frega niente di niente» fa Sarah con indifferenza. «Di quanto hai bisogno, una settimana?»

«Sì» le dico. «Poi mi presento a casa come se fossi appena tornata da Olympus.»

«Che casino» dice Marin.

«Lo so» rispondo.

All'improvviso, Sarah si alza e se ne va. Torna con il mio zaino. «Meglio se dai un'occhiata al telefono» dice. «È tutto il giorno che squilla. Alla fine l'abbiamo messo in cucina, perché ci stava facendo uscire di testa.»

Prendo il telefono controvoglia e lo guardo. Sempre gli stessi due nomi che si ripetono: Tuck ed Ella. Milo non mi ha mandato neanche un messaggio.

«Forse dovresti richiamare almeno uno dei due» dice Marin.

«No.» Mi scappa un sospiro. «Niente di quello che potrei dire cambierebbe le cose.»

«Questo lo decido io.» Sarah mi strappa il telefono di mano e scorre la lista dei messaggi. «Tuck ti ha inviato ventisei messaggi.»

«Strano» dice Marin.

Io non rispondo.

Sarah continua a guardare il display. «C'è scritto che deve dirti una cosa importante.»

«Comunque è proprio carino» commenta Marin.

Sarah le dà un buffetto sul braccio. «Carino non è tutto.»

«Lo so, ma lui lo è parecchio.» Marin prende il telefono dalle mani di Sarah e dà uno sguardo ai messaggi. «Rainie, seriamente.»

«Basta» le dico. «Ho rotto con lui, okay?»

Ma Marin continua a guardare il display. «Non credo si tratti di questo. Gli rispondo io.» Comincia a digitare un messaggio.

«No!» Faccio per riprendermi il telefono, ma Sarah mi blocca le mani a mezz'aria.

«Due contro una» mi dice. «Sei in minoranza.»

«Non potete farlo!» Cerco di liberarmi, ma Sarah è forte. «Marin, che gli stai scrivendo?»

Marin mi mostra il telefono, per farmi vedere l'unica parola che gli ha scritto in risposta:

Cosa?

Immediatamente, compare una nuvoletta sul display. Tuck sta rispondendo. Un attimo dopo, arrivano altri messaggi:

A scuola.

Sul palco.

Marin mi guarda. «Di che sta parlando?»

«Del suo monologo» le ricorda Sarah. «Quando si è messo a fissare Rainie come un pazzoide.»

«E allora?» chiede Marin.

«Shh» le fa Sarah, indicando il display del mio cellulare. Un'altra nuvoletta, poi...

Le parole le ho pronunciate io. Ma le ha scritte qualcun altro.

Il pollice di Marin comincia a muoversi di nuovo sullo schermo:

E chi è stato?

Ma la domanda è inutile. Mentre fisso la nuvoletta minuscola che è apparsa sul telefono, so già tutto. So già cosa sta scrivendo Tuck, ancora prima che la risposta compaia sul display. E lo so perché è l'unica cosa che ha senso.

Milo.

CAPITOLO 29

L'unica cosa più stressante di guidare giù per una montagna nel cuore della notte, quando sei stanca morta, è guidare su per una montagna la sera dopo, quando vai di fretta e hai il cuore spezzato. Per questo motivo, ora c'è Sarah al volante.

E poi, non posso guidare e mandare messaggi contemporaneamente, e in questo momento ne sto inviando uno dopo l'altro. Mentre risaliamo la montagna e il segnale va e viene, ricevo messaggi di risposta in ordine sparso.

Da Tuck:

Figurati.

Da Ella:

Ma sei scema? Vabbè, ti perdono. A dopo.

E poi:

Però lo smalto blu me lo tengo.

Da Milo:

Sto cercando di lavorare. Rainie, smettila. Ti prego.

Ovviamente mi immaginavo già la reazione di Milo, ma vederla sul display del telefono l'ha resa ancora più reale. E ancora più dolorosa.

Arriviamo all'Olympus sgommando, appena dopo la fine dell'intermezzo. È facile capirlo, perché dagli altoparlanti riecheggiano già le note di apertura del secondo atto. Nel parcheggio c'è ancora qualche spettatore in ritardo: chi mangia un hot dog, chi finisce la sigaretta, chi esce dal bagno. Indico la biglietteria a Marin e Sarah e corro verso la ringhiera che costeggia il teatro. È la strada più lunga, ma dato che siamo a metà dello spettacolo, non credo che riuscirei a passare tra le panche e sul palcoscenico.

Quando la raggiungo, ormai senza fiato, la pedana di legno è quasi vuota. Gretchen e il magistrale Hugh Hadley sono proprio al centro, vicino alla bacheca di sughero.

Quando mi vedono, Gretchen mi saluta con la mano e passa qualcosa di piccolo a Hugh. L'oggetto brilla sotto le luci del retropalco. Io vado verso di lei, ma mi fermo a metà strada, nel punto da cui si vede meglio lo spettacolo da dietro le quinte. Salgo sulla panchina di legno inchiodata al pavimento e sbircio da un buco nel muro. Il pubblico non può vedermi, perché sono nascosta dalle foglie, dai macigni finti e dal buio del fondo del palco, ma io riesco a vedere cosa succede in scena. È il momento della polka di gruppo, che si svolge mentre i Greci e i Troiani combattono. Vedo il mio solito compagno di ballo – Jon, il ladro di rossetti – che danza con una persona invisibile. Mamma, che strano!

Mentre scruto il palcoscenico in cerca di Milo, Gretchen e Mandy arrivano da direzioni opposte. «Dove sei stata?» bisbiglia Mandy.

«Si sono dimenticati di riassegnare la tua battuta» dice Gretchen. «La scena di "chi è la più bella" è stata molto strana.»

«Oggi tutto lo spettacolo è un disastro» aggiunge Mandy. «Il primo effetto di luci non è partito in tempo, e da allora è andato tutto a rotoli.»

«Tuck ha cercato di improvvisare» dice Gretchen. «E lui è negato per queste cose.» A questo punto, si illumina. «In effetti, è vero! Non è per niente fantasioso. Chissà perché non me ne sono accorta prima?»

«Non saprei» le dico. Poi rivolta a Mandy: «Mi dispiace di non esserci stata ieri. E in parte anche oggi».

Gretchen ridacchia. «Eppure a letto non mi era sembrato…»

Questa volta, sia io che Mandy ci giriamo a guardarla. «Sei ubriaca?» le chiede Mandy.

«Ehi.» Gretchen alza le mani, come se stesse prestando giuramento in tribunale. «Hugh stava alzando il gomito, diciamo, più del solito. E io ne ho bevuto un po' a nome di tutta la squadra.»

«Accidenti» fa Mandy.

«Dovreste ringraziarmi. Sono un agnello sacrificale.» E le sfugge una risatina.

«Andiamo a prenderci un caffè.» Mandy la afferra per una mano. «Tra poco devi tornare in scena.»

Mentre lei la tira verso il bancone della cucina, io torno a sbirciare dal buco nel legno nodoso della parete. Sul palco, stanno ancora combattendo. Le spade si abbattono sugli scudi. I Troiani e i Greci ruotano gli uni intorno agli altri, schivando colpi e contrattaccando. Finalmente trovo Milo in mezzo alla folla. Indossa l'armatura – verde smeraldo rispetto al color muschio degli altri Greci, per farlo spiccare come uno dei personaggi principali – e brandisce la spada contro Paul, che in questa scena è un Troiano. Finalmente, ora che mi sono liberata di tutta la confusione, il senso di colpa e i sentimenti malriposti legati a Tuck, sono libera di apprezzare Milo. Il modo in cui le sue braccia si flettono per muovere la spada, e il modo in cui si scansa quando tentano di colpirlo. I capelli madidi di sudore che gli si appiccicano al viso spigoloso, e il petto affannato…

Un attimo.

Strizzo gli occhi, schiacciando la fronte contro la parete di legno sopra il buco. La battaglia sta durando parecchio. Milo sembra esausto…

Mi volto di scatto e vedo Hugh, ancora fermo al centro della pedana, che beve dalla sua fiaschetta. Dato che è sicuramente più rapido che raggiungerlo di corsa, mi sfilo una scarpa e gliela tiro. Lo colpisco a una gamba e lui ha un sussulto. La fiaschetta gli cade a terra e Hugh mi guarda con aria accusatoria. Allora indico il palco. «Tocca a lei» bisbiglio forte, cercando di farmi sentire.

Hugh si precipita in scena più veloce che può, con il suo passo traballante. Un attimo dopo, sento la sua voce roca risuonare al microfono. «Basta!»

Un secondo dopo, un cannone spara. Mi nascondo il viso tra le mani. I pirotecnici devono aver deciso di provare a improvvisare il finale della scena a modo loro, sparando un colpo di cannone.

Mi arrampico di nuovo sulla panchina e sbircio dal buco, mentre i Greci e i Troiani si fermano di scatto e si avviano dietro le quinte arrancando, molto più tardi di quanto avrebbero dovuto.

A questo punto, salto giù dalla panchina e mi fiondo dall'altra parte della pedana – che si sta riempiendo rapidamente di guerrieri stanchi – per raggiungere il punto da cui so che Milo uscirà di scena. Infatti, eccolo lì, che si fa largo tra la folla, rinfoderando la spada. Affanna ancora e ha la pelle imperlata di sudore. Quando mi vede, si incupisce. «Pensavo che te ne fossi andata.»

«Sono tornata.» Per te.

Non pronuncio queste ultime parole, ma non credo che farebbe alcuna differenza, perché Milo è già andato a prepararsi per la scena del cavallo di Troia. Dal palco, risuona nell'aria notturna il duetto di Elena e Polluce. La donna parla di quanto ami Paride. La parte di Polluce, invece, esprime più o meno gli stessi sentimenti, ma in senso fraterno e non romantico. La morale del duetto è che le relazioni possono cominciare nella menzogna, ma finire nell'amore eterno. L'ultimo verso di Elena: «Guarda ora come sono tutti felici!», viene minato dalle ultime parole ironiche di Polluce: «Eccetto i mooooooorti!»

Risate fragorose scoppiano tra il pubblico. Allora, forse non si sono resi conto di quanto sia folle lo spettacolo stasera. Forse pensano che le parole sbiascicate, le lunghe battaglie e i colpi di cannone fuori posto facciano parte del programma.

Mentre sul palco i Greci – condotti da Milo nei panni di Achille – informano il pubblico che si ritirano, perché sono stati sconfitti dai Troiani, io mi metto a correre. Forse sono in ritardo, forse sto sbagliando tutto, ma il meno che io possa fare è presentarmi in scena. Sfreccio tra i Troiani in armatura e le Muse in toga che affollano la pedana, e raggiungo i camerini delle ragazze. Ella alza lo sguardo mentre si allaccia i sandali di cuoio attorno ai polpacci. Mi guarda da capo a piedi: «Sei un disastro!» Allora mi ricordo che indosso il top fucsia di Marin, i jeans sporchi e una scarpa sola.

«Rimarrà in vita ancora per poco. Se non mi sbrigo, non riuscirò a dirglielo» faccio io.

«Milo?»

«Sì.»

«Dirgli cosa?»

«Che mi dispiace, che sono stata una stupida e che lo amo.» Le parole mi sfuggono prima che possa ripensarci, e ora che le ho pronunciate, sono reali. «Accidenti, io lo amo.»

Ella rimane a fissarmi per un lungo istante, durante il quale non riesco a capire cosa sta pensando. Poi scatta in piedi e prende la mia toga dal gancio. «Allora devi costringerlo ad ascoltarti. Dopo lo spettacolo, costringilo ad ascoltarti.»

Comincio a svestirmi alla velocità della luce, afferrando la toga dalle mani di Ella e infilandomela sopra la testa. «E che faccio durante la rappresentazione?»

«Durante la rappresentazione ti godi lo spettacolo di lui in armatura.» Mi fa un sorrisetto. «Perché è proprio uno spettacolo.»

Diversi minuti dopo, io, Ella, Paul, Jon e tutte le altre comparse-attrezzisti siamo dietro le quinte con le nostre toghe da coro, mentre sul palco infuria l'ultima battaglia. I rumori della guerra sono amplificati dagli altoparlanti e rendono la scena più feroce e spaventosa di quanto non sia in realtà. Stasera sembra che i truccatori abbiano esagerato un po', perché c'è roba rossa e viscida da tutte le parti. Quando Paride uccide Achille – cosa che, come sempre, mi spezza il cuore – la sacca di sangue sotto l'armatura di Milo esplode drammaticamente, schizzando entrambi di rosso. Milo si accascia lentamente, contorcendosi, infilzato dalla spada di Tuck, e io devo chiamare a raccolta tutte le mie forze per evitare di correre da lui e stringerlo tra le braccia.

Ma ormai mancano pochi minuti alla fine dello spettacolo. Posso aspettare.

Tuck – nei panni di Paride – ripone la spada, mentre dall'altro lato del palco, Logan – nei panni di Polluce – uccide un ultimo guerriero. Entrambi si ergono tra la gloria e la strage della guerra, mentre tutti gli altri sono morti o feriti troppo gravemente per alzarsi. A questo punto, anche Polluce mette via la spada. Si incammina lentamente verso Paride, trasudando l'aria di tragica vittoria che ha mantenuto per tutta l'estate, mentre Paride osserva le orribili conseguenze del rapimento di Elena.

«Paride, fratello mio.» Polluce indica il carnaio che occupa il palco. «Guarda cos'abbiamo provocato.»

Paride fa un gran sospiro e si sfila l'elmo. «Abbiamo vinto la guerra.»

«Ma a quale prezzo?» Polluce alza lo sguardo al cielo, come a interrogare gli dei. «Non saremmo mai dovuti venire qui, io ed Elena. Il motivo era fasullo. Era tutto un inganno…»

«Che si è tramutato in amore!» lo interrompe Paride urlando.

«Che si è tramutato in guerra!» ribatte Polluce gridando altrettanto.

Restano a fissarsi come hanno fatto fin dalle prime prove, con aria tragica e furiosa. Dal punto in cui mi trovo, riesco a vedere il viso di Milo. Ha perso l'elmo in battaglia e, per via del modo in cui è caduto, ha il viso voltato dall'altra parte rispetto al pubblico, ma gli occhi aperti per guardare l'ultimo scontro di Paride e Polluce.

Qualcuno dietro le quinte deve aver spinto Hugh ormai ubriaco, perché per l'ultima volta Zeus fa il suo ingresso in scena proprio quando dovrebbe. Gli puntano addosso un riflettore, mentre dall'alto dell'Olimpo lui osserva il campo di battaglia. «Per Achille!» tuona, esattamente come tutte le sere…

Ed è a questo punto che un fulmine dovrebbe precipitare giù dal cielo con una fiammata lucente e uccidere Paride. Polluce, che si sta già incamminando verso di lui, aumenterà il passo per prenderlo tra le braccia, mentre cade. Poi poserà a terra il cadavere di Paride, prima di rialzarsi e pronunciare il monologo sulle tragedie della guerra. Alla fine, Eros ed Eris ci condurranno nella marcia funebre. È così che dovrebbero andare le cose in ordine cronologico: fulmine, morte, tragedie, marcia.

Solo che stasera il fulmine non arriva. C'è soltanto l'urlo di Zeus... e poi una pausa impietrita. L'effetto pirotecnico non parte dopo la battuta. Dovrebbe essere una cosa a cui si può rimediare, perché ci sono i dardi di riserva già pronti per emergenze del genere... ma non partono nemmeno quelli. Il che è un problema, perché Tuck ha già cominciato ad accasciarsi, prevedendo la propria morte imminente.

Ma la morte non è arrivata, perché il fulmine non l'ha mai colpito, il che vuol dire che Polluce, che si affretta a raggiungerlo per prenderlo tra le braccia, lo stringe in uno strano abbraccio prima che lui cada a terra. Tra le quinte, il mio sussulto riflette quello degli altri intorno a me, mentre Paride e Polluce barcollano mezzo accovacciati per qualche secondo. Poi Polluce rimette Paride in piedi. Gretchen aveva ragione: Tuck non è un granché a improvvisare, infatti non dice o fa niente per risolvere la situazione. Se ne sta semplicemente fermo lì. Impietrito. A fissare la folla.

«Che sta facendo?» sussurra Ella.

«E che può fare?» risponde Paul. «Non è morto.»

«Allora dovrebbe dire qualcosa» fa Ella. «Se non sei morto, parli.»

Se non sei morto, parli.

L'assistente della direttrice di scena si lancia in mezzo a noi, sussurrando furiosamente a Nikki con il microfono collegato alle cuffie. «Non lo so. Vuoi che faccia partire la marcia funebre?»

Mentre lui aspetta una risposta, e tutti gli altri osservano il disastro che sta avvenendo in scena, all'improvviso mi rivolgo a Ella. La afferro per le spalle e le ripeto le sue stesse parole: «Quando non sei morto, parli».

Ella sembra confusa. «È quello che ho...»

Ma mi sono già allontanata per entrare in scena. Dietro di me, la sento mormorare: «Oh, cazzo» ma è troppo tardi ormai.

Sono già sotto i riflettori.

CAPITOLO 30

Sia Tuck che Logan sgranano gli occhi quando spunto sulla scena con la mia toga bianca addosso. Potrei anche spingermi a dire che Tuck è completamente nel panico. In ogni caso, lo guardo solo per un secondo, prima di rivolgere la mia attenzione a Milo. Lui è steso a terra e mi fissa, e anche se non sembra terrorizzato come Tuck, si capisce che è sorpreso.

Quasi quanto me.

Mi volto verso le gradinate del teatro, che – ovviamente, con la fortuna che mi ritrovo – sono affollatissime. In questo mare di facce, non ho la minima idea di dove siano Marin e Sarah, ma ovunque si trovino, sono certa che sono rimaste scioccate nel vedermi entrare in scena. Mi poggio un pugno sul fianco e indico Logan con l'altra mano. «Hai ragione, Polluce» grido forte, come fanno i protagonisti quando pronunciano le loro battute. «Non sareste dovuti venire qui.»

Con la coda dell'occhio, vedo le altre comparse-attrezzisti che mi osservano, uno addosso all'altro. Sconvolti.

«Ma dato che siete qui, ormai» vado avanti «dovete...» Mettervi il cuore in pace, mettervi il cuore in pace, mettervi il cuore in pace... Gli antichi Greci come lo direbbero "mettervi il cuore in pace"? Lancio un'occhiata alla cabina di produzione sperando in un suggerimento, ma niente da fare, perché anche da questa distanza vedo che Nikki mi sta guardando con aria infuriata. «...Raccogliere quel che avete seminato!» dico in fretta, e poi provo a ripetere più lentamente la battuta improvvisata. Questa volta, la intono con voce profonda e solenne. «Dovete raccogliere quel che avete seminato.»

Logan fa un passo verso di me. «Cosa intendi... o divina Musa dell'Olimpo?» Mi fa l'occhiolino. Grazie a Zeus e a tutti gli dei, mitologici e non, proprio Logan tra tutti mi regge il gioco.

«Anch'io ho perso qualcuno oggi» gli dico, gettando un'occhiata a Milo, che questa volta deve per forza ascoltarmi, dato che è morto stecchito. «L'ho perso perché io – come voi – ho combattuto la guerra sbagliata.»

Torno a guardare Logan, che piega la testa da un lato così che anche il pubblico capisca che mi sta chiedendo delle risposte. «Ti prego, narraci, o Musa.»

«Sì.» Finalmente Tuck riesce a dire qualche parola. «Ti prego, narraci.»

«Quel guerriero.» Indico Milo con aria tragica. Mi sembra di intravedere un minimo movimento delle labbra, come se stesse cercando di non sorridere. Mi sforzo di ritrovare il contegno necessario a non saltargli addosso e resto dove sono, con un dito puntato su di lui.

«Achille?» chiede Logan, cercando di aiutarmi.

«Sì.» Faccio un cenno con la testa, ma poi – dato che non credo che il pubblico l'abbia visto – annuisco vigorosamente. «Ho perso la possibilità di dirgli…» lascio la frase a metà, con il cuore che mi batte all'impazzata. La mano di Milo, quella che il pubblico non vede perché nascosta dal corpo, si muove. Anche se il resto rimane immobile, quella mano scivola verso di me. Appena appena. E le dita si allargano nel terreno. Vuole che mi avvicini.

Faccio due passi verso di lui e poi guardo di nuovo la cabina di produzione. Nikki si sporge sui comandi e mi osserva attentamente. Sono sicura che se questo fosse un teatro normale – di quelli al chiuso, non uno scavato nella montagna – avrebbe già fatto calare il sipario. Ma qui… ha le mani legate.

Faccio un altro passo… e un altro ancora. Finché non mi ritrovo così vicina a Milo che potrei prenderlo a calci con il mio sandalo, se volessi. Mi rivolgo a Logan e pronuncio le parole che avrei dovuto dire settimane fa. «Ho perso la possibilità di dirgli che lo amo.»

«E così lo ami?» Logan ha l'aria a dir poco divertita. Anzi, se la sta spassando da morire. «Narraci, o Musa.»

Io lo fulmino con lo sguardo. «Sì, lo amo, Polluce, va bene?»

Ops, questo non fa tanto antica Grecia.

Torno a guardare Milo, quando sento le sue dita scivolare attorno alla mia caviglia e accarezzarla delicatamente. «Ti amo» gli dico. Poi guardo il pubblico. «Ti amo, Achille» dico più forte. «Vorrei solo che avessimo avuto più tempo per stare insieme.»

A questo punto, alle nostre spalle, sentiamo una voce tonante che ci fa trasalire tutti. «Il tuo desiderio è esaudito!»

Milo sgrana gli occhi, e io – insieme al pubblico – mi volto verso Hugh... cioè, Zeus, che se ne sta in piedi sul macigno verso il fondo del palco e ci indica con un dito. «La guerra è male» grida. «L'amore è bene.»

Eeeeeed... è per questo che gli attori hanno bisogno degli sceneggiatori. Però, apprezzo il sentimento.

«Alzati!» L'ordine di Zeus è profondo e assordante. È la prima volta dall'inizio dell'estate che parla davvero come un dio. «Alzati, Achille!» Indica Milo. «Vivi per amore!»

Porca vacca.

Nikki ci ammazzerà tutti.

Mentre mi giro verso il pubblico, intravedo Tuck e Logan. Tuck è inorridito, ma Logan ha un sorriso enorme stampato in faccia. E chi l'avrebbe immaginato che la qualità positiva di Logan sarebbe stata quella di provare a improvvisare insieme a me?

Socchiudo gli occhi perché ora la luce dei riflettori sembra più luminosa che mai. Ci metto qualche secondo a capire che non me lo sto immaginando. Su in cabina, Nikki ha deciso di unirsi alla corsa. Avrà pensato che se siamo costretti a stare sotto i riflettori, ci meritiamo almeno la luce giusta. Il pubblico è un'enorme ombra indistinta che si spande davanti a me, mentre la mia fetta di palco si illumina e qualcosa mi sfiora i polpacci.

Non ho bisogno di abbassare lo sguardo. È Milo. Si sta alzando dopo l'ordine di Zeus e la mia dichiarazione appassionata. Ora sta in piedi a pochi centimetri da me, con gli occhi scuri, i bei lineamenti e la bocca perfetta, e restiamo a fissarci per un momento. Poi mi posa le mani sulle spalle e io le sollevo appena appena per godermi il contatto con i suoi palmi caldi. Il suo sguardo si posa sui miei occhi, mi sfiora la fronte e poi scende a posarsi sulle labbra. Sento che mi stringe le spalle. Mi sta spingendo a girarmi, per non bloccare la visuale al pubblico.

«Grazie per avermi richiamato dal regno dei morti» dice sottovoce, così è sicuro che dalle gradinate nessuno possa sentirlo. Dalla prospettiva del pubblico sembriamo due innamorati riuniti che condividono un momento intimo.

E forse siamo proprio questo.

«Voglio che mi baci» sussurro e lo guardo sorridere.

«Ma questa sarebbe una mossa scontata» ribatte lui. «Il messaggio non è affatto nascosto.»

«Meglio così.» Mi alzo sulle punte, gli getto le braccia al collo e lo attiro a me. La sua bocca è calda e morbida, e dal modo in cui mi bacia, capisco che è da tanto tempo che voleva farlo. Forse tanto quanto me.

Le note di apertura della marcia funebre cominciano a risuonare dagli altoparlanti e mi ci vuole un secondo per capire che il rumore di sottofondo è un applauso. Duemila persone stanno applaudendo noi. Il nostro bacio. Il finale a sorpresa di questo dramma unico nel suo genere e tutt'altro che accurato.

Anche se l'ultima cosa che vorrei è separarmi dalle dolcissime labbra di Milo, mi ritraggo per guardarlo. Ha le pupille larghe e languide, e attorno, le iridi castane formano una linea leggera. Lui mi tocca una tempia con un dito e traccia il profilo del mio viso fino al mento. «Forse, quando ti ho fotografata, avrei dovuto dirti che ti trovo bellissima.»

«Era sottinteso» gli dico, e mi allungo per dargli un altro bacio. Un bacio stupendo.

Dietro di noi, gli altri membri del cast si fanno strada sul palco. Questa volta non c'è niente di luttuoso o lamentoso nella loro marcia. In effetti, sembra più un canto di vittoria. Mentre io e Milo ci separiamo, intravedo Ella. Sorride.

Milo fa un cenno con la testa in direzione dei nostri colleghi. «Pensi che dovremmo unirci a loro?»

«Naa...» Faccio segno di no. «Meglio se continuiamo a farci gli affari nostri.»

«Tu sei pazza» mormora.

«Me la sono beccata quest'estate, la pazzia.»

Lui scoppia a ridere e strofina il naso contro il mio. «Dev'essere contagiosa.»

«Ti prego, baciami ancora» gli dico.

E lui mi bacia.

Un bacio mozzafiato.

EPILOGO

Cammino e gli stivali scricchiolano sulle assi di legno della camera da letto. Già, come immaginavo. Eccola lì: una giacca ai piedi del letto.

Un'altra volta.

La afferro e faccio tre passi sul tappeto, dove trovo una camicia spiegazzata. Poco più in là, un paio di pantaloni. Sempre il solito!

Tuck Brady.

Raccolgo tutti i vestiti, passo dietro alle tende rosse del sipario e mi fiondo giù per le scale che portano nel retroscena. Mi precipito nei camerini dei ragazzi, dove Wendell si mette a strillare e corre a coprirsi le mutande con un asciugamano. Io lo ignoro e butto giacca, camicia e pantaloni in grembo al loro legittimo proprietario. Incrocio le braccia e lo fulmino con lo sguardo.

Tuck mi rivolge uno sguardo mortificato. «Scusa…»

«Sei molto bello mezzo nudo» gli dico. «Ma se non rimetti a posto il costume dopo le prove, la mia missione personale sarà incasinare le luci di scena, così il pubblico non avrà la possibilità di vedere niente» – indico il suo corpo – «di tutto questo. Chiaro?»

«Sei tosta quando sei nella troupe» commenta Tuck.

«E tu sei un buffone quando sei nel cast» ribatto spazientita.

Però sorridiamo.

Ah, gli attori!

Ormai sono arrivata alla porta, quando lui mi chiama. «Ehi, Rain. Ce la porti Sarah alla festa?»

«Non lo so.» Mi appoggio allo stipite e lo scruto attentamente. «Fumi ancora?»

«No» dice in tutta fretta, ma poi aggiunge: «Quasi mai».

«Allora sì. Forse sì.»

«E dai, Rain.» Mi implora. «Mi sta facendo impazzire.»

«A Sarah non piacciono quelli che fumano.» Gli rivolgo un'occhiata tagliente e me ne vado. Stasera non ho tempo per i problemi sentimentali di Tuck. Sono già in ritardo.

Fuori scuola, mi unisco al fiume di studenti e genitori che si avviano verso l'ingresso del campo da football. Scruto la folla in cerca di… in cerca di…

Eccolo.

Milo sta appoggiato al cancello principale, con la gamba destra accavallata alla sinistra. Alza una mano per salutarmi e io ho un tuffo al cuore. Eppure sono passati solo cinque giorni dall'ultima volta che ci siamo visti. A quanto pare, ora è questa la mia realtà.

Lo raggiungo a passo svelto e lui si stacca dal cancello per venirmi incontro, prendendomi tra le braccia. Gli passo le mani sotto la giacca e la abbraccio intorno alla vita, alzando la testa per chiedergli un bacio. Lui ubbidisce e – come sempre – baciarlo è una cosa fantastica.

Dopo un attimo, Milo si ritrae, e io lo attiro di nuovo a me. «Un altro» gli dico.

«Sei prepotente quando fai le prove.» Poi nota il mio sorrisetto. «Che c'è da ridere?»

«Niente. Baciami e basta» gli ordino.

E lui mi bacia.

Alla fine ci fermiamo per riprendere aria, ma solo dopo che una matricola ci dice di trovarci una stanza. Milo mi squadra da capo a piedi: porto jeans neri e felpa abbinata. «Sei sicura che non avrai freddo?»

Ha ragione. È metà ottobre, il che vuol dire che alla fine della partita si gelerà. «Mi sa che dovrai abbracciarmi.»

«Approvato.» Intreccia le dita con le mie e ci incamminiamo verso il cancello principale, fermandoci giusto il tempo per mostrare i biglietti. «Dal tuo lato o dal mio?»

«Noi giochiamo in casa, lato mio» gli dico.

«Uh.» Milo fa la parte inorridita. «Mi uccideranno là in mezzo.»

«Allora non esultare per la squadra sbagliata.» Gli rivolgo un sorrisetto. «Mi farò perdonare durante l'intermezzo.»

«E come?»

«Oh, non saprei...» Gli lancio un'occhiatina. «Ma mi sa che c'entra qualcosa con noi due soli, sotto gli spalti.»

«L'idea mi tenta.» Si ravvia i capelli nero corvino, fingendo di considerare la mia offerta. «Lo sai che si chiama "intervallo", piccola teatrante?»

«Lo so.» Mi fermo e lo attiro a me per un altro bacio. Questa volta, le sue mani mi sfiorano la vita sotto la felpa. Ho la pelle d'oca e vorrei vivere questo momento per sempre, ma abbiamo un pubblico, quindi lo lascio andare. In fondo, questo non è "l'intermezzo" di Zeus!, gli dico.

«Va bene.» Lui mi prende di nuovo per mano. «Dove vuoi sederti?»

«Sulla linea delle trenta iarde» gli dico e lui mi guarda sorpreso.

«Sei sempre così precisa quando si parla di football?»

«Ella e Bradley ci hanno preso il posto lì.»

«Ah.» Milo mi sorride. Quanto vorrei che l'intermezzo – cioè, l'intervallo – arrivasse subito! «Allora andiamo a sederci vicino a Ella e Bradley» mi dice lui.

«Non ti dimenticare degli abbracci» gli ricordo.

«Oh, non me ne dimentico.» Di nuovo quel sorriso. Mi fa impazzire. «Non ti preoccupare.»

Ma la cosa più bella è proprio questa: non sono per niente preoccupata.

Neanche un po'.

ZEUS!

IL RIASSUNTO DI RAINIE

Atto I

Scena I

Eros ed Eris (semidei) narrano dell'antica Grecia. Il coro greco (io!) spiega la storia al pubblico. Quando Leda fa il suo balletto, Zeus si innamora di lei e si trasforma in cigno. Poi, sempre sotto forma di cigno, Zeus corteggia Leda con una danza e la porta fuori scena per un bollente amplesso piumato.

Scena II

Il coro canta, mentre Elena e Polluce (Ah! Non sono polli, eh?!) escono dalle uova. Lei è la donna più bella sulla faccia della terra (bleah), lui no. Il piano: Elena verrà data in matrimonio a Menelao, re di Sparta. Polluce: «Un attimo, e io? (starnazzo!)»

Scena III

Foresta greca. Le dee Era, Afrodite e Atena ballano il valzer. Tutto bene finché Eris (semidea della discordia) si imbuca alla loro festa, gli getta in mezzo il pomo d'oro e di gesso della discordia, e dice che solo la dea più bella potrà averlo. Ha inizio la lotta tra le dee. A Zeus non piace litigare, perciò dice che troverà l'uomo più attraente al mondo e sarà lui a decidere chi è la dea più bella tra le tre (VABBÈ!).

Scena IV

Paride si guarda allo specchio e decanta da solo la propria bellezza. Il coro greco concorda. Era, Afrodite e Atena si presentano da lui: «Chi di noi è la più bella?» Ciascuna di loro promette un dono a Paride, per influenzare la sua scelta. In particolare, Afrodite gli promette la donna più bella del mondo. Paride abbocca e sceglie lei.

Scena V

Paride e il suo esercito solcano il Mar Egeo e arrivano fino a Sparta. ("Mare" fatto di tendoni di stoffa blu... molto pesanti.) Luci puntate sul giardino di Menelao, dove Elena sta chiacchierando con le sue ancelle. Eros (semidio dell'amore) si presenta lì, avendo in mente di rompere le mele nel paniere: «Capito?! MELE, come il pomo della discordia». Eros scocca la freccia dell'amore e colpisce la tetta di Elena. QUANTO AMORE! Paride, allora, la porta a Troia. All'ultimo minuto, Polluce decide di andare con loro: «Sembra divertente!»

Scena vi

I Greci (toghe verdi) si preparano a muovere guerra ai Troiani (toghe bianche). Quattro fanciulle greche tengono in mano frecce di fuoco e ballano attorno ai bracieri. Re Menelao (abito verde, grosso copricapo verde, freccia infuocata enorme) urla, balla, e urla ancora. Coro: «E GUERRA SIA». Si spengono le luci.

Intermezzo

Atto II

Scena i

Il coro racconta che sono passati dieci anni e la guerra non è ancora finita. Numero di polka. Perfino gli dei si schierano e combattono. Finalmente Zeus si stanca di questa storia: «Basta!» Gli dei smettono di combattere, ma i Greci e i Troiani no.

Scena II

Elena e Paride si tengono per mano in un giardino troiano (che schifo!). Polluce guarda felice sua sorella e il suo carissimo amico. In lontananza, rumori di battaglia. Dialogo tra Elena e Polluce. La parte di Elena parla del suo amore per Paride. A quanto pare, Paride non li sente cantare, anche se si trova a due passi da loro. Morale: le relazioni possono cominciare nella menzogna, ma finire nell'amore, perché «guarda ora come sono tutti felici.» Polluce: «Eccetto i moooooorti!»

Scena III

I Greci (sussurrano forte sul palco) dicono che se ne andranno, perché sono stati sconfitti – «Ma non c'è spazio per QUESTO» – ed escono di scena. Due Troiani: «Non c'è spazio per COSA?» I Troiani spariscono dietro le quinte e tornano trainando un enorme cavallo di legno. Pensando che sia un trofeo di guerra (stupidi questi Troiani), si esibiscono nella danza della vittoria.

Scena IV

È notte. Spunta la luna finta, riflettori puntati sul cavallo. Questo si APRE e ne escono i Greci. Coro (utile): «Il cavallo è cavo!» I Greci aprono le porte della città per permettere al loro esercito di entrare. Sorge il sole.

Scena v

Battaglia: spade, pugni, cannoni. Sangue dappertutto. La situazione si mette male per i Troiani. Paride uccide il più grande eroe greco, Achille (uffa!). La battaglia sembra finita. Gran parte dei Greci muoiono. Polluce va a dare il cinque a Paride, ormai stanchissimo dopo la battaglia, ma improvvisamente appare Zeus. È di nuovo arrabbiato. Zeus: «Per Achille!» Il re degli dei scaglia un fulmine contro Paride e lo fa secco. Polluce stringe Paride tra le braccia e fa un monologo commovente sulle tragedie della guerra. Eros ed Eris guidano i sopravvissuti in una marcia funebre molto drammatica.

Cala il sipario

(peccato che il sipario non c'è)

RINGRAZIAMENTI

Mille grazie all'esercito del fantastico...

Alla mia cara Carol-Carol "ex Barlow" Sigmon, per avermi convinta a partecipare a quella prima audizione.

A Maria "Maris" Moore, che è diventata un'ottima insegnante di teatro.

A David Furr, che ormai è una star.

A Chet Longley, per avermi aiutata a capire perché volevo scrivere di questa "vaga intuizione" e perché ora è tutt'altro che vaga.

A Noelle McKay, con cui mi sono persa nei boschi, storia che ormai è diventata leggenda.

A Sarah Horstman, perché fa girare il mondo nel verso giusto.

A Nina Berry, perché quando sono disperata o sotto consegna, è sempre impegnata a leggere proposte.

A Chelsea Eberly, per la gentile assistenza e la straordinaria lungimiranza.

A Lisa Gallagher, sempre la mia campionessa.

A Mallory Loehr, Michelle Nagler, Elizabeth Tardiff, Barbara Bakowski, Jocelyn Lange, Josh Redlich, e a tutto il mondo spumeggiante di Random House.

Alla mia grande famiglia allargata, sempre pazzerella e caotica – genitori, nonni, sorelle, cugini, zie, zii, tutti – per l'ispirazione, l'appoggio, e a volte per i nomi.

A tutte le persone coinvolte nella tredicesima stagione di *Grey's Anatomy*. Il mio è il lavoro più bello del mondo. Certo, la serie è fantastica... ma sono le persone a lasciarmi continuamente a bocca aperta.

Ma soprattutto – se state leggendo questo libro – a voi. Perché siete la ragione di tutto. Grazie.

Nella stessa collana:

E. Lockhart, *L'amica perfetta*

P. Zannoner, *Rolling star. Come una stella che rotola*

L. Ballerini, *Ogni attimo è nostro*

J. Segel, K. Miller, *Otherworld*

A. Ferrari, *Le ragazze non hanno paura*

A. Day, *The Fandom*

D. Paige, *La ladra di neve*

C. Delevingne, *Mirror, Mirror*

L. Facchi, *Il giglio d'oro*

C. Crowley, *Io e te come un romanzo*

H. Fitzpatrick, *Un cattivo ragazzo come te*

L. Patrignani, *Time Deal*

R. Graudin, *Wolf. Il giorno della vendetta*

J. Klein, *Playlist*

K. McGarry, *Un cuore bugiardo*

D. Pearl, *Ruin Me*

L. Rubin, *Birthdate*

P. Zannoner, *L'ultimo faro*

J. Niven, *L'universo nei tuoi occhi*

A. Royer, *Ricordati di dimenticare*

J. McNelly, *Le ragazze vogliono la luna*

A. Plum, *If I Should Die*

G. Moldavsky, *The Boy Band*

C. Ahern, *Flawed*

D. Reinhardt, *Il Club delle Seconde Occasioni*

S. Young, *The Recovery*

S. Young, *The Treatment*

J. Buxbaum, *Dimmi tre segreti*

M. Bedford, *Tutta la verità su Gloria Ellis*

K. McGarry, *Una sfida come te*

R. Graudin, *Wolf. La ragazza che sfidò il destino*

L. Sales, *Resta con me fino all'ultima canzone*

A.G. Bailey, *Perfect*

E. Laure, *La notte che ho dipinto il cielo*

B. Ashton, *Everneath*

A. Plum, *Until I die*

M. McStay, *La strada che mi porta a te*

L. Rubin, *Deathdate*

A. Talkington, *Liv, forever*

S. Bowen, *Prendimi per mano*

S. Perkins, *Il primo amore sei tu*

J. Niven, *Raccontami di un giorno perfetto*

L. Hillyer, *Per un attimo e per sempre*

C. Philpot, *Nemmeno in paradiso*

P. Zannoner, *A piedi nudi, a cuore aperto*

K. McGarry, *Un'estate contro*

E. Cahill, *Regole d'amore per amici confusi*

R. Serle, *Io, Romeo e Giulietta*

S. Young, *The Program*

K. West, *Reflections*

S. Perkins, *Il primo bacio a Parigi*

A. Plum, *Die for me*

V. Roth, *Four*

J. Murphy, *Amore e altri effetti collaterali*

C. Moracho, *Althea & Oliver*

A. Carter, *Spy Girls - Me la cavo da sola ma insieme si spia meglio*

K. McGarry, *Scommessa d'amore*

H. Fitzpatrick, *Quello che c'è tra no*

i

E. Lockhart, *L'estate dei segreti perduti*

A. Puleo, *Gli infiniti battiti del mio cuore*

A. Carter, *Spy Girls - Potrei stare ad aspettarti ma è meglio se ti vengo a cercare*

A. Carter, *Spy Girls - Non mi fido di te ma il rischio è il mio mestiere*

V. Roth, *Allegiant*

S. Winnacker, *Alter Ego*

K. McGarry, *Oltre i limiti*

A. Cremer, *Nightshade*

A. Cremer, *Wolfsbane*

E.J. Allibis, *Primal Spirit. Immortal*

E.J. Allibis, *Unika - La Trilogia*

A. Carter, *Spy Girls - Sono come mi vedi ma l'apparenza inganna*

A. Carter, *Spy Girls - Giuro di dire la verità ma tu non credermi*

A. Carter, *Spy Girls - Vorrei dirti che ti amo ma poi dovrei ucciderti*

A. Cremer, *Bloodrose*

E.J. Allibis, *Unika - Il Capitolo Segreto*

E.J. Allibis, *Unika - L'Ultima Porta*

E.J. Allibis, *Unika - La Fiamma della Vita*

V. Roth, *Insurgent*

S. Mlynowski, *10 cose che abbiamo fatto (e forse non avremmo dovuto)*

V. Roth, *Divergent*

K. Cashore, *Bitterblue*

K. Cashore, *Fire*

K. Cashore, *Graceling*

